La mirada de una mujer

Marc Levy

La mirada de una mujer

Traducción de
Carlos Gómez

CÍRCULO de LECTORES

Sólo el amor y la amistad pueden aliviar la soledad actual. La felicidad no es un derecho, es un combate diario. Creo que es preciso saber vivirla cuando se presenta ante nosotros.

ORSON WELLES

A Louis
A M.

I

Nació el 14 de septiembre de 1974 a las ocho de la mañana, a 15° 30' de latitud norte y 65° de longitud oeste, lo cual ubicaba su origen en una pequeña isla situada lejos de las costas de Honduras. Nadie había prestado atención a dicho nacimiento, el número 734 que se inscribía en el registro. Durante los dos primeros días su vida se desarrolló en la mayor de las indiferencias. Sus parámetros vitales eran estables y no justificaban que nadie se interesase de modo especial por el curso de su evolución. Recibió el mismo tratamiento que todos los recién nacidos de su tipo; sus constantes se anotaban cada seis horas de acuerdo con el procedimiento habitual. Sin embargo el 16 de septiembre a las dos de la tarde los resultados de los análisis llamaron la atención de un equipo de científicos de la isla de Guadalupe. Se interrogaron sobre su desarrollo, que parecía apartarse de la norma. Al llegar la noche, el responsable del equipo encargado de su vigilancia no pudo ocultar por más tiempo su inquietud y se puso en contacto con sus colegas estadounidenses. Algo importante estaba a punto de suceder. La metamorfosis de este bebé exigía que toda la humanidad se interesase por él. Fruto de la unión del frío y del calor, su carácter peligroso comenzaba a manifestarse. Si su hermana menor, *Elaine*, nacida en abril del mismo año, sólo había vivido once días, sin llegar a adquirir suficiente fuerza, por el contrario él crecía a una velocidad alarmante y alcanzaba ya, a los dos días, un tamaño inquietante. Al tercer día de vida intentó moverse en todos los sentidos. Giraba sobre sí mismo, mostrando cada vez una mayor vitalidad, al parecer sin decidirse a tomar una dirección precisa.

Fue a las dos de la mañana de la noche del 16 al 17 de

septiembre, mientras vigilaba su lugar de nacimiento a la luz de un único neón que zumbaba, inclinado sobre una mesa cubierta de hojas de exámenes, columnas de números y líneas que se podían confundir con electrocardiogramas, cuando el profesor Huc decidió que su evolución exigía que se le diese un nombre de inmediato, como para exorcizar así el mal que se estaba formando. Habida cuenta de las mutaciones sorprendentes, existían muy pocas posibilidades de que continuase como estaba. Su nombre había sido elegido incluso antes de su concepción: se llamaría *Fifí*. Entró en la historia el 17 de septiembre de 1974 a las ocho de la mañana, al sobrepasar la velocidad de 120 km/h. Fue entonces clasificado por los meteorólogos del Centro de Huracanes[1] de Ponte-à-Pitre y por sus colegas del Centro Nacional de Huracanes[2] de Miami como huracán de clase 1, con arreglo a la escala de Saffir Simpson. En el curso de los siguientes días cambiaría de categoría, pasando muy rápidamente a la clase 2 para desconcierto de todos los profesores que lo estudiaban. A las dos de la tarde *Fifí* desarrollaba vientos de 138 km/h, que de noche alcanzaron casi los 150 km/h. No obstante la mayor inquietud procedía de su posición, que se había modificado de forma peligrosa, situándose ahora a 16° 30' de latitud norte y 81° 70' de longitud oeste. Entonces se lanzó el aviso de alerta máxima. A las dos de la mañana del 18 de septiembre se aproximaba a las costas de Honduras, barriendo el litoral septentrional con ráfagas de vientos que alcanzaban los 240 km/h.

1. Centre des ouragans (Centro de huracanes).
2. National Hurricane Center (Centro nacional de huracanes).

1

Aeropuerto de Newark. El taxi acaba de dejarla en la acera y a continuación el vehículo se precipita en el denso tráfico que gravita en torno a las terminales de las compañías. Lo ve perderse en la lejanía. La enorme bolsa verde que descansa a sus pies pesa casi tanto como ella. La levanta, hace una mueca y se la cuelga del hombro. Atraviesa las puertas de la terminal 1, cruza el vestíbulo y desciende unos escalones. A su derecha, otra escalera se eleva en espiral. A pesar de la voluminosa bolsa que lleva colgada del hombro, sube deprisa los escalones y entra con aire decidido en el pasillo. Se queda quieta delante de una cafetería bañada con una luz naranja y mira a través del cristal. Con los codos apoyados sobre el mostrador de formica, una decena de hombres beben pausadamente sus cervezas mientras comentan en voz alta los resultados de los partidos que aparecen en la pantalla del televisor que hay encima de sus cabezas. Empujando la puerta de madera, en la que hay un gran ojo de buey, entra y mira más allá de las mesas rojas y verdes.

Ella lo ve. Está sentado al fondo, contra el ventanal que domina la pista de aterrizaje. Hay un periódico doblado encima de la mesa. Su barbilla descansa sobre la mano derecha y deja vagabundear la izquierda, que en la servilleta de papel dibuja a lápiz un rostro.

Sus ojos, que ella todavía no puede ver, están perdidos en el asfalto pintado con bandas amarillas, sobre el que los aviones ruedan lentamente para dirigirse a la zona de espera. Ella duda y toma el pasillo de la derecha, el cual la conducirá hasta el hombre joven que la espera sin que él advierta su presencia. Pasa por delante de una gran nevera que hace un ruido monótono y se aproxima con un paso vivo, que sabe silenciar. Al llegar a la altura del joven, le despeina tiernamente con una mano los cabellos. Lo que él estaba dibujando sobre el papel absorbente es el retrato de ella.

–¿Te he hecho esperar? –pregunta ella.

–No, llegas casi en punto, ahora será cuando me harás esperar.

–¿Hace mucho que estás aquí?

–No tengo la más mínima idea. ¡Qué guapa estás! Siéntate.

Ella sonríe y mira su reloj.

–Salgo dentro de una hora.

–¡Voy a hacer todo lo posible para que pierdas el avión, para que jamás lo cojas!

–¡Entonces despego dentro de diez minutos! –responde ella mientras se sienta.

–Está bien, te lo prometo. Ya lo dejo. Te he traído una cosa.

Saca una bolsa de plástico negro y la empuja hacia ella con la punta del dedo índice. Ella inclina la cabeza, su manera de decir: «¿Qué es?». Y como él comprende la más leve expresión de su rostro, el solo movimiento de sus ojos, responde: «Ábrelo, ya lo verás». Es un álbum de fotos.

El joven comienza a pasar las páginas. En la primera, en blanco y negro, dos bebés de dos años se están mirando; se hallan de pie y se cogen de los hombros.

–Es la foto más antigua de nosotros que he encontrado. –Pasa otra página y prosigue con sus comentarios–: Aquí estamos tú y yo, una Navidad, no sé exactamente cuál, pero aún no teníamos diez años. Creo que es el año en que te di mi medalla de bautismo.

Susan hunde la mano entre sus senos para sacar la cadena y la pequeña medalla con la imagen de santa Teresa. Jamás se la quita. Unas páginas más adelante le interrumpe y es ella quien describe:

–Aquí estamos nosotros dos cuando teníamos trece años, en el jardín de tus padres. Te acababa de besar por primera vez. Cuando quise meterte la lengua me dijiste: «¡Qué asco!». Y ésta es de dos años después. Entonces fue a mí a quien no le gustó tu idea de que durmiésemos juntos.

Al pasar otra página, Philip retoma la palabra y señala otra foto.

–Y aquí un año después, al final de aquella fiesta. Si no recuerdo mal, ya no lo encontrabas tan desagradable.

Cada hoja de celuloide señala un momento de su infancia cómplice. Ella lo detiene.

–Te has saltado seis meses. ¿No hay ninguna foto del entierro de mis padres? Sin embargo, creo que fue entonces cuando te encontré más sexy.

–¡Basta ya de chistes malos, Susan!

–No estaba bromeando. Fue la primera vez que te sentí más fuerte que yo, y eso me daba seguridad. ¿Sabes?, jamás olvidaré...

–Basta, déjalo.

–... que fuiste tú quien salió a buscar el anillo de mamá durante el velatorio.

–Vale, ¿podemos cambiar de tema?

–Creo que eres tú quien hace que los recuerde cada año. Siempre has sido muy atento conmigo durante la semana en que se cumple el aniversario del accidente.

–¿Qué tal si dejáramos el tema?

–Venga, haznos envejecer, pasa las páginas.

Él la mira, inmóvil, hay tristeza en sus ojos. Ella le dirige una sonrisa y prosigue:

–Sabía que era un poco egoísta por mi parte dejar que me acompañases a tomar el avión.

–Susan, ¿por qué haces esto?

–Porque «esto» es hacer realidad mis sueños. No quiero acabar como mis padres, Philip. He visto cómo pasaban su vida pagando letras. ¿Y para qué? Para que los dos acabasen estrellados contra un árbol, en el bonito coche que se acababan de comprar. Toda su vida quedó resumida a dos segundos en el noticiario de la noche, que vi en una tele que aún se debía. No juzgo nada ni a nadie, Philip. Pero yo quiero otra cosa, y ocuparme de los demás es una manera de sentirme viva.

Él la contempla desconcertado, admirando su determinación. Desde el accidente no es la misma. Es como si los años se hubiesen precipitado en cada Nochevieja: como las cartas de la baraja que se reparten de dos en dos para acabar antes. Susan no parecía tener veintiún años, salvo cuando sonreía, cosa que hacía muy a menudo. Tras finalizar sus estudios en el Junior College, con el diploma de *Associate of Arts* en el bolsillo, se había enrolado en el Peace Corps, una organización humanitaria que envía a jóvenes al extranjero con el fin de realizar trabajos de asistencia social.

En menos de una hora ella viajará a Honduras para un período de dos largos años. A varios miles de kilómetros de Nueva York, pasará al otro lado del espejo del mundo.

En la bahía de Puerto Castilla, como en la de Puerto Cortés, los que habían decidido dormir al aire libre renunciaron a hacerlo. El viento se había levantado al final de la tarde y ahora soplaba con fuerza. No se alarmaron. No era la primera ni la última vez que se anunciaba una tormenta tropical.

El país estaba acostumbrado a las lluvias, frecuentes en esta época del año. El sol pareció ponerse más temprano, los pájaros salieron volando deprisa, señal de mal augurio. Hacia medianoche la arena se levantó, formando una nube a unos centímetros del suelo. Las olas comenzaron a hincharse muy rápidamente, y ya era imposible oír los gritos que unos y otros se lanzaban para reforzar las amarras.

Al ritmo de los relámpagos que rasgaban el cielo, los pontones se movían peligrosamente por encima de la espuma agitada. Empujadas por la marejada, las embarcaciones chocaban entre sí. A las dos y cuarto de la madrugada el carguero *San Andrea,* de 35 metros de eslora, salió proyectado contra los arrecifes y se hundió en ocho minutos.

Su costado había sido desgarrado en toda su longitud. En aquel mismo momento, en El Golasón, el pequeño aeropuerto de La Ceiba, el DC3 gris plateado que se hallaba estacionado frente al hangar se elevó súbitamente, para caer poco después al pie de lo que hacía las veces de torre de control; a bordo no había ningún piloto. Las dos hélices se doblaron y el plano vertical se partió en dos. Unos minutos más tarde el camión cisterna cayó hacia un lado, comenzó a deslizarse y las chispas inflamaron el carburante.

Philip coloca su mano sobre la de Susan, dándole la vuelta y acariciando la palma.

–Te echaré mucho de menos, Susan.

–¡Y yo a ti! Mucho, ¿sabes?

–Estoy orgulloso de ti, aunque te odio por dejarme tirado de esta forma.

–Basta. Nos prometimos que no habría lágrimas.

–¡No me pidas lo imposible!

Inclinados uno sobre el otro, comparten la tristeza de una separación y la feliz emoción de una complicidad alimentada a lo largo de diecinueve años, que representan casi su entera existencia.

–¿Tendré noticias tuyas? –pregunta él con aire infantil.

–¡No!

–¿Me escribirás?

–¿Crees que aún tengo tiempo para comerme un helado?

Él se dio la vuelta y llamó al camarero. Cuando éste se aproximó, pidió dos bolas de vainilla recubiertas de chocolate caliente y almendras laminadas, todo ello generosamente regado con caramelo líquido. A ella le gustaba este postre, en ese orden preciso; era con mucho su favorito. Susan le mira fijamente a los ojos.

–¿Y tú?

–Te escribiré cuando tenga tu dirección.

–No, me refiero a si sabes lo que vas a hacer.

–Pasaré dos años en la Cooper Union[1], en Nueva York, y luego intentaré hacer carrera en una gran agencia de publicidad.

–Así pues, no has cambiado de opinión. Sé que es estúpido lo que digo, pero jamás cambias de opinión.

–Y tú, ¿cambias de opinión alguna vez?

–Philip, tú no vendrías conmigo aunque te lo hubiese pedido. No es tu vida. Y yo no me quedo aquí porque ésta no es la mía. Así que deja de poner esa cara.

Susan chupaba la cuchara con glotonería. De vez en cuando la llenaba y la acercaba a la boca de Philip que, dócil, se dejaba mimar. Ella rebuscó en el fondo de la copa, recogiendo los últimos restos de las almendras cortadas. El gran reloj de la pared de enfrente marcaba las cinco de esa tarde de mediados de otoño. Siguió un minuto de un extraño silencio. Ella despegó la nariz, que había pegado al ventanal, se inclinó por encima de la mesa para pasar ambos brazos en torno al cuello de Philip y le dijo en voz baja al oído:

–Estoy asustada.

Philip la apartó un poco para verla mejor.

–Yo también.

A las tres de la mañana, en Puerto Lempira, una primera ola de nueve metros destrozó el dique a su paso, arrastrando toneladas de tierra y rocas hacia el puerto, que fue literalmente arrasado. La grúa metálica se dobló bajo la fuerza del viento; su flecha cayó, seccionando el puente, sobre el portacontenedores *Río Plátano*, que se hundió en

1. Escuela de bellas artes de Nueva York.

las aguas revueltas. Sólo la proa emergió unos instantes entre dos olas, apuntando al cielo, para luego desaparecer en la noche y nunca más volver a ser vista. En aquella región donde cada año se recogían más de tres metros de precipitaciones, quienes habían sobrevivido a los primeros asaltos de *Fifí* y luego intentaron refugiarse en el interior desaparecieron arrastrados por los torrentes desbordados que, despertados en la noche, abandonaron brutalmente su lecho, arrastrando todo a su paso. Todas las poblaciones del valle desaparecieron, ahogadas bajo las olas burbujeantes que iban cargadas de árboles, restos de puentes, carreteras y casas. En la región de Limón, los pueblos de las montañas, Amapala, Piedra Blanca, Biscuampo Grande, La Jigua y Capiro, se deslizaron junto con los campos, precipitándose por los flancos hacia los valles ya inundados. Los pocos supervivientes, que habían resistido agarrándose a los árboles, perecieron en las siguientes horas. A las dos y veinticinco la tercera ola golpeó de lleno el departamento que llevaba el nombre premonitorio de Atlántida, su costa fue cortada por una hoja de más de once metros de altura. Millones de toneladas de agua se precipitaron hacia La Ceiba y Tela, abriéndose paso a través de callejuelas estrechas que, al actuar como un canal, le proporcionaban aún más fuerza. Las casas que estaban junto al agua fueron las primeras en tambalearse, para desmoronarse después, puesto que sus fundamentos de tierra se deshicieron. Los tejados de chapa ondulada salían volando por los aires y luego se precipitaban violentamente contra el suelo, cortando en dos a las primeras víctimas de esta matanza natural.

Los ojos de Philip se habían deslizado hacia sus apetitosos senos, redondos como manzanas. Susan se dio cuenta de ello, desabrochó un botón de la blusa y sacó la pequeña medalla dorada.

–Pero no arriesgo nada, ya que llevo conmigo tu amuleto y no me lo quito nunca. Ya me ha salvado un vez. Gracias a esta medalla no me subí en el coche con ellos.

–Me lo has dicho cien veces, Susan. ¿Quieres no hablar de eso justamente ahora, antes de subir a un avión?

–De cualquier manera, con ella nada me puede pasar –dice, volviéndose a colocar la medalla bajo la blusa.

Era un regalo de comunión. Un verano habían querido convertirse en hermanos de sangre. El proyecto había sido objeto de un profundo estudio; libros sobre los indios sacados en préstamo de la biblioteca y leídos atentamente en los bancos del patio de recreo. La conclusión de sus investigaciones no dejaba duda alguna sobre el método a seguir: era preciso intercambiar la sangre, cortarse en algún sitio. Susan había sustraído del despacho de su padre un cuchillo de caza y ambos se habían escondido en la cabaña de Philip. Él había tendido su dedo, intentado cerrar los ojos, pero sintió vértigo al ver que la hoja se acercaba. Como a ella tampoco le hacía gracia la idea, habían vuelto a leer los manuales «apaches» para encontrar una solución al problema: «LA OFRENDA DE UN OBJETO SAGRADO CONSTITUYE UNA PRUEBA DEL CARIÑO ETERNO DE DOS ALMAS», aseguraba la página 236 del volumen.

Una vez verificado el significado de la palabra «ofrenda», se prefirió este segundo método y se adoptó de común acuerdo. En el curso de una ceremonia solemne, en la que recitaron algunos poema iroqueses y siux, Philip colocó su medalla de bautismo en torno al cuello de Susan. Ella nunca más se la quitaría. Tampoco cedió a los ruegos de su madre, pidiéndole que se la sacara al menos para dormir.

Susan sonrió, haciendo resaltar sus mejillas.

–¿Puedes llevarme la bolsa? Pesa una tonelada, quisiera irme a cambiar. Si no, cuando llegue allí me moriré de calor.

–¡Pero si sólo llevas una blusa!

Ella ya se había levantado y lo arrastraba por el brazo, indicando con un gesto al camarero que les guardase la mesa. El camarero asintió con un movimiento de la cabeza, la sala estaba casi vacía. Philip dejó la bolsa junto a la puerta de los lavabos. Susan se colocó delante de él.

–¿Entras? Te he dicho que era pesada.

–Me gustaría, pero ¿este lugar no está reservado a las mujeres?

–¿Y qué? ¿No me dirás que ahora tienes miedo de verme? ¿Acaso te parece más complicado espiarme en estos servicios que a través del tabique agujereado del cole? No era más sutil cuando me observabas desde la claraboya del cuarto de baño de tu casa. ¡Entra!

Ella lo estiró, sin dejarle más alternativa que la de seguirla. El joven se sintió aliviado al constatar que sólo había una cabina. Ella se apoyó en su hombro, se quitó el zapato izquierdo y apuntó a la lámpara del techo. Logró su objetivo al primer intento y la bombilla estalló con un ruido sordo. En la penumbra, sólo alterada por el único neón que había sobre el espejo, ella se apoyó en el lavabo, lo abrazó y pegó sus labios a los de él. Tras un primer beso incomparable, ella deslizó la boca hasta detrás de su oreja. El calor susurrante de su voz añadió un estremecimiento indeciso que acabó por recorrer toda la espalda de Philip.

–Llevo tu medalla pegada a mis senos desde antes de que me saliesen. Quiero que tu piel sea el guardián de su recuerdo por más tiempo aún. Me voy, pero te voy a vigilar durante toda mi ausencia, porque no quiero que seas de nadie más.

–¡Eres increíble!

La media luna verde de la cerradura giró hacia el rojo.

–Cállate y continúa –dijo ella–. Quiero comprobar tus progresos.

Mucho más tarde ambos salieron y volvieron a la mesa, bajo la mirada inquisitorial del camarero que secaba los vasos.

Philip tomó la mano de Susan, pero le pareció que ella ya estaba en otra parte.

Más al norte, en la entrada del valle de Sula, las densas olas destrozaban todo a su paso con un rugido ensordecedor. Coches, ganado, escombros, surgían de forma esporádica en el centro de los torbellinos de barro de donde por momentos emergía un horrible caos de miembros despedazados. Nada resistió: las torres de electricidad, los camiones, los puentes, incluso las fábricas, eran arrancados del suelo, fatalmente arrastrados por una mezcla de fuerzas irresistibles. En pocas horas el valle quedó transformado en un lago. Mucho tiempo después los ancianos del país contarían que era la belleza del paisaje la que había incitado a *Fifí* a permanecer en aquel lugar durante dos días. Dos largos días que provocaron la muerte de mil hombres, mujeres y niños, dejando casi seiscientas mil personas sin hogar y sin comida. En cuarenta y ocho horas este pequeño país, del tamaño del estado de Nueva York, encajonado entre Nicaragua, Guatemala y El Salvador, fue asolado por una fuerza equivalente a la de tres bombas atómicas.

–Susan, ¿cuánto tiempo piensas estar en el extranjero?

–Ahora debo irme, ya embarco. ¿Prefieres quedarte aquí?

Él se levantó sin responder y dejó un dólar sobre la mesa. Al entrar en el pasillo, ella pegó su cara al ojo de buey de la puerta y contempló las sillas vacías en las que se habían sentado. En un último combate contra la emoción que la embargaba en aquel momento, comenzó a hablar tan deprisa como pudo.

–Cuando vuelva dentro de dos años, me esperarás aquí; nos encontraremos como furtivos. Yo te contaré todo lo que he hecho y tú harás lo mismo, y nos sentaremos a la misma mesa, pues será la nuestra. Y si llego a ser una Florence Nightingale de los tiempos modernos y tú te conviertes en un gran pintor, algún día colocarán aquí una pequeña placa de cobre con nuestros nombres.

En la puerta de embarque ella le explicó que no se daría la vuelta; no quería ver su cara triste y prefería llevarse el recuerdo de su sonrisa. Tampoco deseaba pensar en la ausencia de sus padres, razón por la que los de Philip no habían acudido al aeropuerto. Él la abrazó y le susurró: «Cuídate mucho». Ella estrechó su cabeza contra el pecho del joven, como si quisiera llevarse consigo un poco de su olor y dejarle parte del suyo. Entregó su billete a la azafata, besó a Philip una última vez, respiró a pleno pulmón e hinchó las mejillas para dejarle a modo de última imagen una mueca de payaso. Después bajó a toda velocidad los escalones que conducían a la pista, corrió por el camino balizado por los agentes, subió por la escalerilla y se metió en el aparato.

Philip regresó a la cafetería y se sentó a la misma mesa. Sobre el área de estacionamiento, los motores del Douglas comenzaron a toser, arrojando volutas de humo gris. Las palas de las dos hélices giraron en dirección contraria a las agujas del reloj, luego hicieron dos lentas rotaciones en sentido inverso, y finalmente se volvieron invisibles. El avión avanzó y recorrió la pista lentamente. En el extremo del asfalto se detuvo unos minutos y se alineó para el despegue. Las ruedas, situadas sobre las líneas blancas del suelo, se inmovilizaron de nuevo, haciendo que el tren de aterrizaje se balanceara hacia atrás y hacia delante. Las hierbas altas que había a los lados se inclinaron en una especie de saludo. El ventanal de la cafetería tembló cuando la potencia de los motores se incrementó; los alerones dieron un último adiós a los espectadores y el bimotor comenzó a rodar. Ganando velocidad, pronto pasó a su altura y Philip vio cómo la cola se levantaba y las ruedas dejaban el suelo. El DC3 se elevó rápidamente, giró sobre su ala derecha y desapareció a lo lejos tras una fina capa de nubes.

Philip permaneció unos instantes con los ojos fijos en el cielo, luego apartó la mirada para dirigirla a la silla que ella había ocupado hacía tan sólo unos instantes. Le invadió un inmenso sentimiento de soledad. Se levantó y se marchó con las manos hundidas en los bolsillos.

2

25 de septiembre de 1974, a bordo del avión...

Querido Philip:

Creo que no he logrado ocultarte el miedo, que me hacía un nudo en el estómago. Acabo de ver cómo desaparecía el aeropuerto. He tenido vértigo hasta que las nubes han tapado el suelo. Ahora ya me siento mejor. Estoy decepcionada, no ha sido posible ver Manhattan, pero ahora el cielo se ha abierto por debajo y casi puedo contar las crestas de las olas, son muy pequeñas y parecen ovejas. Incluso he seguido con la mirada a un barco que se dirigía hacia donde tú estás. Pronto tendrás buen tiempo.

No sé si mi letra resultará legible, el avión se mueve mucho. El viaje que me espera será largo. Estaré en Miami dentro de seis horas, después de una escala en Washington. Luego cambiaremos de aparato para volar hacia Tegucigalpa. Este nombre ya parece mágico. Pienso en ti, debes de estar camino de casa. Da un beso muy fuerte a tus padres de mi parte. Te escribiré para contarte este periplo. Cuídate tú también, querido Philip...

Susan:

Acabo de regresar. Papá y mamá no me han preguntado nada; creo que al verme lo han comprendido todo. Siento lo que pasó hace un rato. Debería haber respetado tu alegría y tus ganas de alejarte de aquí. Tienes razón. Yo no sé si habría tenido el valor de acompañarte si me lo hubieses propuesto. Pero no lo has hecho y creo que ha sido mejor así. No sé muy bien qué significa esta última frase. Las noches serán largas sin ti. Te enviaré esta primera carta a la oficina del Peace Corps en Washington. Desde allí te la harán llegar. Ya te echo mucho de menos.

Philip

... vuelvo a coger lápiz y papel, hay una luz increíble. Algo que ni tú ni yo jamás hemos visto. Aquí, por encima de las nubes, estoy a punto de asistir a una auténtica puesta de sol. Desde aquí arriba es una verdadera gozada. Me da rabia que no estés a mi lado y que no puedas ver lo que yo veo. Hace un rato olvidé decirte algo muy importante: creo que te voy a echar mucho de menos.

Susan

15 de octubre de 1974

Susan:

Hace ya tres semanas que te fuiste y aún no he recibido ninguna carta tuya. Imagino que ahora debe de estar viajando por algún punto situado entre tú y yo. Mis padres a menudo me preguntan por ti. Si no recibo una carta tuya pronto, tendré que inventarme algo...

15 de octubre

Philip:

La llegada ha sido caótica. Hemos estado bloqueados cuatro días en la escala de Miami. Esperábamos dos contenedores con alimentos y la reapertura del aeropuerto de La Ceiba, donde teníamos que hacer un escala. Quería aprovechar para visitar un poco la ciudad, pero ha sido imposible. Junto con los otros miembros de la unidad hemos tenido que permanecer estacionados en un hangar. Tres comidas al día, dos duchas y una cama de campaña, cursos intensivos de español y de socorrismo; esto parece el ejército, pero sin sargentos. Finalmente el DC3 nos ha trasladado a Tegucigalpa y desde allí un helicóptero del Ejército nos ha transportado a Ramón Villesla Morales, el pequeño aeródromo de San Pedro Sula. Es increíble, Philip, desde el aire parece que el país haya sido bombardeado: kilómetros de tierras devastadas por completo, restos de casas, puentes rotos y cementerios improvisados por doquier. Volando a baja altura hemos visto manos tendidas hacia cielo que sobresalían del océano de barro, así como centenares de cadáveres de animales con las panzas hacia arriba. Por todas partes hay un olor pestilente, las carreteras están arrancadas; parecen cintas deshechas de cajas de cartón rotas. Los árboles desarraigados han caído unos sobre otros. Nada ha logrado sobrevivir bajo estos bosques de Mikado. Pedazos enteros de montañas se han hundido, borrando del mapa los pueblos que se levantaban sobre ellas. Nadie podrá contar los muertos, pero son miles. ¿Cómo es posible saber el número real de cadáveres sepultados? ¿Cómo encontrarán los supervivientes la fuerza necesaria para sobrevivir a tanta desesperación? Para ayudarlos de verdad deberíamos ser cientos, y en este helicóptero apenas somos dieciséis personas.

Dime, Philip, dime por qué nuestras grandes naciones pueden enviar legiones de soldados a la guerra, pero son incapaces de hacer lo mismo cuando se trata de salvar niños. ¿Cuánto tiempo habrá de pasar para que nos demos cuenta de esta evidencia? Philip, a ti te puedo confesar este extraño sentimiento: en medio de tanta muerte, siento como jamás lo había sentido que estoy viva. Alguna cosa ha cambiado. Para mí vivir ya no es un derecho, se ha convertido en un privilegio. Te quiero mucho, Philip.

25 de octubre

Susan:

Esta semana, en el momento en que recibía tu primera carta, han aparecido en la prensa varios reportajes que narran el horror en el que te encuentras. Los periódicos hablan de diez mil muertos. Pienso constantemente en ti e imagino lo que estás viviendo. Hablo de ti a todo el mundo y todos me hablan de ti. En el *Montclair Times* de ayer un periodista publicó un artículo sobre la ayuda humanitaria que nuestro país ha enviado a Honduras y termina su escrito nombrándote. Lo he recortado y te lo envío junto con la carta. Todo el mundo me pide noticias tuyas, lo cual no hace sino recordarme que no estás a mi lado. ¡Cómo te echo de menos! Han comenzado las clases, busco una vivienda que esté cerca de la facultad. He encontrado un pequeño taller de artista a reformar en un edificio de tres plantas que se encuentra en Broome Street. Les he dado mis referencias. El barrio también está en un estado lamentable, pero el estudio es grande y el alquiler es verdaderamente asequible. Además, imagínate: ¡Vivir en Manhattan! Cuando vuelvas estaremos tan sólo a unas pocas manzanas del Film Forum, ¿te acuerdas? ¡Casi no lo puedo creer!

En el escaparate del bar de enfrente hay una pequeña bandera de Honduras. Mientras espero a que vuelvas, pasaré todos los días por delante de ella. Es una señal. Cuídate mucho. Te añoro.

Philip

Las cartas de Susan le llegaban al ritmo de una por semana. Él respondía la misma noche. A veces sucedía que las dos correspondencias se cruzaban, y que algunas respuestas llegaban antes incluso de que se hubiesen formulado las preguntas. Por debajo del paralelo veinte los pueblos se habían armado de valor y los países intentaban reorganizarse en condiciones catastróficas. Susan y sus compañeros habían establecido un primer campo de refugiados. Se habían instalado en el valle de Sula, entre las montañas de San Ildefonso y de Cabeceras de Naco. El mes de enero preludiaba una vasta campaña de vacunación. Con ayuda de un viejo camión, Susan recorría las carreteras para distribuir alimentos, sacos de semillas y medicinas. Cuando no estaba al volante del viejo Dodge, dedicaba su tiempo a la organización del campamento base. El primer barracón que edificaron haría las veces de dispensario, y el siguiente, de oficina administrativa. Diez casas de tierra y ladrillos acogían ya a una treintena de familias. A finales del mes de febrero la aldea de Susan, distribuida en tres calles, se componía de dos edificios, veintiuna casuchas y doscientos habitantes, de los que dos tercios tenían de nuevo un techo sobre sus cabezas; el resto dormía en tiendas de campaña. Sobre lo que ya se había convertido en la plaza principal comenzaban a levantarse las bases de una escuela. Cada mañana, después de haber comido una galleta de maíz, Susan se dirigía al almacén, un hangar de madera acabado en Navidad, para cargar el camión y salir a hacer su recorrido. Cuando el motor tosía con las vueltas de manivela de Juan, toda la cabina temblaba. Ella tenía que soltar el volante, puesto que las vibraciones le hacían saltar las manos, y esperar a que los cilindros volviesen a animarse y los pistones se pusiesen en movimiento.

Juan todavía no había cumplido los dieciocho años. Había nacido en Puerto Cortés y ya no recordaba el rostro de sus padres. Cuando tenía nueve años trabajaba como descargador en el muelle, a los once y medio recogía redes en un barco de pesca y a los trece había llegado solo al valle, donde ahora todo el mundo le conocía. El adolescente con aires de hombre había visto a la que llamaba la «Señora Blanca» en cuanto ésta bajó del autobús de Sula. Le siguió los pasos. En un primer momento Susan lo tomó por un mendigo, pero él era demasiado orgulloso para pedir. Juan vivía del trueque, ofreciendo pequeños trabajos a cambio de un poco de alimento o un techo bajo en el que pasar la noche durante las lluvias torrenciales. Así había reparado tejados, pintado vallas, cepillado caballos, escoltado rebaños, transportado toda suerte de sacos sobre sus hombros, vaciado graneros. Ya se tratase de poner en marcha el Dodge azul pálido, cargar cajas en el camión, trepar a la trasera para ayudar en el reparto, ahí estaba Juan. El muchacho observaba e interpretaba los gestos de Susan, que significaban: «Necesito que alguien me eche una mano». Desde el mes de noviembre, ella preparaba cada mañana dos galletas de maíz, que a veces completaba con una barra de chocolate, y ambos compartían el alimento antes de emprender viaje. Incluso siendo optimistas, la tierra no daría fruto antes de una estación, y las carreteras cortadas impedían que los productos frescos circulasen por el país. Había que contentarse con víveres llamados «de subsistencia», que los habitantes de los pueblos consideraban los regalos de Dios. La presencia de Juan, tumbado bajo la lona de la trasera, tranquilizaba a Susan en aquellos caminos de un paisaje devastado. Si bien el silencio seguía reinando en su ruta, en los cruces siempre de luto.

8 de enero de 1975

Philip:

Primer fin de año lejos de ti, lejos de casa, lejos de todo. Un momento extraño en el que todo se mezcla en mi cabeza: un sentimiento de soledad que me invade, a veces aliviado por la alegría de vivir tantas cosas singulares. Aquel momento a medianoche que pasamos juntos durante muchos años, haciéndonos regalos, lo he pasado en medio de gentes a las que les falta de todo. Los niños de aquí se pelearían tan sólo por las cajas de regalo, por una simple cinta. Y, sin embargo, deberías ver el clima de fiesta que invade las calles. Los hombres disparaban al aire con viejas armas para celebrar la esperanza que les hace sobrevivir. Las mujeres han bailado en la calle con sus niños en rondas delirantes de felicidad. Yo estaba atónita. Recuerdo aquella tristeza que nos invadía al aproximarse el fin de año. Recuerdo las horas que pasé intentando traspasarte mi melancolía, con la excusa de que no todo giraba muy bien en torno a mi ombligo. Aquí todos están de luto, viudos o huérfanos, y se aferran a la vida con una dignidad alucinante. ¡Qué hermoso es este pueblo en su desolación! Mi regalo de Navidad me lo ha hecho Juan y ¡menudo regalo! Es mi primera casa, será muy hermosa y podré trasladarme a ella en unas pocas semanas. Juan espera a que paren las lluvias, a final de mes, para pintar la fachada.

Tengo que describírtela. Juan ha construido los cimientos con una mezcla de tierra, paja y piedras. Luego ha levantado las paredes con ladrillos. Con la ayuda de la gente del pueblo, ha recuperado marcos de ventanas entre los escombros. Pondrá una ventana a cada lado de una bonita puerta azul. El suelo de la única habitación todavía es de tierra. A la izquierda habrá una chimenea adosada a una de las paredes. Al lado habrá una pila de piedra, que será el rincón para cocinar. Para la ducha, colocará una cisterna sobre el tejado plano; tirando de una cadena habrá agua fría o tibia, según la hora del día. Descrito de este modo mi cuarto de baño no parece gran cosa y mi casa resulta espartana, pero sé que estará llena de vida. Pondré mi despacho en un rincón del salón ahí donde Juan quiere colocar el piso en cuanto encuentre con qué hacerlo. Una escalera sube a un altillo, donde pondré mi colchón. Bien, ya basta. Ahora te toca a ti escribirme. Cuéntame cómo has pasado las fiestas, qué es de tu vida. Te echo de menos. Sobre tu cama cae una lluvia de besos.

Tu Susan

29 de enero de 1975

Susan:

¡No he recibido tus felicitaciones! En fin, todavía no. Espero que el dibujo que te envío no llegue muy estropeado. Te preguntarás qué representa esa perspectiva de una calle al amanecer. Pues bien, tengo que anunciarte una gran noticia: ya estoy en el taller en Broome Street y, mientras te escribo desde mi ventana veo la calle desierta del Soho. Es la vista que te he dibujado. No te puedes imaginar hasta qué punto ha cambiado mi vida desde que me fui de Montclair; es como si hubiese perdido mis referencias. Pero al mismo tiempo sé que el cambio me hará mucho bien.

Me levanto temprano y salgo a desayunar al café Reggio. Me desvío un poco, pero me gusta disfrutar de la luz de la mañana en esas callejuelas de grandes adoquines irregulares, aceras deformadas con sus grandes placas de hierro fundido, y fachadas con escaleras metálicas. Y, además, tú adoras este lugar. Sabes, creo que te escribiré lo que sea para que de vez en cuando pienses en mí, para que me respondas y me hables de ti. No me imaginaba que te echaría tanto de menos. Me aferro a mis cursos y todos los días me digo que el tiempo sin ti es demasiado largo, que debería subirme a un avión e ir a tu lado. Aunque, como me has dicho varias veces, no es mi vida. Sin embargo a veces me pregunto qué será de mi vida lejos de ti.

Bien, si esta carta no acaba en la papelera es que el *bourbon* que me acabo de tomar habrá hecho su efecto, que me habré prohibido releer mis palabras mañana por la mañana o que esta misma noche la he echado en el buzón de correos que hay en la esquina de mi calle. Cuando salgo de casa por la mañana, lo miro con el rabillo del ojo, como si el buzón fuera el encargado de entregarme una carta tuya un poco más tarde; una carta que encontraré al regresar de la facultad. A veces tengo la impresión de que me sonríe y se burla de mí, flemático. Hace un frío terrible. Besos.

Philip

25 de febrero de 1975

Philip:

Una carta breve. Perdona que no escriba más a menudo. Estoy desbordada por el trabajo en este momento y cuando llego a casa ya no tengo fuerzas para escribir, apenas para meterme en la cama y dormir unas cuantas horas. Febrero se acaba, tres semanas sin lluvia, es casi un milagro. Tras el barro ahora llega el polvo. Por fin nos hemos podido poner a trabajar de verdad, y tengo la impresión de que veo mis primeros esfuerzos recompensados: la vida vuelve.

Es la primera vez que estoy sentada en mi despacho, donde he pegado tu dibujo sobre la chimenea. De esta forma tenemos la misma vista. Estoy muy contenta de que te hayas mudado a Manhattan. ¿Cómo te va en la universidad? ¡Debes de estar rodeado de chicas que sucumben a tus encantos! Aprovéchate, amiguito, pero no las hagas muy desgraciadas. Muchos besitos.

Susan

4 de abril

Susan:

Hace tiempo que retiraron la iluminación de las fiestas y ya hemos dejado atrás el mes de febrero. Hace dos semanas nevó y la ciudad quedó paralizada durante tres días. Hubo un pánico indescriptible. No circulaban los coches. Los taxis zigzagueaban como trineos por la Quinta Avenida. Los bomberos no pudieron apagar un incendio en Tribeca, porque el agua se había congelado. Y, después, el horror: tres vagabundos murieron de frío en Central Park, entre ellos una mujer de treinta años a la que encontraron sentada, congelada en un banco. En los telediarios de la noche y la mañana no se hablaba de otra cosa. Nadie comprende por qué el Ayuntamiento no abre los refugios cuando llega una ola de frío. ¿Cómo aceptar que alguien pueda morir así en nuestros días? ¡Y en las calles de Nueva York! Es lamentable.

¡Así que tú también te has mudado a una nueva casa! Muy simpática tu perorata sobre las chicas de la facultad. Ahora es mi turno: ¿Quién es ese Juan que se ocupa tanto de ti? Trabajo como un loco, pues faltan pocos meses para los exámenes. ¿Todavía me echas un poco de menos? Escríbeme.

Philip

25 de abril de 1975

Philip:

He recibido tu carta, debería haberte respondido hace dos semanas, pero jamás encuentro tiempo para hacerlo. Estamos ya a finales de abril, hace buen tiempo y un calor que a veces resulta difícil de soportar. Hemos viajado durante diez días con Juan, atravesando todo el valle de Sula para luego subir por la carretera del monte Cabeceras de Naco. El objetivo de nuestra expedición era llegar a las aldeas de las montañas. Ir hasta allí ha sido difícil. El *Dodge*, nombre con el que hemos bautizado a nuestro camión, nos ha fallado dos veces, pero Juan tiene unas manos mágicas. Estoy rendida, no te puedes imaginar lo que supone cambiar la rueda de semejante armatoste. Al principio los campesinos nos han confundido con sandinistas, y éstos a su vez con frecuencia nos toman por militares que van de civil. Si se pusieran de acuerdo, nos facilitarían el trabajo.

En el primer control, te aseguro que el corazón se

me salía del pecho. Jamás me habían puesto un fusil automático tan cerca de la cara. Hemos comprado nuestros salvoconductos con algunos sacos de trigo y doce mantas. La carretera que subía junto a las rocas apenas era practicable. Hemos tardado dos días en ascender mil metros. Resulta difícil explicarte lo que encontramos allí: poblaciones famélicas a las que todavía nadie había ayudado. Juan tuvo que negociar duramente para ganarse la confianza de los hombres que vigilaban el puerto de montaña...

Fueron recibidos con la mayor de las desconfianzas. El ruido del motor les había precedido y los habitantes de la aldea se habían arracimado a lo largo del camino para seguir el lento avance del *Dodge*, cuya caja de velocidades crujía a cada curva. Cuando casi tuvo que detenerse para realizar una última maniobra que anunciaba el final de la carretera desierta, dos hombres saltaron a los estribos del camión apuntando con sus machetes hacia el interior de la cabina. Sorprendida, Susan dio un bandazo, aplastó el freno y poco faltó para que el camión se precipitase por el barranco.

Llena de una ira que ahogaba su miedo, salió de la cabina. Al abrir de golpe la puerta, lanzó a uno de los hombres al suelo. Con la mirada iracunda y poniéndose en jarras lo cubrió de insultos. El campesino se incorporó boquiabierto, sin comprender ni una sola palabra de lo que la mujer de piel clara le gritaba a la cara, pero indudablemente Doña Blanca estaba enfadada. Juan también bajó del camión, aunque más tranquilo, y explicó las razones de su presencia allí. Después de algunos instantes de duda, uno de los campesinos levantó el brazo izquierdo y una docena de aldeanos se adelantaron. El grupo se puso a discutir durante interminables minutos y la conversación se transformó en un griterío confuso. Entonces Susan se subió al capó del camión y ordenó fríamente a Juan que tocase el claxon. Él sonrió y lo hizo. Poco a poco las voces, ahogadas por el sonido de la cascada bocina, se acallaron. Todo el grupo se volvió hacia Susan que en su mejor español se dirigió al que parecía ser el jefe.

–Tengo mantas, víveres y medicinas. ¡O me ayudan ustedes a descargar el material o suelto el freno de mano y regreso a pie!

Una mujer atravesó el gentío silencioso, se colocó delante de la rejilla del radiador y se santiguó. Susan intentó bajar de su improvisada plataforma sin romperse el tobillo. La mujer le tendió la mano, ayudada poco después por un hombre. Susan avanzó hasta la parte de atrás, donde estaba Juan, mirando a la gente de arriba abajo. Los campesinos se apartaron lentamente a su paso. Con la ayuda de Juan retiró la cubierta de lona. Todo el pueblo estaba silencioso e inmóvil. Susan sacó un montón de mantas y las arrojó al suelo. Nadie se movió.

–Pero ¿qué les pasa? ¡Maldita sea!

–Señora –dijo Juan–, lo que usted les trae no tiene precio para ellos. Esperan saber lo que usted les pedirá a cambio y también saben que no tienen con qué pagarlo.

–¡Pues diles que lo único que les pido es que nos ayuden a descargar el camión!

–Es algo más complicado que eso.

–Y para que sea simple, ¿qué hay que hacer?

–Póngase el brazalete del Peace Corps, tome una de las mantas que acaba de tirar al suelo y colóquela sobre el hombro de la mujer que acaba de santiguarse.

Al poner la manta sobre el hombro de la mujer, la miró al fondo de los ojos y le dijo:

–He venido a entregarles lo que hace tiempo les deberían haber traído. Perdóneme por haber venido tan tarde.

Teresa la acogió entre sus brazos y le dio un beso en las mejillas. Con gestos de alegría, los hombres se precipitaron hacia el camión y vaciaron su contenido. Juan y Susan fueron invitados a cenar con todos los habitantes del pueblo. En cuanto hubo caído la noche, encendieron una gran hoguera y se sirvió una cena frugal.

En el curso de la velada, un niño se acercó a Susan por la espalda. Ella sintió su presencia, se dio la vuelta y le sonrió, pero el muchacho salió corriendo. Al cabo de un rato reapareció, acercándose un poco más; nuevo guiño de ojo y nueva huida. La escena se repitió varias veces, hasta que por fin el niño se quedó a su lado. Susan lo miró sin hacer ningún movimiento y sin hablarle, y en aquel rostro mugriento distinguió la belleza de su ojos, negros como el azabache.

Susan le tendió la mano con la palma vuelta hacia el cielo. Los ojos del niño dudaban entre el rostro y la mano, y sus dedos acabaron apresando tímidamente el índice de Susan. Él le hizo una señal para que permaneciese callada y ella sintió la tracción de su bracito, que la arrastraba consigo.

El pequeño se detuvo detrás de una empalizada y con un dedo que colocó sobre su boca le conminó a permanecer en silencio y a ponerse de rodillas para estar a su misma altura. Después señaló un agujero que había entre las cañas y la invitó a colocar el ojo. El niño se apartó y ella avanzó para ver qué había podido empujarle a reunir tantas fuerzas para vencer su miedo y conducirla hasta allí.

... Descubrí a una niñita de cinco años que estaba a punto de morir, puesto que su pierna se encontraba completamente gangrenada. Cuando una parte del pueblo fue arrastrada por un río de lodo, un hombre que iba a la deriva, agarrado al tronco de un árbol, y que buscaba desesperadamente a su hija, la cual había desaparecido, vio el bracito de la niña sobresaliendo en las aguas. Arrancándolo de la muerte, cogió con fuerza el cuerpo de la niña. Juntos descendieron kilómetros en la oscuridad, luchando por mantener la cabeza por encima de las aguas en medio del ruido ensordecedor de los remolinos y las corrientes que los arrastraban hasta el límite de sus fuerzas, hasta perder la conciencia.

Al amanecer, cuando se despertó, ella estaba a su lado. Ambos se hallaban heridos, pero estaban vivos. Sin embargo, había un detalle: la niña a la que había salvado no era su hija. Jamás encontró el cuerpo de su propia hija.

Al término de una noche de conversaciones, el hombre aceptó entregárnosla. Yo no estaba segura de que la niña lograra sobrevivir al viaje, pero allá arriba sólo le quedaban unos pocos días de vida. Le prometí que regresaría con ella al cabo de un mes o dos, con el camión lleno de víveres. Entonces consintió en el sacrificio, por los otros, creo yo. Y aunque mi causa era justa, me sentí sucia cuando me miró. Estoy de regreso en San Pedro, y la pequeña todavía se debate entre la vida y la muerte. Me siento agotada. Para tu información, Juan es mi asistente, ¿qué te habías imaginado? ¡No estoy de vacaciones en Canadá! De todos modos, te envío un beso.

Susan

P. D.: Puesto que juramos decirnos la verdad, hace falta que te confiese algo: ¡Nueva York y tú: me aburren vuestras historias de vagabundos!

La carta que recibió de Philip llegó mucho después. Sin embargo, él la había escrito antes de recibir la de ella.

10 de mayo de 1975

Susan:

Yo también he tardado en responderte. He trabajado como un loco, acabo de aprobar los parciales. La ciudad recupera los colores de mayo y el verde le sienta muy bien. El domingo fui con unos amigos a pasear por Central Park. Los primeros abrazos sobre el césped anuncian que por fin la primavera está aquí para quedarse. Subo a la azotea del edificio y dibujo mirando el barrio que se extiende a mis pies. Me gustaría que estuvieses aquí. He conseguido un trabajo de becario para este verano en una agencia de publicidad. Dime algo de tu vida, ¿dónde estás? Escríbeme pronto. Cuando llevo un tiempo sin saber de ti, comienzo a preocuparme.

Hasta muy pronto, te quiero.

Philip

Desde el fondo del valle, Susan vio cómo las primeras luces del alba penetraban en la oscuridad de la noche. Al poco rato el sol hizo brillar la pista, que se extendía como un trazo largo, atravesando los inmensos campos todavía húmedos de rocío. Algunos pájaros comenzaban a revolotear en el cielo pálido. Se estiró, la espalda le dolía y suspiró. Bajó por la escalera y se dirigió, caminando con los pies descalzos sobre el suelo de tierra, hacia el fregadero. Se calentó las manos encima de algunas brasas que todavía ardían en la chimenea. Cogió una caja de madera de la estantería que Juan había colocado en la pared y echó una medida de café en la cafetera de metal esmaltado; la llenó de agua y la puso en un equilibrio precario sobre los hierros torcidos de la parrilla que había sobre las cenizas.

Mientras se hacía el café, se cepilló los dientes y se miró la cara en el pequeño pedazo de espejo que colgaba de un clavo. Hizo una mueca al contemplar su reflejo y se pasó la mano por el pelo. Se estiró la camiseta, descubriendo el hombro para examinar una picada de araña. «¡Qué asco!»

Subió al altillo y a cuatro patas dio enérgicamente la vuelta al colchón para descubrir a su agresor. El ruido del agua hirviendo hizo que renunciase y bajó. Rodeó el mango de la cafetera con un trapo y vertió el líquido negro en la taza, cogió un plátano de la mesa y fue a tomarse el desayuno afuera. Sentada sobre la escalinata, se llevó la taza a los labios mientras dirigía la mirada al lejano horizonte. Susan se acarició la pantorrilla y le recorrió un ligero escalofrío. Incorporándose de un salto se dirigió a su despacho y cogió un bolígrafo.

Philip:

Espero que esta nota te llegue rápidamente. Tengo que pedirte un favor: ¿Podrías enviarme alguna crema hidratante para el cuerpo y un poco de champú?

Confío en ti. Te lo pagaré cuando nos veamos. Besos.

Susan

La jornada del sábado concluía y las calles estaban llenas de gente. Philip se instaló en la terraza de una cafetería para dar los últimos retoques a un boceto. Pidió un café al estilo americano; el café expreso aún no había cruzado el Atlántico. Siguió con la mirada a una mujer rubia que atravesaba la calle en dirección a los cines, y de pronto, le entraron ganas de ir a ver una película. Pagó la consumición y se levantó. Salió de la sala dos horas más tarde. El mes de junio ofrecía a la ciudad sus más bellos atardeceres. En el cruce, fiel a la costumbre que había adquirido en estos últimos meses, saludó al buzón de correos. Dudó sobre si reunirse o no con sus amigos, que comían en un restaurante de Mercer Street, y prefirió volver a casa.

Introdujo la llave en la cerradura, adoptó la única postura que le permitía accionar el pestillo y empujó la pesada puerta de madera del inmueble. En cuanto dio al interruptor, el estrecho pasillo que conducía a la escalera se iluminó con un amarillo pálido. Un sobre de color azul sobresalía del buzón; lo cogió y subió corriendo por la escalera. Cuando se tiró sobre el sofá, ya había abierto la carta y desdoblado la hoja de papel.

Philip:

Si estas letras te llegan en quince días, estaremos a finales de agosto y sólo tendremos que esperar un año para volver a vernos. En fin, lo que quiero decirte es que ya habremos recorrido la mitad del camino. No he tenido tiempo de contártelo, pero voy a ascender de categoría. Se habla de establecer un nuevo campamento en la montaña y circula el rumor de que quizá yo sería la responsable del mismo. Gracias por tu envío. Ya sabes que te echo de menos, aunque no te escriba a menudo. ¡Debes de haber envejecido en todo este tiempo! Espero recibir pronto noticias tuyas.

Susan

10 de septiembre de 1975

Susan:

Nunca más podré ver de forma inocente las palabras «un año más tarde...» que a veces aparecen en las pantallas de cine. Jamás había prestado atención a la emoción discreta, oculta tras los tres pequeños puntos suspensivos, que sólo comprenden los que saben en qué medida la espera puede generar soledad. ¡Qué largos son esos minutos que se resumen entre comillas! El verano está acabando, mi trabajo de becario también, y me han comunicado que cuando tenga el título me contratarán. Sólo he ido a la playa una vez.

Cometí la tontería de ir a ver una película en la que un tiburón blanco sembraba el terror en nuestras playas. Es del mismo realizador de *Duelo*. ¡Cómo nos gustó esa película! ¿Te acuerdas? Fue en el Film Forum. Aquel día, al salir del cine, poco podía imaginar que unos años más tarde viviría esperándote en la misma calle de aquel bar al que luego fuimos. Imposible imaginar que te escribiría «al fin del mundo». Durante una escena terrible, una chica que estaba sentada a mi lado me ha clavado las uñas en el brazo. Ha sido algo extraño. Ella se ha deshecho en excusas durante el resto de la proyección. Jamás había oído tantos «perdón» y «lo siento mucho» en una hora. No me habrías reconocido. Yo, que puedo tardar seis meses en entablar una conversación con una muchacha que me sonríe en un restaurante, he logrado decirle: «Si continúa hablando así, nos echarán. Podemos hablar luego, tomando algo». Ella se ha callado hasta el final, y yo, claro está, no me he enterado de la película. La situación era estúpida, porque yo estaba seguro de que ella se eclipsaría en cuanto proyectasen la última imagen. Sin embargo, cuando han encendido las luces me ha seguido por el pasillo y he oído que me decía: «¿Dónde vamos a cenar?». Hemos ido a Fanelli's. Se llama Mary y estudia periodismo. Esta noche llueve a mares. Me voy a la cama, es mejor. Te contaría cualquier cosa para darte celos. Espero noticias tuyas.

Philip

Un día de noviembre de 1975, no sé bien cuál

Querido Philip:

Han transcurrido pocas semanas desde mi última carta, pero aquí el tiempo no corre de la misma manera. ¿Te acuerdas de la niñita de la que te hablé en una de mis cartas anteriores? La he llevado a casa de su nuevo papá. No pudieron salvarle la pierna. Yo tenía miedo de la reacción de él al encontrarla así. Fuimos a buscarla a Puerto Cortés. Juan me acompañó. Dispuse varios sacos de harina en la trasera del Dodge a modo de colchón. Al llegar al hospital, vi a la niña que esperaba al final del pasillo, estirada sobre una camilla.

Me obligué a concentrarme en su cara y a no mirar la zona amputada. ¿Por qué prestar más atención a lo que no existe que a todo el resto, que sí está? ¿Por qué dar más importancia a lo que no funciona que a lo que va bien?

No podía dejar de preguntarme cómo iba a vivir con su minusvalía. Juan comprendió mi silencio y, antes de que me dirigiese a ella, me murmuró al oído: «No le manifiestes tu pena, deberías alegrarte. Lo importante no es su pierna cortada, sino su historia, su supervivencia».

Juan tenía razón. La instalamos sobre los fardos y tomamos la carretera que conduce a las montañas. Él la cuidó durante todo el trayecto, intentaba distraerla y también, eso creo, calmarme a mí. Para lograr sus objetivos no dejaba de burlarse de mí. Me imitaba al volante de este vehículo demasiado pesado que a cada kilómetro me quiere demostrar que es más fuerte que yo. ¡Como si sus siete toneladas no bastaran! Juan se colocaba semisentado, con los brazos tendidos hacia delante y comenzaba a hacer muecas mientras parodiaba mis esfuerzos en cada curva para dominar el volante, aderezando su imitación con comentarios que mi español no permite apreciar en su justo valor. Sucedió al término de seis horas. Al reducir la marcha, el camión se caló y solté una palabrota al tiempo que descargaba un puñetazo sobre el volante. ¡Mi mal carácter no ha desaparecido, sabes! Juan vio el cielo abierto: comenzó a lanzar una sarta de groserías, haciendo como que golpeaba sobre una caja que se supone que representaba el volante, y de repente la niña se echó a reír.

Primero fue el sonido claro de dos risas, luego un breve momento de pudor, luego otra risa y, de pronto, el instante impagable: el camión se llenó con sus exclamaciones. No imaginaba la importancia que de repente puede adquirir la simple risa de un niño. Por el retrovisor yo veía cómo respiraba profundamente. La risa alocada también conquistó a Juan. Creo que lloré más en ese momento que el día en que me abrazaste sobre la tumba de mis padres, salvo que ese día yo lloraba por dentro. De golpe había tanta vida, tantas esperanzas... Me di la vuelta para verlos, y en medio de sus carcajadas distinguí la sonrisa que Juan me dirigía. Las barreras de la lengua habían desaparecido...

A propósito, ahora que estás lanzado, cuéntame, mejor en español, el final de tu cena después del cine. Eso me ayudará a perfeccionar mis conocimientos...

Reconoció el camión en cuanto lo divisó en las primeras curvas del fondo del valle. Dejó de trabajar, se sentó sobre una piedra y no apartó la mirada del vehículo durante las cinco horas que duró la lenta ascensión. Rolando esperaba desde hacía trece largas semanas. Durante todo este tiempo no había dejado de preguntarse si la niña todavía estaba con vida. Ignoraba si los pájaros que volaban en lo alto del cielo auguraban su muerte o si, por el contrario, anunciaban que había sobrevivido. Con el paso de los días las cosas más simples de la vida cotidiana se transformaron en señales, prestándose a un juego incontrolable de augurios optimistas o pesimistas según el estado de ánimo que tuviese en ese momento.

En cada curva Susan hacía sonar tres veces el ronco claxon. Para Rolando era un buen presagio. Un sonido largo habría anunciado lo peor, pero tres cortos se podían interpretar como una buena noticia. Con un movimiento seco del brazo sacó de la manga el paquete marrón de Paladines: eran mucho más caros que los Dorados que fumaba habitualmente. De ese paquete sólo cogía uno al día, después de comer. Se llevó el cigarrillo a los labios y encendió un fósforo. Aspiró profundamente y se llenó los pulmones de un aire húmedo que olía a tierra y al perfume de los pinos. El tabaco, al arder, hizo que la punta del cigarrillo se pusiese incandescente. Aquella tarde se fumaría todo el paquete. Habría de tener paciencia. Cruzarían el puerto de montaña a la caída de la tarde.

Todos los campesinos se reunieron a la entrada de la aldea. En esta ocasión nadie se atrevió a subirse a los estribos. Susan aminoró la marcha y la población se arracimó en torno al vehículo. Apagó el motor y bajó, miró a derecha e izquierda, sosteniendo con orgullo cada una de sus miradas. Juan se mantenía detrás de ella e intentaba mantener la compostura rascando el suelo con el pie. Rolando estaba delante; tiró al suelo la colilla.

Susan respiró hondo y se dirigió a la trasera del Dodge. La gente la siguió con la mirada. Rolando se aproximó, nada en su rostro traicionaba su emoción. Susan apartó la lona con un gesto enérgico. Juan le ayudó a bajar la puerta de atrás, descubriendo a la niña que volvía al pueblo. La pequeña sólo tenía una pierna, pero tendió sus brazos a quien le había salvado la vida. Rolando saltó a la plataforma del camión y levantó a la niña. Murmuró algunas palabras en su oído y ella sonrió. Cuando bajó, la colocó en el suelo, arrodillándose a la altura de su hombro para sostenerla. Hubo unos segundos de silencio y luego todos los hombres lanzaron sus sombreros al aire al tiempo que prorrumpían en gritos que se elevaban hacia las alturas. Susan inclinó púdicamente la cabeza para ocultar su expresión en aquel momento en que se sentía particularmente frágil. Juan le cogió la mano. «Déjame», dijo ella. Él insistió en su apretón: «Gracias en su nombre». Rolando dejó a la niña con una mujer y se acercó a Susan. Su mano se elevó hacia su cara, le levantó la barbilla y se dirigió a Juan con autoridad:

–¿Cómo se llama?

Juan miró a aquel hombre de estatura imponente y esperó unos instantes antes de responder:

–Abajo, en el valle, la llaman Doña Blanca.

Rolando dio un paso hacia ella y colocó sus pesadas manos sobre sus hombros. Los profundos surcos que rodeaban sus ojos se acentuaron y su boca se abrió de par en par en una inmensa sonrisa parcialmente desdentada.

–¡Doña Blanca! –exclamó–. Así será como Rolando Álvarez la llamará.

El campesino condujo a Juan por el sendero de piedras que llevaba al pueblo. Esa noche beberían guajo.

A una segunda Nochevieja, que también vivieron separados, sucedieron los primeros días del mes de enero de 1976. Susan pasó las fiestas trabajando sin descanso. Philip, que se sentía más solo que nunca, le escribió cinco cartas entre el día de Acción de Gracias y Nochevieja, pero no envió ninguna.

En la noche del 4 de febrero, un terrible temblor de tierra sacudió Guatemala, acabando con la vida de veinticinco mil personas. Susan hizo todo lo posible para viajar hasta allí y prestar ayuda, pero los engranajes oxidados de la maquinaria administrativa se negaron a moverse y tuvo que renunciar a su idea. El 24 de marzo, en Argentina, el régimen peronista fue derrocado. El general Jorge Rafael Videla acababa de ordenar la detención de Isabel Perón; otra esperanza se apagaba en aquella parte del mundo. En Hollywood, un Óscar caía desde un nido de cuco sobre los hombros de Jack Nicholson. El 4 de julio, unos Estados Unidos alborozados festejaban los doscientos años de su independencia. Algunos días más tarde, a centenares de miles de kilómetros, un Viking se posaba sobre Marte y enviaba las primeras imágenes del planeta rojo que la Tierra podía ver. El 28 de julio, otro seísmo alcanzaba el grado ocho de la escala de Richter. A las tres cuarenta y cinco minutos de la madrugada exactamente, la ciudad china de Tangshan era borrada del mapa; en ella vivían un millón seiscientas mil personas. Esa misma noche, cuarenta mil mineros quedaban sepultados en el fondo de una mina situada al sur de Pekín; entre los escombros de la megalópolis, seis millones de personas sin techo acampaban bajo unas precipitaciones diluvianas. China llevaría luto por setecientos cincuenta mil seres humanos. Al día siguiente, el avión de Susan aterrizaría en Newark.

Salió de la agencia un poco antes y en el camino se detuvo, para comprar rosas rojas y lirios blancos, las flores preferidas de Susan. En la tienda de comestibles de la esquina adquirió un mantel de tela, alimentos con los que preparar una buena cena, seis botellas pequeñas de Coca-

Cola, porque a ella no le gustaban las grandes, y bolsas de chucherías, sobre todo caramelos ácidos de fresa, que ella devoraba con fruición. Subió la escalera con los brazos cargados de paquetes. Trasladó su mesa de trabajo al centro de la sala de estar y luego puso la mesa, comprobando varias veces que los platos estuviesen bien colocados, los cubiertos simétricamente puestos y los vasos correctamente alineados. Vació las bolsas de chucherías en un bol de desayuno, que situó sobre la repisa de la ventana y consagró la siguiente hora a recortar los tallos de las flores y a arreglar dos ramos; puso el de rosas rojas en el dormitorio, sobre la mesita de noche. Luego cambió las sábanas de la cama, añadió un segundo vaso para los dientes en la estantería del minúsculo cuarto de baño y limpió cuidadosamente los grifos del lavabo y la ducha. Ya era noche entrada cuando revisó el conjunto varias veces para comprobar que todo estuviera a punto y, como le pareció excesivamente ordenado, estudió la manera de redistribuir los objetos para dar un poco más de vida al lugar. Después de pulirse una bolsa entera de patatas fritas y lavarse la cara en el fregadero de la cocina, se estiró en el sofá. Tardó en conciliar el sueño y se despertó muchas veces. Al amanecer se vistió y salió a tomar el autobús que le llevaría al aeropuerto de Newark.

Eran las nueve de la mañana y el avión procedente de Miami aterrizaría en un par de horas. Con la esperanza de que ella hubiese elegido el primer vuelo, reservó su mesa inclinando el respaldo de la silla y se instaló en el mostrador para luchar contra la impaciencia, tratando de entablar conversación con el camarero. No era de esos hombres de librea negra o blanca que en los grandes hoteles están acostumbrados a escuchar las confidencias de sus clientes, y sólo prestó una atención distraída a las palabras de Philip. Entre las diez y las once, tuvo cien veces la tentación de acercarse a la puerta, pero la cita que había concertado con ella era ahí, en esa mesa. Este detalle era un fiel reflejo de Susan, una ilustración perfecta de sus contradicciones. Ella detestaba las situaciones enfáticas, pero adoraba los símbolos. Cuando el Super Continental de la Eastern Airlines sobrevoló la pista, el corazón de Philip comenzó a latir más deprisa y su boca se secó. Pero en cuanto el avión se inmovilizó, supo que ella no venía en ese vuelo. Pegado al ventanal, vio cómo los pasajeros salían del aparato y seguían la línea amarilla pintada en el suelo que los guiaba a la terminal.

Seguramente ella llegaría en el vuelo de la tarde, «era mucho más lógico». Entonces, para distraer la larga espera, se puso a dibujar. Pasó una hora. Después de esbozar en el papel rayado algunos apuntes de los siete clientes que habían entrado y salido de la cafetería, cerró el cuaderno de espiral, se acercó al mostrador y le dijo al camarero:

–Quizá le pareceré extraño, pero espero a alguien que debía haber salido esta mañana de Miami. El próximo vuelo no llegará hasta las siete de la tarde y aún faltan seis horas. Tengo que matar el tiempo y me he quedado sin cartuchos.

El hombre lo miró con aire de interrogación y continuó secando de forma incansable vasos y tazas, colocándolos cuidadosamente en las estanterías que había detrás de él. Philip retomó el hilo de su monólogo.

–¡A veces una hora puede ser muy larga! Hay días en los que el tiempo pasa tan deprisa que uno apenas puede hacerlo todo, y otros, como éste, en que uno no para de mirar el reloj continuamente y cree que el tiempo se ha detenido. Para pasar el tiempo, ¿le podría ayudar a secar los vasos o a hacer cualquier otra cosa, como coger los pedidos de los clientes? ¡Si no me voy a volver loco!

El camarero acababa de colocar en su sitio el último vaso limpio. Lanzó una mirada circular a la sala desierta y con un tono indolente le preguntó qué deseaba tomar al tiempo que le pasaba un *bestseller* que extrajo de debajo del mostrador. Philip leyó el título: *Will you please be quiet... please!* Antes de volver a su sitio, dio las gracias al camarero.

A la hora del almuerzo la cafetería se llenó. Hizo un esfuerzo y pidió un plato, más para satisfacer al camarero que por otra cosa, puesto que el estómago no le pedía nada. Mordisqueó un *club sandwich*, en tanto proseguía con la lectura de la recopilación de cuentos de Raymond Carver. A las dos de la tarde, mientras la camarera que acababa de comenzar su turno le llenaba la taza con un enésimo café, pidió un trozo de tarta de chocolate, que no tocó. Estaba todavía en la primera narración. A las tres de la tarde se dio cuenta de que estaba leyendo la misma página desde hacía diez minutos, a las tres y media seguía con la misma línea. Cerró el libro y suspiró.

En el Boeing que despegaba de Miami rumbo a Newark, Susan, con los ojos cerrados, contaba de memoria las lámparas color naranja que había en la cafetería, recordaba el parqué de listones barnizados, la puerta con el ojo de buey, mucho más grande que aquella ventanilla contra la que ahora se adormilaba.

Hacia las cuatro de la tarde, en un taburete de la cafetería, él secaba vasos mientras escuchaba cómo el camarero que había reemplazado al del turno de la mañana, le contaba algunos episodios de su vida tumultuosa. Philip, hechizado por su acento español, lo había interrogado varias veces sobre sus orígenes. El hombre le había repetido varias veces que era de México y que jamás había estado en Honduras. A las cinco el lugar volvió a llenarse y Philip regresó a su sitio. Todas las mesas estaban ocupadas cuando una anciana encorvada entró sin que nadie le prestase atención. Philip se puso el cuaderno delante de los ojos para no cruzarse con su mirada, unos instantes tan sólo, el tiempo suficiente para sentir una leve punzada de culpabilidad. Después de apartar sus cosas, fue a buscarla al mostrador, donde la mujer se mantenía de pie a duras penas. La anciana se lo agradeció sinceramente, le siguió y tomó asiento en la silla que él le ofrecía.

Demasiado nervioso para dominarse, Philip, después de insistir en que permaneciese allí sentada, fue a buscar la consumición al mostrador. Durante el siguiente cuarto de hora la mujer intentó entablar una conversación cortés. Pero a la segunda tentativa él la invitó de modo amable, pero firme, a que se tomase la bebida. ¡Treinta interminables minutos pasaron antes de que la anciana al fin se levantase! Ella le saludó y él vio cómo emprendía la lenta marcha hacia la salida.

El ruido sordo de los motores que pasaban por encima le arrancó de repente de sus pensamientos. Casi agachó la cabeza cuando el DC3 sobrevoló el tejado, rebasando el aeropuerto. El comandante de a bordo inclinó el aparato a la derecha, siguiendo la maniobra de aproximación, paralela a la pista. El lejano bimotor se inclinó de nuevo, esta vez para situarse perpendicularmente al terreno. Las pesadas ruedas aparecieron debajo de los motores y las luces de las alas comenzaron a parpadear. Unos minutos después, el gran morro redondeado del avión se echó hacia atrás: la pequeña rueda de la cola acababa de tocar el suelo. Poco a poco las palas de las hélices se hicieron visibles. A la altura de la terminal el DC3 dio la vuelta, avanzando hacia el área de estacionamiento, que estaba situada al pie de la cafetería. El avión de Susan acababa de detenerse. Philip hizo una señal al camarero para que acudiera a limpiar la mesa, les colocó el salero, el pimentero y el azucarero en su sitio, correctamente alineados. Cuando los primeros pasajeros descendieron por la escalerilla, tuvo miedo de que su instinto le hubiese jugado una mala pasada.

Vestía una camisa masculina con los faldones flotando sobre unos vaqueros gastados. Había adelgazado, pero se le veía en forma. Sus mejillas prominentes parecieron sobresalir unos centímetros cuando ella lo divisó, al otro lado del ventanal. Él hizo un esfuerzo sobrehumano para respetar su voluntad y permanecer allí sentado a la mesa. En cuanto ella entró en la terminal, desapareciendo por un breve tiempo de su campo de visión, él se dio la vuelta y ordenó dos bolas de vainilla recubiertas de chocolate caliente y almendras laminadas, todo ello generosamente regado con caramelo líquido.

Unos instantes después, ella pegó su rostro contra el ojo de buey y le hizo una mueca. En cuanto la vio en la puerta de la cafetería, él se levantó. Ella sonrió al constatar que él había elegido la misma mesa. En una vida en la que ya no quedaban puntos de referencia, este pequeño rincón íntimo en un aeropuerto anónimo había adquirido una especial importancia. Se lo había confesado a sí misma al desembarcar del pequeño avión que la había conducido de Puerto Cortés a Tegucigalpa.

Cuando ella empujó el batiente de la puerta, él tuvo que contenerse para no correr hacia ella, que hubiese detestado ese gesto. De forma intencionada, ahora ella caminaba a paso lento. Al llegar a la tercera hilera de mesas, tosca, dejó caer la gran bolsa de viaje, se puso a correr y finalmente se hundió en sus brazos. Con la frente sobre su hombro, ella aspiró el perfume de su nuca. Él cogió su cabeza entre las manos y la miró a los ojos. Permanecieron en silencio. El camarero tosió detrás de ellos y preguntó en tono irónico: «Por casualidad, ¿no querrán que ponga un poco de nata por encima?».

Al sentarse, Susan contempló la copa helada, hundió el dedo índice en la misma y chupó el caramelo que la recubría.

–¡Te he echado tanto de menos! –dijo él.

–¡Yo no! –respondió sarcástica ella–. ¿Cómo estás?

–¡Qué más da! Deja que te mire.

Había cambiado, quizá de forma imperceptible a los ojos de los demás, pero no a los de Philip. Sus mejillas estaban hundidas y la sonrisa traicionaba una angustia que él no lograba desentrañar. Era como si cada tragedia de la que había sido testigo se hubiese clavado en su carne, dibujando los contornos de una herida que desbordaba humanidad y turbación.

–¿Por qué me miras así, Philip?

–Porque me impresionas.

La carcajada de Susan invadió toda la cafetería. Dos clientes de una mesa se dieron la vuelta. Ella se tapó la boca con la mano.

–¡Oh! ¡Lo siento!

–Sobre todo, no te disculpes. Eres tan hermosa cuando ríes... ¿Esto te sucedía muy a menudo allí?

–Sabes, lo más increíble es que allí, como dices tú, parece que una está en el fin del mundo y en realidad se está aquí al lado. Pero háblame de ti, de Nueva York.

Estaba contento de vivir en Manhattan. Acababa de conseguir su primer trabajo para una agencia de publicidad, que le había encargado un *story-board*. Sus dibujos habían gustado y ya estaba embarcado en otro proyecto. No le reportaba mucho dinero, pero era algo concreto. Cuando ella le preguntó si estaba contento con su vida, él respondió encogiéndose de hombros. Él quiso saber si ella estaba satisfecha de su experiencia, si había encontrado lo que buscaba. Ella eludió la pregunta y siguió haciéndole preguntas a su vez. Quería que le diese noticias de sus padres. Pensaban vender la casa de Montclair e instalarse en la costa oeste. Philip casi no los había visto, salvo en el día de Acción de Gracias. Volver a dormir en su habitación le había producido una sensación desagradable. Sentía que se estaba alejando de ellos y, por primera vez, los veía envejecer. Era como si la distancia hubiese roto el hilo del tiempo y la vida hubiese quedado fragmentada en una sucesión de imágenes, en la que los rostros se van transformando lentamente sobre el papel amarillento. Él rompió el silencio.

–Uno no se da cuenta de cómo cambian las personas cuando las ve a diario. Y es así como uno acaba por perderlas.

–Es lo que siempre te he dicho, amiguito. Es peligroso vivir en pareja –dijo ella–. ¿Te parece que he engordado?

–No, al contrario, ¿por qué?

–Por lo que acabas de decir. ¿Encuentras que he cambiado?

–Tienes cara de cansada, Susan. Eso es todo.

–¡Así que he cambiado!

–¿Desde cuándo te preocupas por tu aspecto?

–Cada vez que te veo.

Ella seguía con la mirada las láminas de almendra que se adherían al chocolate y se iban depositando en el fondo de la copa helada.

–¡Tengo ganas de comer algo caliente!

–¿Qué te pasa, Susan?

–¡Esta mañana debí de olvidarme de tomar las pastillas para reír!

Ella había logrado irritarle. Susan ya lamentaba su cambio de humor, pero había creído que su complicidad le permitía comportarse como le viniese en gana.

–¡Al menos podrías hacer un pequeño esfuerzo!

–¿De qué me hablas?

–De hacerme creer que te alegras de verme.

Ella pasó un dedo por la mejilla de él.

–Pero, tonto, ¡claro que estoy contenta! ¡No tiene nada que ver contigo!

–¿Con qué entonces?

–Me resulta difícil volver a mi país. Todo me parece realmente lejos de la vida que llevo. Aquí hay de todo, no falta nada. En cambio, allí no hay nada.

–Mal de muchos, consuelo de tontos. Si no eres capaz de relativizar las cosas, intenta al menos ser un poco más egoísta. Eso te convertirá en una mejor persona.

–¡Dios mío, te estás convirtiendo en un filósofo!

Philip se levantó bruscamente y recorrió el pasillo entre las mesas hasta la puerta. Salió de la sala y regresó de inmediato, a paso rápido. Se inclinó y besó a Susan en el cuello.

–¡Buenos días, me alegro mucho de verte!

–¿Se puede saber a qué estás jugando?

–Precisamente, no estoy jugando. Te espero desde hace

dos años. Me han salido callos en los dedos de tanto escribirte, puesto que era el único medio de compartir algo, aunque fuese lo mínimo, de tu vida, y descubro que nuestro encuentro comienza de una manera muy diferente a como me lo había imaginado. Así pues, prefiero comenzar todo desde el principio.

Ella clavó su mirada en él durante unos instantes y estalló en una carcajada.

–Sigues tan loco como de costumbre. ¡También yo te he echado de menos!

–Bien, ¿me lo cuentas todo ahora?

–No, tú primero. Háblame de tu vida aquí, en Nueva York. Quiero saberlo todo.

–¿Qué quieres de caliente?

–¿De qué me hablas?

–Has dicho que querías algo caliente, ¿que quieres comer?

–Eso era antes. El helado ha sido una idea muy buena.

Ambos experimentaban una extraña sensación, sin atreverse a confesárselo. El tiempo levantaba hitos de intensidad diferente en cada una de sus vidas, a ritmos que no tenían nada en común. Sin embargo el sentimiento que los unía permanecía intacto. Sólo les faltaban las palabras. Quizá se debiera también a que la profundidad y la sinceridad del vínculo que existía entre ellos ya acusaba excesivas ausencias, una distancia que no sólo se expresaba en kilómetros.

–Entonces come deprisa y vámonos, tengo una sorpresa para ti.

Ella bajó los ojos y permaneció un momento en silencio, unos segundos, antes de levantar la cabeza para mirarlo.

–No tendré tiempo... Quiero decir que no me quedo. He aceptado renovar el contrato. Sabes, allí me necesitan. Lo siento, Philip.

Él sintió que la tierra se abría bajo sus pies, y experimentó el extraño vértigo que se instala e impide que uno esté atento en el momento en que es más necesario estarlo.

–No pongas esa cara, te lo ruego.

Ella colocó su mano sobre la de Philip y él apartó al instante la mirada para que no pudiese ver la tristeza y el desconcierto que acababan de adueñarse de sus ojos. Un sentimiento de soledad oprimía su corazón. Acarició con el pulgar la mano de Susan; su piel había perdido parte de su tersura. Le habían salido pequeñas arrugas, y él no quiso mirarlas.

–Sé que es difícil –dijo ella–. Resulta imposible conservar las manos como las de una chica joven. Ya me has visto las uñas, y para qué quiero hablar de mis piernas. ¿Qué querías enseñarme?

Él quería mostrarle su estudio en Manhattan, pero eso no era lo importante. Lo dejarían para la próxima ocasión. La observó atentamente y su mirada cambió. Ella consultó su reloj.

–¿Y cuánto tiempo te quedas?

–Dos horas.

–¡Ah!

–No te puedes imaginar todo lo que he tenido que hacer para escaparme y poder verte. –Sacó un paquete envuelto en papel de embalar y lo colocó sobre la mesa–. Es absolutamente necesario que entregues este paquete en esta dirección. Son nuestras oficinas en Nueva York. Es parte de la excusa que me he inventado para verte.

Él no miró el paquete.

–Pensaba que trabajabas en una organización humanitaria. No sabía que estuvieses en un batallón de castigo.

–¡Pues ahora lo sabes!

–¡Cuéntame!

En dos años había trazado su camino. Es a ella a quien habían llamado a Washington para que justificase los créditos solicitados. También era ella quien debía regresar lo más rápidamente posible con cajas de medicinas, diversos materiales y alimentos no perecederos.

–¿Y no puedes esperar aquí mientras ellos hacen los paquetes?

–He venido a prepararlos personalmente. Ése es también el objetivo de mi viaje. Debo llevar las cosas que realmente necesitamos, y no las toneladas de tonterías que amenazan con enviarnos.

–¿Y qué es precisamente lo que necesitáis?

Susan hizo como si sacase una lista del bolsillo y la leyese:

–Tú tomas el pasillo de la izquierda. Yo iré hacia las estanterías refrigeradas del fondo del almacén y nos encontraremos en las cajas. ¿Te acordarás de todo? Nos hace falta material escolar, trescientos cuadernos, novecientos lápices, seis pizarras, cien cajas de tiza, manuales de español y todo lo que encuentres en esa sección, platos y cubiertos de plástico, alrededor de seiscientos platos, dos mil cuchillos, el mismo número de tenedores y el doble de cucharas, novecientas mantas, mil pañales, mil toallas, un centenar de trapos para el dispensario...

–Yo es a ti a quien necesito, Susan.

–... seis mil compresas, trescientos metros de hilo para sutura, equipos de esterilización, útiles dentales, agujas, cánulas estériles, separadores, quirófanos, pinzas quirúrgicas, penicilina, aspirinas, antibióticos de amplio espectro, anestésicos... Perdóname, no soy muy divertida.

–¡No está mal! ¿Puedo al menos ir contigo a Washington?

–En el sitio al que voy no te dejarían entrar. No me darán ni la vigésima parte de lo que necesitamos.

–Ya empleas el «nosotros» cuando hablas de allí.

–No me había dado cuenta.

–¿Cuándo volverás?

–No tengo la menor idea. Probablemente dentro de un año.

–¿Te quedarás la próxima vez?

–Philip, no hagas un drama. Si uno de nosotros hubiese ido a una universidad del otro extremo del país, sería lo mismo, ¿no?

–No. Las vacaciones no durarían sólo dos horas.

–Bien, estoy hundido, estoy triste y no logro ocultártelo. Susan, ¿vas a encontrar todas las excusas imaginables del mundo para que jamás llegue el momento?

–¿Para que no llegue el momento de qué?

–De arriesgarte a perderte a ti misma uniéndote a otra persona. ¡Deja ya de mirar el reloj!

–Hay que cambiar de tema, Philip.

–Te vas a detener, ¿cuándo?

Ella retiró su mano, sus ojos se fruncieron.

–¿Y tú? –retomó ella.

–¿Qué quieres que yo detenga?

–Tu gran carrera, tus dibujos mediocres, tu pequeña vida.

–¡Eres muy dura!

–No, simplemente soy más directa que tú. Es una mera cuestión de vocabulario.

–Me haces falta, Susan, eso es todo. Tengo la debilidad de decírtelo. No tienes idea de cómo me enfado a veces.

–Quizá soy yo la que debería salir de la cafetería y volver a entrar. Lo siento de verdad, te juro que no pensaba lo que decía.

–Pero lo pensabas, quizá de otra manera. Eso viene a ser lo mismo.

–No quiero dejarlo, no ahora, Philip. Lo que yo vivo es duro, a veces muy duro, pero tengo la impresión de que ahora sirvo para algo.

–Es eso lo que me hace sentir celoso. Es eso lo que encuentro tan absurdo.

–¿Celoso de qué?

–De que yo no logro provocar en ti ese mismo sentimiento. De decirme que sólo la miseria te atrae, la de los demás. Como si todo ello te ayudase a huir de tu propia desolación en lugar de enfrentarte a ella.

–¡Me estás incomodando, Philip!

De repente, él levantó el tono. Ella se sorprendió y, cosa rara, no fue capaz de interrumpirle a pesar de que lo que le decía le disgustaba profundamente. Él rechazaba su discurso humanitario. En su opinión, Susan se ocultaba en una vida que ya no era la suya desde aquel triste verano de sus catorce años. Intentaba salvar la vida de sus padres a través de las vidas de la gente a la que socorría, porque se sentía culpable de no haber tenido aquel día una gripe de campeonato que habría impedido que sus padres la dejasen sola en casa.

–No intentes cortarme –prosiguió él con voz autoritaria–. Conozco todos tus estados de ánimo y cada una de tus exhibiciones, y puedo descifrar cada una de tus expresiones. La verdad es que tienes miedo a vivir. Y es para superar ese miedo por lo que te has marchado a ayudar a los demás. Pero no te enfrentas con nada, Susan. No es tu vida la que defiendes, sino la de ellos. ¡Qué extraño destino hacer caso omiso de los que te aman y entregar tu amor a gentes a las que jamás conocerás! ¡Sé que eso te hace sentirte bien, pero esa no es la solución!

–A veces me olvido de que me amas tanto, y me siento culpable de no saber amarte de la misma manera.

Las agujas del reloj avanzaban a una velocidad anormal. Philip se resignó, tenía tantas cosas que decirle... Se las escribiría. Había estado esperándola dos años y ahora sólo disponían de unos breves momentos. Susan acusaba un cierto cansancio. Encontraba que el rostro de Philip había cambiado, parecía más hombre, más «tío». Él tomó esta reflexión como un cumplido. Por su parte, él la encontraba aún más hermosa. Ambos sabían que este corto instante no sería suficiente. Cuando la voz metálica del altavoz anunció el embarque de su vuelo, él prefirió quedarse sentado a la mesa. Ella lo observó.

–Sólo te acompañaré hasta la puerta cuando te quedes más de cuatro horas. Ya lo sabes para la próxima vez. –Se esforzó en dibujar una sonrisa.

–¡Tus labios, Philip! ¡Parecen los de Charlie Brown!

–Me encanta. ¡Es mi cómic preferido!

–Me hago la mala, pero tú sabes que...

Ella se había levantado. Él le cogió la mano y la apretó entre las suyas.

–¡Lo sé! ¡Cuídate!

Besó la palma de su mano y ella se inclinó para darle un beso en la comisura de los labios. Al retroceder, ella le acarició la mejilla.

–Veo que has envejecido, ¡picas!

–Al cabo de diez horas de haberme afeitado, siempre pico. ¡Vete ya, que vas a perder el avión!

Ella giró sobre sus talones y apretó el paso. Cuando estuvo casi al final del pasillo, él le gritó que se cuidase. Susan no se volvió, levantó el brazo en el aire y sacudió la mano. La puerta de madera oscura se volvió a cerrar lentamente, engullendo su silueta. Philip permaneció sentado a la mesa durante una hora, hasta mucho después de que el avión de Susan hubiese desaparecido en el cielo. Cogió un autobús para regresar a Manhattan. Ya era de noche y prefirió caminar por las calles del Soho.

Al llegar ante el escaparate de Fanelli's dudó entre si entrar o no. Los grandes globos que colgaban del techo difundían una luz amarilla sobre los muros recubiertos de una pátina. Las imágenes de Joe Frazier, Luis Rodríguez, Sugar Ray Robinson, Rocky Marciano y Muhammad Alí, en marcos de madera, dominaban la sala, donde había hombres que reían y engullían hamburguesas, y mujeres que picaban patatas fritas con la punta de los dedos. Se arrepintió de haber entrado, no tenía hambre, y se dirigió a su casa.

En Washington, Susan entraba en la habitación del hotel. En ese mismo momento, en la suya, Philip contemplaba la cama. Rozó con la mano la almohada de la derecha y regresó a la desierta sala de estar. No quitó la mesa, que miró largo rato en silencio. Después se echó a dormir en el sofá. A la mañana siguiente entregaría el paquete.

3

10 de octubre de 1976

Susan:

Debería haberte escrito mucho antes, pero no se me ocurrían las palabras adecuadas. Además, tengo la impresión de que he consumido la cuota de tonterías que puedo decirte este año. Así que he preferido esperar. Eso es todo. ¿El huracán que ha asolado México os ha afectado? La prensa dice que ha habido cerca de dos mil quinientos muertos y catorce mil heridos. México no está tan lejos de Honduras, y cualquier mala noticia de los países que están por allí me asusta. En verdad quisiera que olvidases la discusión que tuvimos. No tenía ningún derecho a decirte lo que te dije. No quería juzgarte, lo siento mucho. Sé que a veces te provoco. Es mi testarudez. Soy imbécil y pierdo el control. ¡Como si mis palabras pudiesen hacer que volvieses! ¡Como si lo que yo pensase o sintiese pudiese cambiar el curso de tu vida! Pero parece que algunas grandes historias de amor comienzan por un desencuentro. Escríbeme pronto. Dame noticias tuyas.

Cariños.

Philip

11 de noviembre

Philip:

He recibido tu carta, y... sí tenías derecho. Estabas equivocado, pero aun así tenías derecho. Sin embargo, aunque no fuese tu intención, tus palabras adquirieron la forma de un juicio. No las he olvidado. Al contrario, he reflexionado a menudo sobre ellas. De otro modo,

¿de qué habría servido pronunciarlas? *Lisa*, el nombre del huracán que te inquietaba, no nos ha tocado. Las cosas ya son bastante difíciles sin necesidad de huracanes. Si hubiese llegado aquí, creo que ya habría abandonado. Sabes, este país es tan especial. La sangre de los muertos ya se ha secado. Sobre estos coágulos de miseria, los supervivientes han reconstruido sus casas, rehecho lo que quedaba de sus familias y de sus vidas. Vine aquí convencida de todas mis certezas, que me hacían creer que yo era la más inteligente, la más educada, la más segura en todo. Cada día que paso junto a ellos los veo más fuertes que yo, y a mí más débil que ellos.

¿Es su dignidad lo que les da tanta belleza? No es como llevar ayuda a una población destrozada por la guerra. Aquí el combate se libra contra el viento y la lluvia. No hay ni buenos ni malos, ni partido ni causa. Sólo hay una humanidad inmensa en una desolación increíble. Y únicamente su valor hace renacer la vida en medio de las cenizas de la esperanza imposible. Creo que es por eso que los amo, también sé que es por eso que los admiro.

Vine aquí creyéndoles víctimas, y me muestran a cada instante que son una cosa muy diferente y me aportan más de lo que yo les entrego. En Montclair mi vida no tendría sentido, no sabría qué hacer. La soledad vuelve impaciente, es la impaciencia la que mata al niño. No tomes a mal lo que te voy a decir, pero en aquella adolescencia que compartimos lo mejor que pudimos estuve siempre sola.

Es cierto, he sido muy impetuosa. Y todavía lo soy. Esta necesidad de quemar etapas me hace vivir a un ritmo que tú no puedes comprender, porque es un ritmo diferente del tuyo.

Me fui sin decirte algo tan esencial como todo lo anterior: te echo mucho de menos, Philip. A menudo hojeo las páginas de nuestro álbum de fotos. Todas esas imágenes de nosotros dos son preciosas. Esas señales del tiempo son nuestra infancia. Perdona que sea como soy, imposible para vivir para otro.

Susan

Times Square. En el tumulto de la muchedumbre que se aglomeraba en la plaza, como cada Nochevieja, Philip se encontró con un grupo de amigos; todos estudiantes, como él. Cuatro grandes números acaban de iluminar la fachada del edificio del *New York Times*. Es medianoche: el año 1977 acaba de nacer. Una lluvia de confeti se mezcla con los besos que se da la gente. Philip se siente solo en medio de la multitud. ¡Qué extraños son esos días en los que la alegría de vivir viene establecida en los calendarios! Una muchacha recorre una barrera, intentando abrirse camino en aquella marea humana. Ella le da un empujón, lo rebasa, se da la vuelta y le sonríe. Él levanta el brazo y agita la mano; ella le responde con una señal de la cabeza, como disculpándose de no poder avanzar más deprisa. Tres personas los separan ya; ella parece avanzar arrastrada por la cresta de una ola, que la conduce hacia la costa. Él se cuela entre dos turistas despistados. Durante unos breves instantes su rostro desaparece para volver a la superficie al cabo de unos segundos, como para coger un poco de aire.

Él intenta no perderla de vista. La distancia se reduce. Ella casi le puede oír en medio de la muchedumbre ruidosa. Un último golpe de hombro, él está cerca de ella y la coge de la mano. Ella se da la vuelta, sorprendida, al tiempo que él sonríe y le grita más que le habla:

–¡Feliz año nuevo, Mary! Si prometes no arañarme el brazo, te llevaré a tomar una copa. Esperaremos a que la marea baje.

Ella le sonríe y también chilla:

–¡Para ser alguien que se creía tímido, has hecho grandes progresos!

–Eso fue hace más de un año, ¡ya he tenido tiempo!

–¿Has practicado mucho?

–¡Dos preguntas más en medio de este gentío y me quedo sin voz! ¿Te importaría que fuéramos a un lugar más tranquilo?

–Estaba con mis amigos, pero creo que los he perdido definitivamente. Debíamos encontrarnos en Downtown. ¿Por qué no vienes con nosotros?

Philip asiente con la cabeza, y los dos náufragos se dejan llevar hacia la parte baja de la ciudad. Al final de la Séptima Avenida llegan a Bleecker Street. Un último afluente les conduce a la calle Tercera. En el Blue Note, donde los amigos de Mary están esperando, un pianista arrastra a su público a ritmo de jazz, una música que ninguna epifanía hará que pase de moda.

En las horas glaciales del amanecer, sobre los adoquines desiertos del Soho, las botellas de alcohol que sobresalen de las papeleras testimonian los delirios de una noche ya consumida. Toda la ciudad duerme la resaca. Sólo los ruidos de unos cuantos coches rompen el silencio del barrio, todavía oculto tras un velo de ebriedad. Mary empuja la puerta del edificio de Philip. Un viento frío le da en el cuello, siente un escalofrío y se acurruca en su abrigo. Sube por la calle y levanta el brazo en el cruce. Un taxi amarillo se detiene junto a la acera. Se mete en él y el coche desaparece en Broadway. El 2 de enero de ese año, Errol Gardner bajó la tapa del teclado de su piano para siempre. Philip reanudó sus clases.

Principios de febrero. Susan acaba de recibir una carta de Washington. Tardías palabras de felicitación de sus superiores que la invitan a estudiar la posibilidad de establecer un nuevo campamento de refugiados, en las montañas. Deberá elaborar un presupuesto e ir a presentar la viabilidad del proyecto en cuanto le sea posible. Todavía no ha dejado de llover. Sentada bajo el tejadillo de su casa, contempla el agua que corre y abre riachuelos en el suelo.

No deja de pensar en las personas que en la montaña asisten impotentes, como cada invierno, a la violencia de una naturaleza que se burla del trabajo realizado a comienzos del verano. En algunas semanas recomenzarán todo sin quejarse, un poco más pobres aún que en las estaciones anteriores.

Juan está silencioso, enciende un cigarrillo. Ella lo coge con los dedos y se lo lleva a los labios. La incandescencia ilumina la parte inferior de su rostro. Echa una profunda bocanada.

–¿Es un billete de primera clase en Air Ganja eso que fumas?

Juan sonríe de forma maliciosa.

–Sólo es una mezcla de tabaco rubio y negro. Es lo que le da ese sabor.

–Parece ámbar –dice ella.

–No sé qué es eso.

–Una cosa que me recuerda mi niñez, el olor de mi madre. Ella olía a ámbar.

–¿Añoras tu infancia?

–Sólo algunas caras: mis padres, Philip...

–¿Por qué no te quedaste con él?

–¿Te ha pagado para que me hagas esa pregunta?

–No le conozco y tú no me has respondido.

–Porque no me da la gana.

–Eres extraña, Doña Blanca. ¿De qué huyes? ¿Por qué has venido a perderte aquí?

–Se trata de todo lo contrario, cipote[1], es aquí donde me he encontrado. Además, me molestan tus preguntas. ¿Crees que la tormenta durará?

Juan señaló con el dedo la luz tan particular que aparecía en el horizonte cuando el aguacero se alejaba. En

1. En Centroamérica, «muchacho».

poco más de una hora, como mucho, habría dejado de llover y un olor a tierra mojada y a pinos invadiría los más pequeños rincones de su modesta cabaña. Ella abriría el único armario para que su ropa se impregnase del aroma. Una oleada de sensualidad le recorría la piel cuando se ponía una blusa bañada en aquel perfume.

Susan tiró la colilla al otro lado de la balaustrada, se levantó de golpe y sonrió abiertamente a Juan.

–¡Súbete al camión, nos vamos!

–¿Adónde?

–Deja ya de hacer preguntas.

El Dodge tosió dos veces antes de arrancar. Los gruesos neumáticos patinaron en el barro antes de lograr agarrarse a algunas piedras. Las ruedas traseras tardaron en alinearse con la pista. Chorros de barro mancharon los laterales del camión. Susan continuaba acelerando mientras el viento le golpeaba el rostro. Estaba feliz y lanzó un largo grito al que se unió Juan. Subían hacia las montañas.

–¿Adónde vamos?

–A ver a la pequeña. ¡La echo de menos!

–La carretera está inundada, no conseguiremos subir.

–¿Sabes lo que decía nuestro presidente? Hay quienes ven las cosas como son y se preguntan por qué son así. Yo las veo como podrían ser y me pregunto a mí misma por qué no. Esta noche cenaremos con el señor Rolando Álvarez.

Si Kennedy hubiese conocido las carreteras hondureñas en invierno posiblemente habría esperado a que llegase la primavera para pronunciar su aforismo. Seis horas más tarde, cuando estaban a medio camino de la cima, los ejes se bloquearon y fueron incapaces de encontrar las fuerzas necesarias para propulsar el camión. El embrague patinaba y el olor acre que se desprendía obligó a Susan a rendirse a la evidencia. Inmovilizados en aquella carretera de montaña, no podrían recorrer los diez últimos zigzags que los separaba del pueblo donde vivía la niña que había ocupado un lugar tan importante en el corazón de Susan. Juan pasó a la trasera y sacó cuatro mantas de un saco de yute.

–Creo que tendremos que dormir aquí –dijo en tono lacónico.

–A veces soy tan testaruda que me resulta difícil soportarme a mí misma.

–No te inquietes, no eres la única que tiene un carácter difícil.

–No exagero. Aún no ha llegado el día de mi santo. Así que no me adules.

–¿Por qué querías ver a la niña?

–¿Qué hay para comer ahí atrás? Tengo hambre. ¿Tú no?

Juan miró en otro saco y sacó una gran lata de frijoles. Le hubiese gustado preparar un casamiento, ese plato típico hondureño, pero habría tenido que preparar un poco de arroz y llovía demasiado para encender un fuego. Susan mojó casi todo un paquete de galletas en una lata de leche condensada, y dejó que se le deshiciesen en la boca. El agua inundaba el parabrisas, así que cortó el baile de los limpiaparabrisas con el fin de ahorrar batería. Allí afuera no había nada que ver.

–Parece como si te interesases más en ella que en el resto de los niños del valle.

–No me gusta lo que dices. No tiene nada que ver con eso. No la veo todos los días, y por eso la echo de menos.

–¿También echas de menos a Philip?

–¡Me cansas con lo de Philip! ¿Qué te pasa?

–Nada, sólo trato de comprenderte un poco.

–Pero si no hay nada que comprender. Sí, echo de menos a Philip.

–¿Por qué no estás con él?

–Porque he decidido estar aquí.

–¡El lugar de una señora es estar junto al hombre al que ama!

–Tu frase es estúpida.

–No veo en qué. Un hombre también debe estar cerca de la mujer a la que ama.

–No siempre es tan fácil.

–¿Por qué sois tan complicados los gringos?

–Porque hemos perdido el gusto por las cosas sencillas. Es lo que me gusta de vosotros. No sólo basta con amar, también hay que ser compatible.

–¿Qué significa eso?

–Que hace falta amar la vida que uno va a llevar con el otro, compartir las aspiraciones, las esperanzas; tener los mismos objetivos, idénticos deseos.

–¿Cómo se puede saber eso por adelantado? ¡Es imposible! No se puede conocer al otro de antemano. Para amar hay que tener paciencia.

–¿Me has mentido sobre tu edad?

–Entre nosotros casarse con alguien al que amamos ya es una razón para ser feliz.

–Entre nosotros amar no siempre es suficiente, aunque pueda parecer absurdo. De acuerdo, a veces somo raros, yo soy el perfecto ejemplo de ello.

Un rayo blanco desgarró el cielo y una brutal explosión interrumpió su conversación. El huracán volvía hacia ellos. Había duplicado su potencia, intensificando las precipitaciones que se abatían sobre las frágiles laderas del monte Cabeceras de Naco. Muy pronto la tierra, anegada de agua, fue incapaz de absorber las lluvias torrenciales que descendían por las laderas, arrastrando consigo secciones enteras de la montaña. Juan ya no escuchaba a Susan y su cara acabó por traicionar una creciente inquietud.

Intentó abrir la ventana, pero tuvo que renunciar a ello debido a un violento golpe de viento. Entonces comenzó a hacer pequeños movimientos con la cabeza, como si estuviera al acecho de algo.

–¿Qué te pasa? –preguntó ella.

–¡Cállate!

Con la oreja derecha pegada a la ventanilla, parecía observar atentamente alguna cosa. Mientras tanto, la mirada de Susan no cesaba de interrogarlo. Con un dedo que llevó a sus labios, él le hizo comprender que debía guardar silencio. Ella no le hizo caso.

–¿Qué haces, Juan?

–¡Por amor de Dios, déjame escuchar!

–Pero ¿qué diablos sucede?

–No es en verdad el momento de decir groserías. Oigo que la tierra se mueve.

–¿Qué?

–¡Cállate!

Un crujido sordo rompió el silencio. Juan entreabrió la puerta con dificultad y un viento violento cargado de pesadas gotas se coló al instante en la cabina. Miró bajo las ruedas: una fractura justo en medio de la carretera dejaba prever lo peor. Dio a Susan la orden de encender los faros. Ella obedeció al instante. El rayo de luz rasgó la cortina de lluvia. Hasta allí donde llegaba la luz, la carretera estaba hendida por una grieta.

–Pasa a la parte de atrás. Tenemos que salir inmediatamente de aquí.

–Estás loco, ¿has visto lo que está cayendo?

–¡Somos nosotros los que nos vamos a caer! ¡Date prisa! No salgas por tu lado. Haz lo que te digo.

Apenas hubo pronunciado estas palabras cuando el camión dio un bandazo, como un barco que empezara a hundirse por el lado de babor. Él la cogió por el brazo y la empujó hacia la plataforma de la parte trasera.

Buscando el equilibrio, ella se colocó sobre los sacos de víveres. Él se adelantó, retiró el toldo de la puerta, la cogió de la mano y la estiró bruscamente, acompañándola en la caída. En cuanto rodaron por el suelo, él la arrastró contra la roca y la obligó a agacharse. Con los ojos completamente abiertos, ella vio cómo el camión se deslizaba hacia atrás y caía por el barranco. La parte delantera se levantó en un último esfuerzo, las luces de los faros apuntaron hacia el cielo y el viejo Dodge desapareció por el precipicio. El ruido de la lluvia era ensordecedor. Paralizada, Susan no oía nada a su alrededor y Juan tuvo que llamarla tres veces antes de que reaccionase. Tenían que subir con la mayor rapidez posible, puesto que el terraplén que les servía de refugio daba señales de debilidad. Ella se apretó contra él y juntos escalaron unos metros. Como en las peores pesadillas, a pesar de que ordenaba a su cuerpo seguir hacia delante, le parecía que a cada paso que daba iba para atrás. No era una sensación: en efecto, la tierra se hundía bajo sus pies, arrastrándolos hacia el abismo. Él gritó para que aguantase, para que se agarrara a sus piernas, pero los dedos entumecidos de Susan no lograban retener la tela del pantalón de Juan, que se le escapaba de las manos.

Estaba pegada a la pared y los ríos de lodo comenzaban a cubrirla. Tenía que escupir con todas sus fuerzas y le faltaba el aire. La penumbra se iluminó con un vivo resplandor de estrellas en sus ojos y perdió el conocimiento. Juan se dejó deslizar sobre sus espaldas hasta ponerse a su lado y levantó la cabeza inerte de Susan, que descansó sobre su pecho. Sacó la tierra que se había metido en la boca de la joven, la colocó de lado y metió dos dedos hasta el fondo de la garganta. Al instante, sacudida por un espasmo violento, comenzó a vomitar. Juan la sujetó contra su cuerpo al tiempo que se aferraba con todas sus fuerzas a una raíz.

No sabía cuánto tiempo la podría sostener así, pero sabía que era exactamente el que les quedaba de vida.

10 de febrero de 1977

Susan:

¿Dónde estás? Estoy inquieto. Las noticias que llegan de El Salvador informan que bandas armadas de guerrilleros se están agrupando a lo largo de las fronteras. El *New York Times* habla de incursiones en territorio hondureño y de combates esporádicos. Envíame aunque sólo sean unas letras para decirme que estás bien y que no corres peligro. Te ruego que te cuides y que me escribas pronto.

Philip

Resistían desde hacía dos horas. Un momento de calma les había permitido ganar unos cuantos centímetros, encontrando un punto de apoyo más estable. Susan había recuperado el conocimiento.

–Por poco me ahogo en una montaña. ¡Creo que jamás me creerá nadie!

–Conserva tus fuerzas.

–Eso de hacerme callar se va a convertir en una costumbre.

–Aún no estamos a salvo.

–Si tu Dios lo hubiese querido, ya todo habría acabado.

–No es de Dios de quien viene el peligro, sino de la montaña y del aguacero. Y tienen peor carácter que tú.

–Estoy cansada, Juan.

–Lo sé, yo también.

–Gracias, Juan, gracias por lo que acabas de hacer.

–Si toda la gente a la que tú has salvado tuviese que darte las gracias, desde hace varios meses no se oiría otra palabra en el valle.

–Creo que la lluvia está parando.

–Entonces habrá que rogar a Dios para que la cosa siga así.

–Vale más que lo hagas tú, creo que tengo algunas cuentas pendientes con él.

–Aún queda mucha noche por delante. Descansa.

Las horas silenciosas pasaron lentamente, animadas tan sólo por los caprichos de la tormenta, que todavía se negaba a retirarse. Hacia las cuatro de la mañana Juan se adormeció, soltó a su presa y Susan resbaló y dio un grito. Sobresaltado, el muchacho la apretó entre sus brazos y la izó de nuevo hacia él.

–¡Perdóname, me he quedado dormido!

–Juan, tienes que guardar tus fuerzas para ti. No puedes ocuparte de los dos. Si me dejas, podrás salvarte.

–¡Si es para decir tonterías, más vale que te calles!

–Estás verdaderamente obsesionado con eso de que cierre el pico.

Ella se contuvo algunos minutos y luego rompió el silencio impuesto por Juan para hablarle del miedo que había pasado. Él también pensó que su último momento había llegado. De nuevo se hizo el silencio, y ella le preguntó en qué pensaba. El muchacho había rezado a sus padres. Ella se calló. Se produjo otro instante de calma, en el que ella se puso a reír nerviosamente.

–¿De qué te ríes?

–¡Philip debe de estar delante de la tele!

–¿Piensas en él?

–Olvida lo que te acabo de decir. ¿Qué te parece si pasamos de él y lo enterramos?

–¿Es importante para ti?

–No lo sé –dudó unos instantes–, puede ser –reflexionó de nuevo–. No, definitivamente no lo creo. A falta de una buena boda, creo que me gustaría contar con un bonito entierro.

Aún tenían que subir unos cuantos metros. A pesar de que el diluvio había cesado, la tierra que los sostenía podía deshacerse en cualquier momento y arrastrarlos hacia el barranco. Él le suplicó que hiciese un último esfuerzo, y comenzó una peligrosa ascensión. Ella tuvo que gritar para que se detuviese, pues tenía la pierna atrapada. Juan, al mismo tiempo que la sostenía, se colocó a su lado y le liberó con cuidado el pie, que se había enganchado en algo que la penumbra no le dejaba identificar. Al término de una escalada agotadora llegaron a un saliente situado en la parte superior de la carretera. Lo atravesaron y ambos se pegaron contra la pared. La tormenta, imprevisible y majestuosa, cambió un poco más tarde de rumbo y se fue a morir a las alturas de monte Ignacio, que se hallaba a cien kilómetros de allí. El cortejo de lluvias torrenciales le seguía.

–Lo siento –dijo Juan.

–¿Por qué?

–Porque te voy a privar de tu bonito entierro. ¡Nos hemos salvado!

–¡Oh!, no es grave, no te inquietes. Tengo dos o tres amigas que cuando tengan treinta años aún no estarán casadas. De modo que nadie me considerará una solterona. Aún puedo esperar unos años a que me hagan los funerales.

Juan no apreciaba particularmente el humor de Susan y se incorporó para poner fin a la conversación. El día aún no había comenzado y habría que esperar para continuar la ascensión y alcanzar la carretera que conducía al pueblo.

En la oscuridad cada paso era muy peligroso. Ambos estaban empapados y ella se puso a tiritar, no sólo de frío, sino porque el hecho de haber escapado a la propia muerte le producía temblores legítimos. Él la friccionó con energía.

Sus miradas se cruzaron. Los dientes de Susan castañeteaban y su voz temblaba. Juan se acercó, pero ella apartó su rostro.

–Juan, eres un buen muchacho, pero eres un poco joven para tocarme las tetas. Tal vez tú no lo consideres así, lo puedo comprender. Pero desde mi punto de vista, aún tendrás que esperar unos cuantos años.

Él no soportó el tono del comentario. Ella se dio cuenta enseguida por la manera en que sus ojos se fruncieron. Si no hubiese conocido la legendaria serenidad de su compañero de ruta, habría tenido miedo de que le diese una bofetada. Juan no hizo nada y se limitó a alejarse de ella. Su silueta desapareció súbitamente y ella lo llamó en aquella noche que tocaba su fin.

–¡Juan, no he querido ofenderte!

Algunos grillos, para secar sus cuerpos, habían reanudado su chirrido monótono.

El amanecer no tardaría en llegar. Susan se apoyó contra el tronco de un árbol, a la espera de la luz del día.

Estaba medio dormida. Cuando el hombre la sacudió por el hombro, en un primer momento creyó que era Juan. Sin embargo, el campesino que estaba agachado delante de ella no se parecía en nada al muchacho. El hombre sonrió. Su piel estaba surcada de arrugas; las lluvias habían marcado su vida. Atónita, Susan contempló el paisaje desolado. Hacia abajo pudo identificar, emergiendo de tierra, el tocón que la había sostenido y, un poco más allá, el borde del terraplén en el que se habían refugiado. En el fondo del precipicio descansaba semihundido el radiador del Dodge.

–¿Ha visto a Juan? –preguntó con una voz débil.

–Todavía no hemos encontrado al muchacho, pero sólo somos dos los que hemos salido a buscarles.

Habían oído el camión. Rolando estaba seguro de haber visto cómo los faros se precipitaban en el barranco, pero la locura de la tormenta había impedido cualquier tentativa de ayuda. No había podido convencer a nadie para que le acompañase. En cuanto despejó, envió a dos campesinos a buscarlos con el carro que arrastraba el asno del pueblo, convencido de que en el mejor de los casos los traerían heridos. El más viejo le dijo a Doña Blanca que si había sobrevivido a semejante tempestad era porque contaba con la protección del ángel de la guarda.

–¡Hay que buscar a Juan!

–¡No hay nada que buscar, basta con abrir los ojos! La montaña está completamente pelada, no hay un alma con vida hasta el valle. Mire a la derecha, es la carrocería de su camión lo que sobresale del suelo. Si no ha subido por sus propios medios al pueblo, seguramente estará sepultado bajo el barro en alguna parte. Haremos una cruz y la colocaremos allí donde se salieron de la carretera.

–Es la carretera la que se salió, no nosotros.

El más joven de los hombres hizo restallar una correa de cuero y el animal se puso en marcha. Mientras el asno trazaba dificultosamente las curvas del camino, Susan se inquietaba por la suerte que hubiera corrido su protegido, convertido, pensaba ella, en su protector.

Llegaron a la entrada de la aldea una hora más tarde. Susan saltó del carro y gritó el nombre de Juan. No obtuvo ninguna respuesta. Fue entonces cuando advirtió el extraño silencio que reinaba en la única calle del poblado.

No había nadie recostado en las fachadas de las casas fumando un cigarrillo. Tampoco ninguna mujer recorría el camino que llevaba a la fuente. Al instante pensó en los incidentes que a veces degeneraban en combates armados entre los habitantes de la montaña y los guerrilleros que huían de El Salvador. Sin embargo la frontera estaba lejos y todavía no se había informado de incursiones en aquella región del país. El pánico empezaba a apoderarse de ella. Gritó una vez más el nombre de su amigo, pero la única respuesta fue el eco de su propia voz.

Juan apareció bajo el porche de la última casa, en lo alto de la calle. Su rostro estaba manchado de barro seco y sus rasgos cansados traslucían tristeza. Se acercó a ella a paso lento. Susan estaba furiosa.

–Fue estúpido que me dejaras sola. He estado angustiada por ti. No lo vuelvas a hacer. ¡Que yo sepa, no tienes diez años!

Él la cogió por el brazo y la condujo por al camino.

–Sígueme y calla.

Negándose a avanzar, ella lo miró con fijeza a los ojos.

–¡Deja ya de decir que me calle!

–Te lo ruego, no hagas ruido. No tenemos tiempo que perder.

Él la condujo hacia la casa de la que había salido, y ambos penetraron en la única estancia de la construcción. Telas de color tapaban las ventanas para impedir que el sol entrase. Hicieron falta unos segundos para que los ojos de Susan se acostumbrasen a la penumbra. Reconoció entonces la espalda de Rolando Álvarez. El hombre estaba de rodillas, se levantó y se dio la vuelta hacia ella, con los ojos enrojecidos.

–Es un milagro que haya usted venido, Doña Blanca. No ha dejado de pronunciar su nombre.

–¿Qué está pasando? ¿Por qué está desierto el pueblo?

El hombre la empujó hacia el fondo de la sala y apartó una cortina que ocultaba una cama pegada a la pared.

Susan descubrió a la niña por la que había emprendido el imprudente viaje. La pequeña estaba sobre la cama, inconsciente. Su cara pálida y empapada de sudor revelaba el origen de la fiebre que la consumía. Susan levantó bruscamente la sábana: el resto de pierna que le quedaba estaba amoratado, tumefacto a causa de la gangrena. Levantó la camisa de la niña y constató que había llegado a la ingle. La infección se había extendido por todo el cuerpo. A sus espaldas, la voz temblorosa de Rolando explicó que a causa de la tempestad que descargaba desde hacía tres días no había podido bajar a la niña. Tras rezar para que apareciese un camión, al llegar la noche creyó que su ruego había sido escuchado. Luego había visto cómo los faros iluminaban el abismo. Había que dar las gracias a Dios de que la Doña se hubiese salvado. Sin embargo, para su hija era demasiado tarde. Lo presentía desde hacía dos días. La niña ya no tenía fuerzas. Las mujeres del pueblo se habían turnado a la cabecera de la cama, pero desde la víspera la pequeña no había vuelto a abrir los ojos y ya no podía alimentarse. Él quería salvarla una vez más. Habría dado su propia pierna por ella, si hubiese sido posible. Susan se agachó junto al pequeño cuerpo inerte, cogió el trapo que había en una palangana de agua, lo escurrió y lo pasó suavemente por la frente perlada de sudor. Luego le dio un beso en los labios y le susurró al oído:

–Soy yo, he venido para curarte, todo irá bien ahora. Yo estaba abajo, en el valle, y tenía ganas de verte, y aquí estoy. Cuando estés mejor te contaré todo lo que nos ha pasado al venir aquí. –Se recostó junto a la niña, pasó los dedos por sus largos cabellos negros para desenredarlos y besó la mejilla ardiente–. Quería decirte que te quiero y que me haces falta. Mucho. Allá abajo pensaba en ti todo el tiempo. Me hubiera gustado venir antes, pero no pude a causa de la lluvia. Juan está aquí, también él tenía ganas de verte. He venido a buscarte para que pases unos días conmigo en el valle. Tengo muchas cosas que enseñarte. Te llevaré a la playa y aprenderás a nadar y saltaremos juntas las olas. Nunca las has visto. ¡Es tan bonito! Cuando el sol está sobre el agua, el océano es como un espejo. Y luego iremos a la selva que se extiende a los lejos. Allí hay animales maravillosos.

La apretó contra su pecho y fue así como sintió los últimos latidos del corazón de la niña, que se extinguían contra el suyo. Tomó la pesada cabeza de la pequeña, la colocó junto a su seno y se puso a tararear. La estuvo meciendo hasta que oscureció. Al llegar la noche, Juan se acercó y se arrodilló a su lado.

–Ahora hay que dejarla y recubrir su rostro para que pueda subir al cielo.

Susan ya no hablaba. Con los ojos vacíos, miraba con fijeza el techo. Juan tuvo que levantarla y sostenerla por los hombros. La llevó afuera. Al llegar a la puerta, ella se dio la vuelta: una mujer ya había tapado el cuerpo de la niña. Susan se dejó resbalar contra la pared. Juan se sentó a su lado, encendió un cigarrillo y lo colocó en los labios de Susan, que empezó a toser al dar la primera bocanada.

Permanecieron así, mirando las estrellas del cielo.

–¿Crees que ya estará arriba?

–Sí.

–Debería haber venido antes.

–¿Crees que habría servido de algo? No comprendes la voluntad de Dios. En dos ocasiones él la llamó a su lado y por dos veces el ser humano desafió su voluntad: Álvarez la sacó del torrente de lodo y después tú la llevaste para que la operasen. Pero su mano siempre es más fuerte. Él la quería a su lado.

Grandes lágrimas corrían por las mejillas de Susan. La cólera y el dolor le oprimían el estómago. Rolando Álvarez salió de la casa, se dirigió hacia ellos y se sentó junto a Susan. Ella ocultó su rostro entre las rodillas y dio rienda suelta a su ira:

–¿En qué iglesia habrá que rezar para que termine el sufrimiento de los niños? ¿Acaso no son ellos los únicos inocentes en este planeta de locos?

Álvarez se incorporó de un salto y miró de arriba abajo a aquella mujer. Con una voz feroz y despiadada le dijo que Dios no podía estar en todas partes, que no podía salvar a todo el mundo. A Susan le parecía que desde hacía tiempo ese Dios había dejado de preocuparse de Honduras.

–Levántese y deje de apiadarse de sí misma –añadió el hombre–. Hay centenares de cuerpos de niños enterrados en estos valles. No era más que una huérfana que había perdido la pierna. Está mejor con sus padres que aquí. Esta pena no es la suya y nuestras tierras están demasiado inundadas como para que usted añada sus lágrimas. ¡Si no puede soportarlo, vuélvase a su país!

El hombre, de estatura imponente, se dio media vuelta y desapareció en una esquina de la calle. Juan dejó a Susan con su silencio. Tomó el mismo camino que Álvarez y encontró al hombre junto a una pared de tierra. Estaba llorando.

Fue una primavera de luto, que transcurrió al ritmo de las cartas que se cruzaban en alguna parte del cielo de Centroamérica.

En marzo, Philip participó a Susan su inquietud. Los diarios neoyorquinos relataban en sus columnas las causas y las consecuencias del estado de sitio instaurado en Nicaragua, una frontera que para su gusto se encontraba demasiado cerca de ella. Susan le respondió que el valle de Sula estaba lejos de todo. Cada carta de Philip terminaba con una frase o una palabra que evocaba su ausencia y el dolor que la misma le causaba. Cada respuesta de Susan eludía el tema. Philip trabajaba para una agencia de publicidad que tenía su sede en Madison Avenue.

Cada mañana, tras cruzar el Soho a pie subía al autobús para, media hora más tarde, sentarse en su oficina. Todo su equipo se hallaba en un estado febril puesto que concursaba para hacerse con la campaña de prensa de Ralph Lauren. Si ganaban, la carrera de Philip arrancaría al instante. Era su primer ensayo en calidad de creativo y ya soñaba, sentado a su mesa de trabajo, con el día en que dirigiría el departamento. Como de costumbre, estaba agobiado por el trabajo y debía entregar sus dibujos casi antes de que hubiesen sido encargados.

Después de haber huido de su casa al alba del primer día del año, Mary le había llamado. Desde entonces se encontraban dos veces por semana en la esquina de Prince y Mercer Street para luego ir a cenar a Fanelli's, donde el menú era asequible. Con el pretexto de contarle un buen tema para un artículo, él a menudo le hablaba de Susan, exagerando las historias que ésta le relataba en sus cartas. La velada continuaba en la atmósfera ruidosa y llena de humo del lugar. Cuando en medio de una frase él veía que los párpados de ella comenzaban a cerrarse, pedía la cuenta y la acompañaba a pie hasta su casa.

Desde finales del mes de marzo, cuando llegaba el momento de despedirse ambos se sentían molestos. Sus caras se acercaban, pero en el instante confuso de la promesa de un beso Mary retrocedía sutilmente para desaparecer al instante, protegida por la entrada lúgubre de su edificio. Entonces Philip hundía sus manos en los bolsillos de su abrigo y regresaba a casa, interrogándose sobre la relación que se estaba creando entre la periodista becaria y el creativo publicitario.

En las calles los vestidos de las mujeres anunciaban la llegada de la primavera. Su trabajo le exigía tanta dedicación que no pudo ver ni los primeros brotes de abril, ni tampoco las hojas de junio. El 14 de julio un rayo cayó sobre las dos centrales eléctricas de Nueva York, sumiendo a toda la ciudad en la oscuridad durante veinticuatro horas. El «gran apagón», que ocupó la portada de todos los diarios del mundo, alteró las estadísticas de la natalidad nueve meses más tarde. En cambio, Philip pasó esa noche a solas, en su casa, dibujando a la luz de tres velas puestas sobre su mesa de trabajo.

A mediados del mes de agosto Mary pasó una semana en casa de unos amigos en los Hamptons. Al día siguiente comenzaría a trabajar como periodista independiente en la redacción del *Cosmopolitan*.

El avión de Susan abandonaba su escala de Miami. En Newark, la terminal estaba en obras. Philip había acudido a esperarla a la escalerilla. Aunque sólo fuese por una vez. Ella dejó la bolsa en el suelo y se hundió en sus brazos. Permanecieron así abrazados largo rato. Él cogió su mano y la condujo a la cafetería.

–¿Y si nuestra mesa está ocupada?

–¡Eso ya está arreglado!

–Párate y deja que te mire. ¡Has envejecido!

–¡Qué simpática! ¡Gracias!

–No. Te encuentro muy guapo.

Ella pasó los dedos por las mejillas de él, le sonrió con ternura y lo arrastró hacia aquel rincón que se había convertido en propio. A pesar del cansancio, Susan estaba radiante. Él la interrogó largo y tendido sobre el año que acababa de transcurrir, como para borrar así cualquier resto de los últimos minutos de su anterior encuentro. Ella no mencionó en ningún momento su invierno. Mientras ella le describía su jornada diaria habitual, Philip tomó el lápiz y dibujó su rostro en una hoja de su cuaderno de espiral.

–Y tu Juan, ¿cómo está?

–Me preguntaba cuánto tardarías en hablarme de él. Juan se ha ido. Sólo Dios sabe si volverá algún día.

–¿Os habéis peleado?

–No. Es algo mucho más complejo que eso. Perdimos a una niña y desde entonces nada fue igual: algo entre nosotros se rompió y no supimos repararlo. Permanecíamos horas enteras mirándonos como estatuas, como si fuésemos culpables de algo.

–¿Qué pasó esa noche?

–Llovía, la carretera se hundió. Por poco lo mato.

Ella no le contó nada más. Algunos relatos sólo pertenecen a las víctimas, y el pudor de quienes les socorrieron protege sus secretos. A principios del mes de mayo Juan había pasado a verla por su casa. Llevaba una gran bolsa verde sobre el hombro, y ella le preguntó si iba a alguna parte. Con la mirada fija y orgullosa, le anunció que se marchaba. Ella supo enseguida que lo echaría de menos, como a todos los que había amado de cerca o de lejos y de pronto desaparecían de su vida. Apoyada en la escalinata de su modesta vivienda, con los brazos en jarras como para manifestar mejor su cólera, ella le había tratado con dureza. Juan no reaccionó y ella se calmó. Luego lo abrazó y le sirvió la cena.

Cuando el último plato estuvo guardado en el armario, ella se secó las manos en el pantalón y se volvió hacia él. Juan estaba de pie en medio de la única estancia de la vivienda, con la bolsa a sus pies y un aire de timidez. Entonces ella le sonrió y para distender el momento le deseó buen viaje y mejor suerte. Olvidando por un instante su vergüenza, él se acercó. Ella cogió entonces su cara entre las manos y llevó sus labios hasta los de él. Al amanecer él tomó la carretera que le llevaría hacia una nueva etapa de su existencia. Durante las siguientes semanas Susan luchó contra la tristeza de una puerta que sólo se abría a su soledad.

–¿Le echas de menos?

–Es Juan quien tiene razón. Sólo hay que depender de uno mismo.

Las gentes son libres y el apego es un absurdo, una invitación al dolor.

–¡Así que no te quedas! O, más bien, ¿cuántas horas te quedarás esta vez?

–No comiences de nuevo, Philip.

–¿Por qué no? Por tu aire adivino lo que todavía no has dicho: dentro de una hora te habrás ido y entonces yo pondré en mi vida tres pequeños puntos suspensivos hasta el año que viene. Sabía que no te quedarías. Dios mío, ¡cómo me había preparado para lo que me estás diciendo ahora! ¿Qué edad piensas tener para empezar a pensar en nosotros, en tu vida de mujer?

–Tengo veinticuatro años, ¡aún me queda tiempo!

–Lo que intento decirte es que te entregas a mucha gente, pero estás sola. No hay nadie en tu vida que se ocupe de ti, que te proteja o, al menos, que te haga el amor.

–Pero ¿y tú qué sabes? Es increíble. ¿Tengo pinta de ir necesitada o qué?

Susan había levantado la voz y Philip se quedó helado. Con los labios apretados, intentó retomar el hilo de la conversación.

–No me refería a eso y no vale la pena gritar, Susan.

–Chillo porque estás sordo. No puedo vivir para un solo hombre. Alimento a trescientos todos los días. No puedo tener críos. Sólo en mi valle trato de que sobrevivan ciento diez.

–¡Ah! Porque ahora hay diez más. ¡La última vez sólo eran cien!

–No, tengo dieciocho niños más este año, menos los ocho que enterré. Eso suma ciento diez. ¡Pero ahora todo es ocho veces menos divertido! Vivo rodeada de huérfanos. ¡Mierda!

–Y porque tú también lo eres quieres seguir siendo como ellos. La idea de ser madre antes que huérfana, ¿no te tienta?

–¿Recurres al psicoanálisis para decir semejantes tonterías? ¿Puedes comprender que la vida que llevo es demasiado peligrosa?

El camarero se aproximó para invitarles a que guardaran la calma. Dirigió un guiño a Philip y depositó una gran copa de helado delante de Susan. Expresándose en un perfecto castellano, le indicó que era un obsequio de la casa y que había muchas almendras sobre el chocolate líquido. Al alejarse de la mesa, hizo una señal de complicidad a Philip, que hizo como si no hubiese visto nada.

–¿Qué pretende ése hablándome en español? –preguntó ella, pasmada.

–Nada, no quiere nada, y habla más bajo, por amor de Dios.

Para molestarle, Susan se puso a susurrar.

–No me arriesgaré a ser abandonada. En caso de que me pase algo no perjudicaré a nadie.

–Deja ya de confundir pretextos y excusas, no te engañes a ti misma. Si te ocurriera algo, como tú dices, yo siempre estaré ahí. Tienes miedo a depender sentimentalmente de alguien. Susan, amar no es renunciar a la libertad. Es darle un sentido.

Él no quería que la cita acabase como la vez anterior, pero no encontraba otro tema de conversación. Su mente se negaba a liberarse de las palabras que le molestaban y que no llegaba a pronunciar.

–Además, mi medalla te protege.

–Tienes una memoria muy selectiva cuando te conviene.

Ella aceptó sonreír y notó su mirada cuando se metió la mano bajo el jersey y sacó la medalla.

–¿Tienes ganas de irte a cambiar a los lavabos? –preguntó ella con voz arrogante–. Háblame de tu vida de hombre.

Él enrojeció por haber sido sorprendido en el deseo. Le habló de su ascenso en la agencia y se enorgulleció de las responsabilidades que se le confiaban. Sin que fuese totalmente oficial, estaba ya al frente de un pequeño equipo que manejaba seis presupuestos. Si todo continuaba a ese ritmo, en dos años sería director creativo. Por lo demás, no tenía nada especial que contar. Ella no abandonó la partida tan fácilmente.

–Y la chica con la que vas al cine, ¿te araña fuera de la sala o sólo durante las películas de terror?

–¡No era una película de terror!

–Razón de más. Ahora no disimules. ¿En qué punto están las relaciones?

–¡En ninguno!

–Escucha, corazoncito, a menos que te hayas vuelto asexuado, en tu vida está pasando algo.

Él le devolvió el cumplido. Ella no tenía tiempo, dijo Susan. Había acabado en los brazos de un hombre algunas noches comenzadas en un bar, pero sólo para encontrar en ellos un poco de consuelo. Él invocó el mismo estado de ánimo para justificar su celibato. Susan volvió a la carga, ahora de manera más suave, y formuló su pregunta de nuevo. Él evocó los episodios cómplices vividos con Mary Gautier Thomson, periodista de la revista *Cosmopolitan*, a la que acompañaba tres veces por semana hasta el portal de su casa sin que nada ocurriese.

–Se debe de estar preguntando si no tendrás algún problema.

–¡Ella tampoco intenta nada!

–Ésa es la mejor. ¿Ahora somos nosotras las que tenemos que dar el primer paso?

–¿Estás empujándome a sus brazos?

–Tengo la impresión de que no habrá que empujarte mucho para que caigas.

–¿Acaso te gustaría?

–Tu pregunta es extraña.

–Es la duda lo que te corroe, Susan. Resulta tan fácil cuando alguien decide por ti...

–Pero ¿decidir qué?

–No dejarnos esperanzas.

–Ése es otro tema, Philip. Para una historia hacen faltan las personas adecuadas en el momento adecuado.

–Es tan cómodo decirse que no es el momento adecuado, que el destino nos obliga a tomar determinadas decisiones...

–¿Quieres saber si te echo de menos? La respuesta es sí. ¿A menudo? Casi siempre. En fin, cuando tengo tiempo. Y, aunque te parezca absurdo, también sé que no soy un cura.

Ella le cogió la mano y se la llevó a su mejilla. Él se dejó hacer. Ella cerró los ojos y a él le pareció que se iba a quedar dormida en la serenidad de aquel instante. Le habría gustado que durase más tiempo, pero la voz del altavoz ya anunciaba su separación. Ella dejó pasar unos segundos, como si no hubiese oído el aviso. Cuando él hizo un gesto, ella asintió para indicar que ya lo había oído. Permaneció así unos minutos, con los ojos cerrados, la cabeza descansando sobre el antebrazo de Philip. Con movimiento súbito, Susan se incorporó y abrió los ojos. Ambos se levantaron y él le pasó el brazo por el hombro, llevando la bolsa en su mano libre. En el pasillo que les conducía hacia el avión ella le besó en la mejilla.

–¡Deberías ir a visitar a tu amiga, la gran reportera de moda femenina! En fin, si se lo merece. En cualquier caso, tú no mereces quedarte solo.

–Pero ¡si estoy muy bien solo!

–¡Para! Te conozco demasiado bien. Tu horror a la soledad es proverbial, Philip. La idea de que me esperas resulta tranquilizadora, pero demasiado egoísta para que yo la asuma. En realidad no estoy segura de que algún día quiera vivir con alguien y, aunque no tuviese ninguna duda de que ese alguien fueras tú, esta apuesta sobre el futuro sería injusta. Terminarás detestándome.

–¿Has acabado? ¡Se te va a escapar el avión!

Ambos echaron a correr hacia aquella puerta que estaba demasiado cerca.

–Y, al fin y al cabo, un pequeño ligue no puede hacerte daño.

–¿Y quién te dice que sólo será un ligue?

Ella agitó su dedo meñique y adoptó una postura maliciosa, mirándose la uña: «¡Él!». Entonces le saltó al cuello, le besó en la nuca y se precipitó hacia la pasarela mientras se daba la vuelta una última vez para enviarle un beso. Cuando desapareció, él murmuró: «Tres pequeños puntos suspensivos hasta el año que viene».

Al volver a casa se negó a dejarse arrastrar por la tristeza que le embargaba durante los días siguientes a su marcha. Descolgó el teléfono y pidió a la telefonista de la revista que le pusiese con Mary Gautier Thomson.

Se encontraron al anochecer al pie del rascacielos. Las luces relumbrantes conferían extrañas tonalidades a los transeúntes en Times Square. En la sala de cine, sumida en la penumbra de *Una mujer bajo influencia,* él acarició su brazo. Dos horas más tarde subían a pie por la calle Cuarenta y dos. Al cruzar la Quinta Avenida, él tomó su mano y la arrastró antes de que el semáforo liberase la marea de coches. Un taxi amarillo les condujo al Soho. En Fanelli's compartieron una ensalada y una conversación sobre la película de Cassavetes. Al llegar a la puerta de su casa, él se le acercó y el roce de sus mejillas se deslizó hasta los labios y los latidos del corazón.

4

La lluvia caía sin cesar desde hacía varios días. Cada tarde el viento anunciaba las tormentas que estallarían en el valle al llegar la noche. Las calles de tierra se llenaban de riachuelos, el agua alcanzaba las entradas de las casas, laminando sus precarias bases. Persistentes, los chaparrones se colaban por los tejados e inundaban las buhardillas. Los gritos y las risas de los niños que llamaban «maestra» a Susan acompañaban sus mañanas, que transcurrían en la granja que hacía las veces de escuela. Por la tarde casi siempre cogía el Jeep Wagoneer, más dócil y manejable que su viejo Dodge, al que sin embargo añoraba, y se dirigía al valle cargada de medicinas, alimentos y, en ocasiones, documentos administrativos que ayudaba a rellenar. Tras las jornadas agotadoras venían los días de fiesta. Entonces se dirigía a los bares donde los hombres acudían a beber cerveza y la bebida local favorita, el guajo. Para hacer frente a la soledad del invierno hondureño, que llegaba antes de lo previsto, trayendo consigo su cortejo de tristeza y lucha contra una naturaleza rebelde, a veces Susan pasaba las noches en brazos de un hombre, no siempre el mismo.

10 de noviembre de 1977

Susan:

Eres la persona con la que quiero compartir esta noticia: mi primera gran campaña publicitaria acaba de ser aceptada. En unas pocas semanas uno de mis proyectos se convertirá en un inmenso cartel que se distribuirá por toda la ciudad. Se trataba de promover el Museo de Arte Moderno. Cuando estén impresos, te enviaré uno. Así pensarás en mí de vez en cuando. También te haré llegar el artículo que aparecerá en una revista profesional. Acabo de salir de la entrevista. Echo de menos tus cartas. Sé que tienes mucho trabajo, pero también sé que ésa no es la única razón de tu silencio. Te echo de menos, en serio. Probablemente no debería decírtelo, pero no voy a jugar contigo al estúpido juego del disimulo.

Pensaba en ir a visitarte en la primavera. Me siento culpable por no habértelo propuesto antes. Como todo el mundo, soy egoísta. Quiero ir a descubrir ese mundo tuyo y comprender qué es lo que te retiene tan lejos de nuestra vida y de todas las confidencias de nuestra infancia. Paradoja de la omnipresencia de tu ausencia, salgo a menudo con esa amiga de la que ya te he hablado. Siento que cada vez que te hablo de ella, de algún modo huyo. ¿Por qué te cuento esto? Porque todavía tengo la sensación absurda de traicionar una esperanza no confesada. Tengo que desembarazarme de este sentimiento. Quizás escribirte sea una manera de despertarme.

Tal vez regreses algún día, y entonces ¡cómo desearé no haberte esperado, no escuchar todas las palabras que me dirás o simplemente hacer caso omiso de ellas como contrapartida a tu ausencia!

No iré a verte en primavera, era una mala idea, a pesar de que me muero de ganas de hacerlo. Creo que tengo que tomar cierta distancia con respecto a ti, y por lo poco que me escribes, adivino que tú piensas lo mismo.

Te abrazo.

Philip

P. D.: Siete de la mañana. Tomando el desayuno vuelvo a leer lo que te escribí ayer. Esta vez te dejaré leer lo que habitualmente tiro a la papelera.

Al igual que tantas cosas a su alrededor, Susan también cambiaba. La aldea abrigaba doscientas familias y los ritmos de todas esas existencias apenas cicatrizadas poco a poco se confundían con los de un pueblo. Aquel invierno las cartas de Philip se hicieron más esporádicas, las repuestas más difíciles de escribir. Susan festejó la Nochevieja con su equipo al completo en un restaurante de Puerto Cortés. Hacía un tiempo extraordinario y la noche acabó en el malecón, frente al mar. Al amanecer del nuevo año todo el país parecía haber recuperado la actividad. El puerto había recobrado la agitación y desde hacía varias semanas el baile de las grúas que giraban sobre los portacontenedores era incesante. Desde la madrugada hasta la puesta del sol el cielo era recorrido por los aviones que garantizaban las comunicaciones entre los diferentes aeropuertos. No se habían reconstruido todos los puentes, pero las huellas del huracán eran casi inapreciables, ¿o acaso es que la gente se había acostumbrado a ellos?

Las noches estrelladas prometían un año hermoso y el retorno de las cosechas generosas. La sirena de un carguero anunciaba la medianoche y la salida de un cargamento de plátanos rumbo a Europa.

Philip pasó a buscar a Mary por su casa. Tenían que ir a la fiesta de Nochevieja que organizaba su revista en la planta treinta tres de un rascacielos cercano al del *New York Times*. Bajo el abrigo ella llevaba puesto un largo y ceñido vestido negro; se había colocado una estola de seda sobre los hombros. Ambos estaban de buen humor. Aunque de vez en cuando se daban la vuelta para llamar a un taxi, sabían que esa noche de fiesta tendrían que ir a pie hasta Times Square. La noche era estrellada y apacible. Mary, silenciosa, sonreía y Philip, animado por su diatriba, le describía los males de la publicidad. Un semáforo los retuvo en el cruce de la calle Quince.

–Hablo demasiado, ¿no?

–¿Tengo cara de aburrirme? –respondió ella.

–Eres demasiado educada para demostrarlo. Lo siento, pero se me escapan las palabras que no he podido pronunciar en toda la semana. He trabajado tanto que casi no he hablado.

Se abrieron camino entre las trescientas personas congregadas en las oficinas donde se celebraba la fiesta, que estaba en su apogeo. El bufé había sido tomado al asalto. Una brigada de camareros se esforzaba en servir comida. En la mayoría de los casos estos soldados vestidos de blanco debían dar la media vuelta, puesto que las bandejas que portaban eran saqueadas antes de llegar a su destino. Hablar, escuchar e incluso bailar era algo imposible debido a la cantidad de gente. Dos horas más tarde Mary hizo una señal con la mano a Philip, que hablaba animadamente a pocos metros de ella.

El ruido le impedía entender la más mínima palabra, pero su índice señalaba la dirección que le interesaba, que era la de la puerta de salida. Con un movimiento de la cabeza, él le indicó que había entendido el mensaje y se dispuso a dejar la sala. Quince minutos más tarde se encontraron delante del guardarropa. Una vez cerrada la puerta, el silencio que había en el rellano de los ascensores resultaba impresionante. Mientras Philip apretaba el botón, manteniéndose delante de las puertas de cobre, Mary se alejó para dirigirse lentamente hacia los ventanales desde los que se dominaba la ciudad:

–¿Qué te hace pensar que es ése el que llegará antes y no el de la derecha o el de la izquierda?

–Nada, sólo la costumbre. Pero si me coloco en el centro estaré más cerca de cualquiera de las puertas.

Apenas hubo terminado la frase, la luz verde que estaba encima de su cabeza se iluminó al tiempo que sonaba una campanilla.

–¿Lo ves?, ¡he acertado!

Mary no reaccionó. Había pegado su frente contra la ventana. Philip dejó que el ascensor continuase a otra planta, se acercó y se colocó junto a ella. Mientras miraba la calle, deslizó su mano hasta coger la de la chica.

–¡Feliz año nuevo! –dijo ella.

–¡Hace media hora que nos lo hemos deseado!

–No hablo de ése. Quiero decir que es casi la misma hora que cuando me encontraste aquella Nochevieja. Sólo que en lugar de estar aquí, avanzábamos entre la muchedumbre. Ésa es casi la única diferencia. En fin, no me puedo quejar. ¡Hemos subido treinta y tres pisos desde entonces!

–¿Qué intentas decir?

–Philip, desde hace un año cenamos juntos tres veces por semana. Un año desde que me cuentas tus cosas y yo las mías. Cuatro estaciones desde que recorremos las calles del Soho, del Village, del Noho. Un domingo incluso fuimos a Tribeca. Hemos debido de sentarnos en todos los bancos de Washington Square, probado todos los *brunch* del centro de la ciudad y bebido en todos los bares. Después, cada noche, me has acompañado y dejado en casa. Luego desaparecías, con una sonrisa tristona. Y cada vez que tu silueta se esfumaba en la esquina se me hacía un nudo en el estómago. Creo que me conozco bien el camino y que ya puedo regresar sola.

–¿Prefieres que no volvamos a vernos?

–Philip, siento algo por ti. Resulta patético que lo ignores. ¿Cuándo vas a dejar de pensar sólo en ti? En cualquier caso, te corresponde a ti poner fin a nuestra relación, si es que había alguna. ¡No puedes estar tan ciego!

–¿Te he hecho daño?

Mary llenó los pulmones, levantó la cabeza hacia el techo y suspiró suavemente.

–No, es ahora cuando me lo estás haciendo. ¡Llama a ese maldito ascensor, por favor!

Desconcertado, lo hizo y las puertas se abrieron al instante.

–¡Gracias, Señor! –suspiró ella–. Me faltaba el oxígeno.

Se metió en la cabina y Philip bloqueó las puertas, sin saber qué decir.

–Deja que me marche, Philip. Te adoro cuando te pones tonto, pero tu estupidez ahora resulta cruel.

Ella se echó hacia atrás y las puertas se cerraron.

Él se dirigió hacia la ventana para intentar verla salir del edificio. Se sentó en el reborde y contempló el hormiguero que se agitaba a sus pies.

Desde hacía dos semanas Susan mantenía una relación con el responsable de un dispensario construido detrás del puerto. Sólo lo veía una vez cada tres días, a causa de la distancia que había que recorrer, pero aquellas noches bastaban para que reapareciesen en su cara los hoyuelos que se dibujaban junto a su boca cuando se sentía feliz. Ir a la ciudad la oxigenaba: el ruido de los camiones, el polvo, las bocinas que se mezclaban con los gritos de la gente, el ruido de las cajas que se lanzaban al suelo, todos esos excesos de la vida la emborrachaban y la hacían salir del sopor de una larga pesadilla. A principios de febrero abandonó a su especialista en logística por las cenas en compañía de un piloto de las Líneas Aéreas Hondureñas que viajaba varias veces al día a Tegucigalpa a bordo de un bimotor. Por la noche, cuando él regresaba a San Pedro, pasaba sobre su pueblo en vuelo rasante. Ella entonces saltaba a su Jeep y se lanzaba en persecución del avión, aceptando el desafío perdido de antemano de llegar antes que él.

Él la esperaba en las rejas del pequeño aeropuerto situado a veinte kilómetros de la ciudad. Con su barba y su chupa de cuero parecía un icono de los años cincuenta, algo que a ella no le disgustaba del todo. A veces le resultaba bueno dejarse llevar y vivir como en las películas.

Por la mañana, cuando él reanudaba su servicio, ella circulaba a toda velocidad por la pista que la conducía de vuelta al pueblo. Con las ventanillas abiertas, le gustaba aspirar el olor de la tierra húmeda al mezclarse con el perfume de los pinos.

El sol salía a sus espaldas y, cuando se daba la vuelta

para contemplar durante un instante el polvo que levantaban las ruedas, se sentía viva. Cuando las alas rojas y blancas pasaban por vigésima vez por encima de su techo y el aparato no era más que una pequeña mancha en el horizonte, daba una media vuelta en la pista y regresaba a su casa. La película había terminado.

Philip, con un ramo de flores en la mano, apretó el botón del interfono y esperó unos segundos; la cerradura dio un zumbido. Sorprendido, subió a pie los tres pisos de la maltrecha escalera. El suelo resonaba bajo sus pies. En cuanto llamó, la puerta se abrió.

–¿Esperabas a alguien?

–No, ¿por qué?

–Ni siquiera has preguntado quién era cuando he llamado abajo.

–¡En Nueva York nadie llama con tan poca insistencia como tú!

–¡Tenías razón!

–¿De qué me hablas?

–De lo que dijiste el otro día, que soy un imbécil. Eres una mujer generosa, brillante, divertida, bonita, me haces feliz y yo estoy ciego y sordo.

–¡De nada me sirven tus cumplidos, Philip!

–¡Lo que quiero decir es que no hablar contigo me ha vuelto loco, no cenar contigo me ha quitado el apetito y desde hace quince días no hago más que mirar el teléfono como un idiota!

–¡Porque eres imbécil!

Ella le interrumpió en el momento en que él se disponía a responder. Puso la boca sobre la de él y metió su lengua entre sus labios. Él dejó las rosas sobre el rellano para abrazarla y fue arrastrado al interior del pequeño apartamento.

Esa noche, mucho más tarde, la mano de Mary se escurrió por la puerta entreabierta y cogió el ramo de flores que descansaba sobre el felpudo.

Cada día dedicaba más horas a la escuela. Ahora su clase tenía una media diaria de sesenta y tres alumnos. Todo dependía de la voluntad del encargado de llevar a los escolares y de la asistencia más o menos regular de los niños. Tenían entre seis y trece años, y ella debía impartir un programa de lo más variado para que se animasen a volver al día siguiente.

A primera hora de la tarde comía una tortilla de maíz en compañía de Sandra, una colaboradora que había llegado hacía unos días. Había ido a buscarla a San Pedro, rogando que no descendiese de un avión de alas rojas y blancas. Inmersa en la duda, había esperado a la nueva recluta en el interior de una barraca que hacía las veces de terminal: el temido comandante sólo apagaba una de sus hélices y jamás abandonaba la cabina.

Sandra era joven y hermosa. Como no tenía dónde alojarse, se instaló en casa de Susan, sólo por unos días, una o dos semanas quizá... Una mañana, mientras compartían el primer café de la mañana, Susan la observó de arriba abajo con cierta insistencia.

–Por tu propio bien te recomiendo que guardes ciertas normas de higiene personal. Con el calor y la humedad pronto tendrás la piel cubierta de granos.

–¡Pero si yo no sudo!

–¡Oh, sí, querida! Sudas como todo el mundo, puedes fiarte de mí. A propósito, tienes que ayudarme a cargar el 4 × 4. Esta tarde tenemos que distribuir quince sacos de harina.

Sandra se secó las manos en el pantalón y se dirigió hacia el almacén. Susan la siguió. Cuando vio que las grandes puertas estaban abiertas, aceleró el paso y se adelantó corriendo. Entró en el edificio y contempló las estanterías llena de ira.

–¡Mierda, mierda y mierda!

–¿Qué ocurre? –preguntó Sandra.

–Nos han robado los sacos.

–¿Muchos?

–No lo sé, veinte, treinta. Habrá que contarlos.

–¿Para qué? Eso no hará que vuelvan.

–Servirá porque lo digo yo y porque la responsable de este lugar también soy yo. Deberé hacer un informe. ¡Sólo me faltaba esto!

–Cálmate, de nada servirá que te alteres.

–¡Cállate, Sandra! Soy yo quien manda aquí. Hasta nueva orden, guárdate tus comentarios.

Sandra la cogió por el brazo y acercó su rostro al de ella. Una vena azulada le sobresalía en la frente.

–No me gusta la manera en que me estás hablando. No me gusta cómo eres. Pensaba que esto era una organización humanitaria y no un campamento militar. Si crees que soy un soldadito, cuenta los sacos tú solita.

Se dio la vuelta y Susan le ordenó a gritos que volviese al instante, sin éxito.

A unos cuantos lugareños que se habían acercado les indicó con las manos que se alejasen. Los hombres se dispersaron encogiéndose de hombros y las mujeres le lanzaron miradas de disgusto. Ella cogió los dos sacos que habían quedado tirados sobre el suelo y los colocó en una estantería. Luego estuvo ocupada hasta que llegó la noche, controlando su ira y sus lágrimas. Cuando estuvo más tranquila se sentó en el exterior del edificio. Con la espalda apoyada contra la pared, sintió cómo el calor que la pared había recogido durante el día se dispersaba por sus venas. La sensación fue agradable. Con la punta del pie trazó letras en el suelo, una gran «P» que contempló antes de borrarla con la suela, luego una gran «J» y murmuró: «¿Por qué te fuiste, Juan?». Al regresar a casa encontró que Sandra ya se había marchado.

12 de febrero de 1978

Susan:

Es el comienzo de una batalla como jamás habrás visto: una batalla de bolas de nieve. Sé que te burlas de nuestras tempestades, pero la que cayó sobre nuestras cabezas hace tres días fue increíble, y ahora estoy bloqueado en mi casa. Toda la ciudad está paralizada bajo una gruesa capa blanca que llega al techo de los coches. Esta mañana, con los primeros rayos del sol, los pequeños, los mayores y los ancianos han invadido la acera. Ése es el motivo de mi primera frase. Creo que voy a arriesgarme y bajaré a comprar comida. Hace un frío que pela. ¡La ciudad está bellísima, toda nevada! Echo de menos tus cartas. ¿Cuándo vendrás? Quizás esta vez puedas quedarte dos o tres días. El año se anuncia más bien bueno y lleno de promesas.

Los jefes están contentos con mi trabajo. No me reconocerías: salgo casi todas las noches cuando no trabajo hasta la madrugada, lo cual sucede a menudo. Me suena raro hablarte de mi trabajo, como si de golpe hubiésemos ingresado en el mundo de los adultos sin siquiera darnos cuenta de ello. Un día hablaremos de nuestros hijos y de repente nos daremos cuenta de que nos hemos convertido en adultos. Cuando digo «nuestros hijos» es tan sólo una expresión, no me refiero a los tuyos o los míos; es sólo una imagen, también podría haber escrito «nuestros nietos». Pero tú inmediatamente habrías pensado que no llegarás a vieja y a abuela. ¡Tú y tus certidumbres pesimistas! Sea como fuere, aquí el tiempo corre a una velocidad vertiginosa y ya veo la primavera que anunciará, con mucho optimismo esta vez, que no está lejos tu llegada. Te lo prometo, este año no habrá polémica. No haré más que escuchar lo que tengas que decirme y compartiremos de verdad ese momento precioso que espero siempre como una Navidad en pleno verano. A la espera de ese momento, te envío una lluvia de besos.

Philip

El día de San Valentín Philip llevó a Mary a la estación de autobuses. Tomaron el autobús 33, que hacía el trayecto entre Manhattan y Montclair en una hora. Se bajaron en el cruce de Grove Street y Alexander Avenue y atravesaron la ciudad a pie; él le iba descubriendo los lugares de su adolescencia. Cuando pasaron delante de su antigua casa ella le preguntó si echaba de menos a sus padres, que ahora vivían en California. Philip no respondió. Sobre la fachada vecina, advirtió que en la ventana que en otros tiempos fuera la de Susan había una luz encendida.

Quizás ahora otra muchacha estaría revisando sus apuntes escolares.

–¿Era su casa? –pregunto Mary.

–Sí, ¿cómo lo has adivinado?

–Bastaba con seguir tu mirada. Estabas muy lejos de aquí.

–Sucedió hace mucho tiempo.

–Tal vez no tanto, Philip.

–Estamos en el presente...

–Vuestro pasado es tan denso que a veces me resulta difícil concebir un futuro para nosotros dos. No sueño con un amor perfecto, pero no me gustaría vivir en el condicional, y menos aún en el imperfecto.

Para poner fin a la conversación, él le preguntó si le gustaría vivir allí un día. Ella le respondió con una gran risotada, añadiendo que a cambio de dos niños como mínimo aceptaría vivir en cualquier parte. Desde lo alto de las colinas, replicó Philip, se veía Manhattan, que sólo estaba a media hora en coche. Para Mary ver la ciudad y vivir en ella eran dos cosas muy diferentes. No había estudiado periodismo para instalarse en un pequeño pueblo del interior de Estados Unidos, por muy cerca que estuviese de la Gran Manzana. De todos modos, ninguno de los dos había llegado a la edad de la jubilación.

–Pero aquí, por el mismo alquiler, uno puede vivir en una casa con jardín. Se respira aire puro y se puede trabajar en Nueva York. Se tienen todas las ventajas.

–¿De qué me hablas exactamente, Philip? ¿Ahora haces proyectos, tú, el que sólo piensa en el día de hoy?

–Deja de burlarte de mí.

–No tienes sentido del humor. Me sorprendes, eso es todo. Nunca puedes decirme si cenaremos juntos o no y ahora me preguntas si me gustaría venir a vivir contigo lejos de la ciudad. ¡Discúlpame, pero lo tuyo es un salto en el vacío!

–¡Sólo los imbéciles nunca cambian de opinión!

Volvieron al centro de la ciudad, donde él la llevó a cenar. Cuando estuvo sentada delante de él, le tomó la mano.

–¿Así que puedes cambiar de opinión?

–Hoy es un día un poco especial. Se supone que es festivo. ¿No podríamos cambiar de tema?

–Tienes razón, Philip. Es un día muy especial y por esa razón me llevas a ver la ventana que enmarca la obsesión de tu vida.

–¿Qué piensas?

–¡No, Philip! ¡Qué piensas tú!

–Ahora estoy contigo y no con ella.

–Pero yo pienso en el día de mañana.

A los quince días y a varios miles de kilómetros de allí, otro hombre, otra mujer, compartían otra cena. El robo del almacén todavía no se había resuelto. Ahora las puertas del mismo permanecían cerradas con una cadena y un candado, cuya llave sólo tenía Susan. Esto había causado cierto malestar en el equipo. Sandra cada vez le resultaba más hostil y desafiaba su autoridad, hasta el punto de que Susan había tenido que amenazarla con enviar un informe a Washington y hacerla repatriar. Melanie, una doctora que trabajaba en Puerto Cortés, había logrado calmar los ánimos de unos y otros, y la vida de la unidad hondureña del Peace Corps había recuperado su curso normal. Excepto para Susan. Thomas, el responsable del dispensario, con el que había mantenido una corta relación, le había pedido que fuera a verle, aduciendo motivos profesionales.

Ella se había desplazado a la ciudad al final del día y lo esperaba en el exterior del edificio.

Él al fin salió y se quitó la bata blanca, que arrojó en la parte trasera del 4 × 4. Había reservado sitio en una terraza de un pequeño restaurante del puerto. Se sentaron a la mesa y, antes de consultar la carta, pidieron unas cervezas.

–¿Cómo va por aquí? –preguntó ella.

–Como de costumbre: falta de materiales, falta de medios humanos, demasiado trabajo, el equipo está agotado, la rutina. ¿Y por allí?

–Por allí tenemos el inconveniente adicional de que somos pocos.

–¿Quieres que te envíe a alguien?

–Eso es algo poco compatible con lo que me acabas de contar.

–Tienes derecho a estar harta, Susan. Tienes derecho a estar cansada y también a dejarlo todo.

–¿Me has invitado a cenar sólo para soltarme esa tontería?

–En primer lugar, no te he dicho que te invitara... La gente cree que desde hace algunas semanas no te encuentras del todo bien. Te muestras agresiva y lo que llega a mis oídos no dice mucho en tu favor. No estamos aquí para hacernos impopulares. Debes aprender a controlarte.

El camarero trajo dos platos de tamales. Ella retiró la hoja de plátano y cortó la masa que contenía carne de cerdo. Al mismo tiempo que se echaba salsa picante sobre el plato, Thomas pidió dos botellas más de Salva Vida, una cerveza del país.

Hacía dos horas que el sol se había puesto y la luz que reflejaba la luna era increíble. Ella se dio la vuelta para contemplar los reflejos ondulantes de las grandes grúas sobre las aguas.

–Con vosotros, los tíos, una nunca tiene derecho a equivocarse.

–¡No más que los médicos, sean hombres o mujeres! Aunque seas la que manda, eres un eslabón más de la cadena. ¡Si te rompes, toda la maquinaria se detiene!

–Hubo un robo y eso me sacó de mis casillas. No podemos admitir que estemos aquí para ayudarles y que se roben la comida entre ellos.

–Susan, no me gusta tu manera de decir «ellos». En nuestros hospitales también se roba. ¿Acaso crees que no sucede lo mismo en mi dispensario?

Tomó su servilleta para limpiarse los dedos. Ella le cogió el índice, se lo llevó a la boca y lo apretó delicadamente entre sus dientes al tiempo que le dirigía una mirada maliciosa. Cuando el dedo de Thomas estuvo limpio, ella lo soltó.

–¡Acaba ya con tu lección de moral! –dijo ella sonriendo.

–Estás cambiando, Susan.

–Déjame dormir esta noche en tu casa. No me gusta volver cuando ya ha oscurecido.

Él pagó la cuenta y la invitó a levantarse. Mientras caminaban por el muelle, pasó su brazo en torno a la cintura de él y apoyó la cabeza sobre su hombro.

–Estoy a punto de dejarme vencer por la soledad y, por primera vez en mi vida, tengo la impresión de no poder superarlo.

–Vuelve a casa.

–¿No quieres que me quede?

–No hablo de esta noche, sino de tu vida. Deberías regresar a Estados Unidos.

–No me rendiré.

–Volver a casa no siempre es una rendición. Es una manera de conservar lo que se ha vivido, si uno sabe retirarse antes de que sea demasiado tarde. Déjame el volante, conduciré yo.

El motor se puso en marcha y arrojó una nube de humo negro. Thomas encendió los faros, que barrieron los muros con un haz de luz blanca.

–Deberías cambiar el aceite. Se te va a despedazar entre las manos.

–No te preocupes. Tengo la costumbre de que las cosas se me despedacen entre las manos.

Susan se repantigó en el asiento y, sacando las piernas por la ventanilla, apoyó los pies en el espejo retrovisor externo. Aparte de los ruidos mecánicos, el interior del coche permanecía en silencio. Cuando Thomas estacionó el coche delante de su casa, Susan permaneció inmóvil.

–¿Te acuerdas de los sueños que tenías cuando eras niño? –preguntó ella.

–Me basta con recordar los que tuve anoche –respondió Thomas.

–No. Me refiero a lo que soñabas con llegar a ser cuando fueses mayor.

–Sí, me acuerdo. Quería ser médico, y me he convertido en administrador de un dispensario. ¡Di en el blanco, pero no en la diana!

–Yo quería ser pintora, para pintar el mundo de colores. Y Philip quería ser bombero para salvar a la gente. Ahora él es creativo en una agencia de publicidad y yo trabajo en el ámbito de la ayuda humanitaria. En algún punto ambos nos equivocamos.

–No es el único terreno en el que ambos os habéis equivocado.

–¿Qué quieres decir con eso?

–Hablas mucho de él. Y cada vez que pronuncias su nombre, tu voz tiene un tono nostálgico, y eso deja poco espacio a la duda.

–¿A qué duda?

–¡A las tuyas! Creo que amas a ese hombre y que esa realidad te da un miedo terrible.

–Vamos, entremos en casa. Empiezo a tener frío.

–¿Cómo te las arreglas para tener tanto valor respecto a los demás y tan poco para ti?

Por la mañana, ella abandonó la cama sin hacer ruido y desapareció de puntillas.

El mes de marzo pasó a la velocidad de un relámpago. Todas las tardes, cuando salía del trabajo, Philip se veía con

Mary. Puesto que dormía en casa de ella, ahorraba diez preciosos minutos cada mañana. Al llegar el fin de semana cambiaban de cama y pasaban los dos días en el apartamento del Soho, al que habían bautizado con el nombre de «casa de campo». Los primeros días del mes de abril temblaban bajo los vientos del norte, que soplaban sin cesar sobre la ciudad. Los brotes de los árboles aún no habían salido y sólo el calendario anunciaba el inicio de la primavera.

Pronto Mary obtuvo el cargo de periodista en la revista en la que trabajaba y consideró que para ellos ya había llegado el momento de encontrar un nuevo lugar donde instalar sus respectivos muebles y su vida.

Comenzó a estudiar los anuncios en busca de un apartamento en Midtown. Ahí, los alquileres serían menos caros. También sería más práctico para ir al trabajo.

Susan pasaba la mayor parte de su tiempo detrás del volante del Jeep. De pueblo en pueblo, garantizaba la distribución de semillas y alimentos de primera necesidad. La carretera a veces la llevaba demasiado lejos para regresar a casa cuando se hacía de noche y adquirió la costumbre de emprender viajes de varios días, recorriendo las pistas hasta los enclaves más profundos del valle. En dos ocasiones se cruzó con las tropas sandinistas que se escondían en las montañas. Jamás los había visto adentrarse tanto en el país. Su cuerpo traicionaba la fatiga que le producía ese tipo de vida. La ausencia de sueño la empujaba a salir todas las noches, y cada mañana le resultaba más difícil ponerse en pie. Un día, después de cargar el 4 × 4 con diez sacos de harina de maíz tomó la carretera cuando el sol se hallaba en el cenit y se dirigió hacia donde vivía Álvarez. Llegó a media tarde. Después de haber descargado el coche, cenaron juntos en su casa. Él la encontró desmejorada y le propuso que se quedara a descansar unos días en las montañas. Ella le prometió pensárselo, y cogió el camino de regreso después de cenar, declinando la invitación de pasar la noche en el pueblo. Incapaz de irse a dormir, pasó por delante de su casa y se dirigió a la taberna, que todavía estaba abierta a esas horas.

Al entrar en el bar, sacudió enérgicamente sus pantalones y el jersey para quitarse la capa de polvo y de tierra seca que los cubría. Pidió un vaso doble de alcohol de caña.

El hombre que estaba detrás del mostrador cogió la botella y la colocó delante de ella, la miró de hito en hito y le ofreció un vaso de estaño.

–Sírvete tú misma. Por suerte todavía tienes pechos y el cabello largo, si no creería que te habías vuelto hombre.

–¿Qué quieres decir con esa observación tan profunda?

Él se inclinó hacia ella para hablarle en voz baja, como para contarle un secreto.

–Con demasiada frecuencia estás en compañía de hombres y con demasiada poca con el mismo. La gente empieza a hablar de ti.

–¿Y qué dice la gente?

–¡No me hables con ese tono, Señora Blanca! ¡Es por tu bien por lo que digo en voz alta lo que otros cuentan en voz baja!

–Claro, porque cuando vosotros os paseáis mostrando el paquete sois unos ligones y cuando nosotras enseñamos una teta somos unas putas. Sabes, para que un hombre se acueste con una mujer hace falta precisamente que haya una mujer.

–¡No hieras a las de este pueblo, es todo lo que te digo!

–Si el corazón de muchas todavía late es, en parte, gracias a mí. Por eso las molesto.

–Ninguno de nosotros te ha pedido limosna, nadie te ha llamado para que vinieses a ayudarnos. Si no te gusta esto, vuelve a tu casa. Mírate, cuando te veo y pienso que eres la maestra de nuestros niños, no puedo dejar de preguntarme qué pueden aprender de ti.

El anciano que estaba acodado sobre el mostrador de plomo hizo una señal con la mano para que el hombre se callase.

Los ojos de Susan indicaban que aquello había ido demasiado lejos. El camarero recogió la botella con un gesto enérgico para devolverla a la estantería. Una vez que estuvo de espaldas dijo que la copa era un obsequio de la casa. El viejo esbozó una sonrisa, descubriendo sus dientes carcomidos, pero ella ya se había dado media vuelta y salía del local. Cuando estuvo fuera se apoyó en la balaustrada y vomitó todo lo que tenía en el estómago. Se puso de cuclillas para recuperar el aliento. Más tarde, en el camino que la conducía a casa, levantó la mirada hacia el cielo, como si quisiera contar las estrellas, pero la cabeza le daba vueltas y tuvo que detenerse. Agotada, siguió a sus propios pies hasta la escalinata de la casa.

10 de mayo

Philip:

Este invierno no nos hemos escrito mucho. Hay períodos más difíciles que otros. Quisiera tener noticias tuyas, saber cómo va tu vida, si eres feliz. He colocado tu cartel sobre mi cama. He reconocido la vista de Manhattan que íbamos a contemplar desde la cima de las colinas de Montclair. A veces miro atentamente e imagino que una de las pequeñas luces que veo es la ventana de tu habitación. Tú estás trabajando en un dibujo. Pasas la mano por tus pelos desgreñados, como sueles hacerlo, y muerdes el lápiz. Nunca cambias. Me emociona ver una imagen de nuestra infancia. Realmente soy bastante rara. Te echo de menos y me cuesta mucho admitirlo. ¿Crees que amar puede dar tanto miedo como para hacer que una salga huyendo? Tengo la impresión de haber envejecido.

Los ruidos de mi casa me despiertan por la noche y me impiden dormir, tengo frío, tengo calor y me levanto cada mañana angustiada por lo que no he hecho la víspera.

La estación es agradable. Podría describirte todos

los paisajes que me rodean, contarte cada minuto de mis días, lo necesario para continuar hablándote de mí. Este año iré a verte antes. Estaré allí a mediados de junio, impaciente por estar a tu lado. Tendré que decirte algo realmente muy importante, que me gustaría compartir contigo hoy y mañana. A la espera de verte, te envío besos. Cuídate mucho.

Susan

2 de junio

Susan:

Lo que yo echo de menos es tu voz. ¿Todavía cantas a menudo? La música de tu carta estaba compuesta de notas un poco tristes. El verano ya está aquí y las terrazas se llenan de gente. Pronto me mudaré. Me he trasladado a la parte alta de la ciudad. Cada vez el tráfico está peor y así estaré más cerca de la oficina. Aquí una media hora vale lo que una piedra preciosa. Todo el mundo tiene tanta prisa que resulta casi imposible detenerse en una acera sin correr el riesgo de morir aplastado por la multitud. A menudo me pregunto hacia dónde va esa gente a la que nada parece poder detener y si no serás tú la que tenga razón de vivir allí donde el aire todavía huele bien. Tu vida debe de ser hermosa, y me muero de ganas de saber algo de ti. Yo estoy desbordado por el trabajo, pero tengo buenas noticias que comunicarte. ¿Qué es esa cosa muy importante de la que me hablas? Te esperaré como de costumbre. Hasta pronto.

Besos.

Philip

5

El Boeing 727 de la Eastern Airlines abandonó el aeropuerto de Tegucigalpa a las diez de la mañana, con dos horas de retraso sobre el horario previsto a causa de una climatología adversa. En la terminal, Susan, inquieta, miraba el cielo negro que avanzaba hacia ellos. Cuando la azafata abrió la puerta de vidrio que daba acceso a la pista, ella siguió bajo la lluvia a los pasajeros que se dirigían hacia la escalerilla. Listo para el despegue, el comandante del aparato puso los motores a toda potencia a fin de contrarrestar el viento de través que cruzaba la pista. Las ruedas abandonaron el suelo y el avión dio un salto, intentando elevarse para atravesar lo más rápidamente posible la capa de nubes. Sentada y con el cinturón abrochado, Susan era sacudida por las violentas turbulencias; ni siquiera cuando se lanzaba en su 4 × 4 a toda velocidad por la pista se movía tanto. Sobrevolaron las montañas del nordeste y la tempestad redobló su fuerza. Un rayo alcanzó el fuselaje y a las diez y veintitrés minutos la caja negra grabó la voz del copiloto, comunicando a la torre de control que el motor número dos se había parado y que perdían altura. Además del vértigo, Susan sintió una náusea indescriptible. Se colocó ambas manos en el bajo vientre. El avión continuaba descendiendo. La tripulación necesitó tres minutos para poner en marcha el reactor y recuperar altura. El resto del viaje transcurrió en el silencio que con frecuencia se instala después de un momento de miedo.

En la escala de Miami tuvo que correr para no perder su conexión. La carrera por los pasillos era agotadora, su bolsa le pesaba y un nuevo vértigo la detuvo brutalmente. Recuperó el aliento y reanudó su marcha hacia la puerta de embarque, pero era demasiado tarde. Tuvo que conformarse con ver cómo despegaba su avión.

Philip miraba por la ventanilla del autobús que lo condujo al aeropuerto de Newark. Había colocado sobre sus rodillas el cuaderno de espiral. La muchacha que se sentaba a su lado observaba cómo esbozaba con un lápiz negro el rostro de una mujer.

Ella tomó el siguiente vuelo dos horas más tarde. Sólo subsistía el mareo por encima de las nubes. Empujó la bandeja e intentó dormir.

La sala estaba desierta como casi siempre al final de la mañana, salvo cuando había un congreso o era el comienzo de las vacaciones. Se instaló en su mesa. Después del almuerzo, el lugar quedó de nuevo vacío y el camarero de la tarde sustituyó al de la mañana. El hombre lo reconoció enseguida y le saludó. Philip se levantó, se sentó delante de él y al mismo tiempo que escuchaba lo que decía trazó un nuevo esbozo del lugar: el sexto que figuraba en su cuaderno, sin contar el que había pegado en la pared de su taller de Manhattan, sobre la mesa de trabajo. Cuando el dibujo estuvo terminado, se lo mostró al camarero, que se quitó la chaqueta blanca y se la entregó. Philip se la puso con aire de complicidad. Intercambiaron los sitios y el camarero se sentó en el taburete, fumando con placer un cigarrillo mientras Philip le contaba el año que había pasado.

Durante todas esas horas, dos sillas invertidas prohibían el acceso a una mesa, la que estaba junto al ventanal. Susan llegó en el avión de las nueve de la noche.

–¿Cómo te las arreglas para ocupar siempre la misma mesa?

–Primeramente, me lo pediste el día de tu primer viaje y, en segundo lugar, ¡tengo talento! Te esperaba en el vuelo anterior. Dicho esto, por muy extraño que parezca, jamás la he encontrado ocupada.

–La gente sabe que es nuestra.

–¿Comenzamos por la revisión física o por la moral?

–¿He cambiado tanto en este año?

–No, tienes la cara de alguien que acaba de viajar. Eso es todo.

El camarero puso la copa de rigor sobre la mesa. Susan sonrió y la apartó con gesto discreto.

–Tú tienes buen aspecto, háblame de ti.

–¿No te lo comes?

–Tengo el estómago revuelto. El vuelo ha sido infernal y he pasado algo de miedo. Uno de los motores se paró.

–¿Y qué sucedió? –preguntó él, inquieto.

–Ya ves, estoy aquí. Al final se puso otra vez en marcha.

–¿Quieres otra cosa?

–No, nada. No tengo apetito. No me has escrito mucho este año.

–Tú tampoco.

–Pero yo tengo excusas.

–¿Cuáles?

–No lo sé. Eres tú quien siempre ha dicho que las cultivaba. Está bien que de tanto en tanto me sirva de ellas.

–¡Pretextos! La palabra que utilicé fue «pretextos». ¿Qué es lo que pasa? ¿Acaso ahora tengo que medir mis palabras?

–Nada, todo va bien. ¿Y tu trabajo?

–Al ritmo que van las cosas, seré director asociado en un año como mucho. Este año hemos hecho campañas muy interesantes y es posible que me den un premio. En este momento tres de mis creaciones aparecen en la prensa femenina. Incluso he recibido una oferta de una casa francesa de modas. Sólo quieren hablar conmigo, y eso hace que en la agencia me tengan en mayor consideración.

–Bien, muy bien. Estoy orgullosa de ti. En cualquier caso tienes aspecto de felicidad.

–Tú tienes pinta de estar muy cansada, Susan. ¿Estás enferma?

–No, te lo juro, Philip. Ni siquiera una diminuta ameba. A propósito, ¿no tendrás tú una «amiga»?

–¡No comiences de nuevo! Sí. La tengo. Se llama Mary.

–¡Ah! Sí, había olvidado su nombre.

–No pongas esa cara de desprecio. Estoy bien con ella. Tenemos los mismos gustos en materia de libros, comida, películas. Comenzamos a tener amigos comunes.

Susan asintió con una sonrisa socarrona.

–Parece práctico y suena a una auténtica relación, socialmente consolidada. ¡Qué excitante!

Ella levantó las cejas y acercó su rostro al de él, como para prestar una mayor atención a sus palabras, no sin cierta carga de ironía.

–Sé en lo que estás pensando, Susan. Quizá tiene poco que ver con la pasión, pero al menos no hace daño. No tengo el corazón agobiado todo el día por el peso de la ausencia, porque sé que al llegar la noche la veré de nuevo. No me quedo mirando el teléfono toda la tarde, preguntándome cuál de los dos fue el último en llamar. No tengo miedo de equivocarme al elegir el restaurante o de cómo me visto o de decir algo por lo que luego seré juzgado. No vivo esperando, sino en el presente. Ella me quiere tal como soy. Quizá lo que nos une aún no sea un amor apasionado, pero es una relación humana. Mary comparte conmigo su vida diaria y nuestra relación va adquiriendo forma. Existe.

–¡Y zas! ¡Encaja ésta!

–No era mi intención ofenderte.

–Avísame el día que digas algo que me ofenda, porque sin intentarlo lo has hecho muy bien. No me puedo imaginar lo que llegarías a decir si quisieras ofenderme. Hablas maravillosamente bien de ella. ¿Cuál es el siguiente paso?

Como él había bajado los ojos, no vio la mirada de Susan cuando le anunció que pensaba casarse con Mary. Ella borró su tristeza con un revés de la mano.

–Me alegro por ti. Me duele un poco tener que compartirte, pero de veras me alegro.

–¿Y tú? ¿Qué hay de nuevo en tu vida?

–Nada, nada de nuevo. La misma rutina. Es un poco paradójico. Desde aquí todo parece extraordinario, pero allí todo forma parte de la vida cotidiana. Entre un nacimiento y una muerte, hay gente a la que hay que alimentar. Eso es todo. Tengo que sobreponerme. Sabes, no pude coger el vuelo que quería y el que sale dentro de media hora es el último. He facturado mi maleta.

–No me mientas. Cuando viajas sólo llevas esa bolsa. ¿No quieres pasar la noche aquí?

–No. Tengo una cita mañana por la mañana a las siete.

Él pagó la consumición. Al levantarse, contempló el helado que se había derretido en la copa. Los colores se habían mezclado y las almendras yacían en el fondo. Pasó su brazo por encima de los hombros de Susan y se aproximaron juntos a la puerta de embarque.

En el momento de decirse adiós, él la miró directamente a los ojos.

–¿Estás segura de que todo te va bien, Susan?

–Claro que sí, estoy agotada, eso es todo. Y déjalo, si no me pasaré dos horas ante el espejo comprobando qué es lo que no funciona.

–¿No me habías escrito que querías hablarme de algo muy importante?

–No que yo recuerde, Philip. O, en cualquier caso, no debía de ser tan importante, porque ya lo he olvidado.

Entregó el billete a la azafata, se dio la vuelta y se hundió en los brazos de Philip. Él puso sus labios sobre los de ella. Sin decir una palabra, ella se dirigió hacia la escalerilla. Philip la siguió con la mirada y gritó:

–Last call!

Ella se detuvo y se dio la vuelta muy despacio mientras una sonrisa arrogante iluminaba su rostro. Volviendo sobre sus pasos, caminó lentamente hacia él y a pocos metros le increpó:

–¿Qué quieres decir con ese *last call*?

–Lo sabes muy bien.

Hizo un signo autoritario a la azafata, que había hecho

un movimiento para impedirle franquear en sentido inverso el mostrador que los separaba. Se acercó hasta casi pegar su cara contra la de Philip y, con un tono de abierta irritación le dijo en voz baja:

–¡Ya sabes lo que puedes hacer con tu *last call*, amiguito! ¡Eres tú quien se arriesga, no yo! Cásate y hazle un hijo, si eso te hace feliz. Pero si yo cambiase de vida, si decidiese un día venir a buscarte, te encontraría hasta en las cloacas, y serías tú el que se tendría que divorciar, no yo.

Ella lo cogió de la nuca con fuerza y le estampó un beso en la boca, jugando descaradamente con su lengua. Luego lo rechazó con la misma violencia y se dirigió hacia el avión sin decir una sola palabra. Al final del pasillo gritó: *Last call!*

El país se veía agitado por los coletazos de la violencia que sacudía a la vecina Nicaragua. En el interior, los rumores hacían temer que la revuelta de los grupos armados cruzase la frontera. El país más pobre de Centroamérica no podría soportar un nuevo cataclismo. La presencia del Peace Corps tranquilizaba a la población. Si algo grave llegaba a suceder, Washington repatriaría a sus miembros. Los comienzos del invierno hondureño se anunciaron, con su lote de destrucción. Lo que no había sido reparado o consolidado desaparecía, destruido por las tormentas y los vientos huracanados. Susan luchaba contra el cansancio físico que se adueñaba de ella día a día. Su estado de salud era más que normal y su moral, acorde con el tiempo.

A mediados de noviembre, Philip llevó a Mary a pasar un fin de semana a la isla de Martha's Vineyard. Una larga caminata a la luz del crepúsculo los condujo a orillas del mar a la misma hora en que las ballenas pasan por delante de la costa. Se sentaron sobre la arena y se abrazaron para contemplar el espectáculo. Al caer la noche las nubes que se acumulaban por encima de sus cabezas les decidieron a volver al albergue lo antes posible.

Bajo los rayos y los truenos que desgarraban el cielo por encima de su casa, Susan no besaba a nadie y buscaba en la cama un sueño que no lograba conciliar.

Tres semanas más tarde, a principios de diciembre, el estado de sitio fue levantado en la vecina Nicaragua y todo el país respiró de nuevo.

En diciembre Philip y Mary fueron de vacaciones a Brasil. Cuando estaban a 10.000 metros de altura, él pegó su cara a la ventanilla, intentando imaginar una cierta costa que se dibujaba bajo un velo de nubes. En algún lugar, allí abajo, había un pequeño techo de chapa ondulada que abrigaba a Susan, que pasó en cama la fiesta de Nochevieja y los siguientes veinte días.

El sol volvió con los primeros días de febrero, y el cielo de sus estados de ánimo se despejó al mismo tiempo.

Susan estaba de pie desde hacía ocho días y su cuerpo se recuperaba; el color volvía a sus mejillas. Su «enfermedad del cansancio», como se decía en el pueblo, había tenido un feliz desenlace. Los campesinos se habían hecho cargo del almacén y unas mujeres se ocuparon del funcionamiento de la escuela y la enfermería. Los jóvenes se habían encargado de la distribución de alimentos, de la que Susan era la responsable. Todos habían unido esfuerzos en estos últimos tiempos y sus relaciones se habían estrechado. Susan caminaba por la calle principal y pasaba por delante de la guardería cuando el cartero se cruzó con ella y se le acercó. La carta procedía de Manhattan y estaba fechada el 30 de enero; había tardado casi dos semanas en llegar.

29 de enero de 1979

Susan:

Acabo de regresar de Río y he pasado dos veces por encima de tu país. Imaginé que volábamos sobre tu casa y que te vería delante de la puerta. ¿Cómo es que jamás fui a visitarte? Quizá simplemente porque no era necesario, porque tú no querías, porque jamás tuve el valor de hacerlo. Tan lejos de mí y a la vez tan cerca. Y, por muy raro que pueda parecer, eres la primera persona (casi he añadido «de mi familia») a la que comunico la noticia: me voy a casar, Susan. Esta Nochevieja se lo pedí a Mary.

La ceremonia será en Montclair el 2 de julio. Ven, te lo ruego. Es dentro de seis meses y tienes tiempo de sobra para arreglarlo todo y asistir. Esta vez no tienes excusas ni pretextos. Necesito que estés a mi lado. Eres lo más valioso que tengo. Cuento contigo. Te beso y te amo.

Philip

Dobló cuidadosamente la hoja de papel y se la guardó en el bolsillo de su blusa. Levantó la cara hacia el cielo y sus labios se pusieron blancos de la fuerza con que los apretaba. Siguió caminando por la calle y entró en la guardería.

Una vez más Susan revolvía su único armario para elegir las blusas y faldas que se llevaría a Montclair. Al menos era el vigésimo modelo de pajarita que el vendedor mostraba a Philip.

Ella cerraba tras de sí la puerta de su casa. Detrás de él se cerraba la del sastre: en la gran caja de cartón que llevaba en sus brazos iba su traje de boda.

Un campesino la conducía al aeropuerto en el que subiría al pequeño avión con destino a Tegucigalpa, y no importaba que sus alas fuesen rojas y blancas; bajo los puentes de Honduras había corrido mucha agua. Quien lo llevaba al peluquero era Jonathan, su compañero de trabajo, promovido a la categoría de asistente de ceremonia.

Por la ventanilla del avión ella veía cómo el río brillaba a lo lejos. Por la ventanilla del Buick, él veía a los viandantes que deambulaban por las calles de Montclair.

Él recorría las naves de la iglesia con un paso nervioso, a la espera de que alguien acudiera a confirmarle que todo estaba en orden para el día siguiente. Ella paseaba arriba y abajo por la terminal del aeropuerto de Tegucigalpa, a la espera de embarcar en un Boeing que despegaría hacia Florida con cuatro horas de retraso.

Según la tradición, no pasó la noche anterior a la boda en compañía de Mary. Jonathan lo dejó en el gran hotel donde sus padres habían reservado una *suite* para él. Ella había ocupado su asiento en el avión y el aparato atravesaba ya la capa de nubes.

En el avión, ella comía la cena que le dieron. Él quería acostarse pronto y cenaba frugalmente, sentado sobre la cama.

Ella llegaba a Miami y se estiraba sobre los bancos de la terminal de la Eastern Airlines, con la mano enrollada en la correa de su gran bolsa color caqui. Él apagaba la luz e intentaba conciliar el sueño. La última conexión ya había salido y ella se dormía.

Al amanecer, ella entró en los lavabos del aeropuerto y se colocó delante del gran espejo. Se mojó la cara con agua e intentó arreglarse un poco.

Él se cepilló los dientes delante del espejo, se lavó la cara y puso sus cabellos en orden, frotándose la cabeza.

Ella lanzó una última ojeada a su figura y abandonó el lugar haciendo un gesto dubitativo. Él salió de su habitación y se dirigió a los ascensores.

Ella se dirigió a la cafetería y pidió una café. Él se encontró con sus amigos en el bufé del hotel.

Ella eligió un bollo. Él colocó uno en su plato.

A media mañana él subió a su habitación para comenzar a prepararse. Susan entregó su carta de embarque a la azafata.

–¿No hay peluquería a bordo?

–Discúlpeme, ¿decía?

–Míreme: ¡En cuanto baje del avión tengo que asistir a una boda y me harán entrar por la puerta de servicio!

–Tendría que continuar, señorita. Está obstruyendo el paso de los demás pasajeros.

Ella se encogió de hombros y subió por la escalerilla. Él cogió la percha del armario y quitó la bolsa de plástico que protegía el esmoquin; de una caja de cartón blanco sacó la camisa y la desdobló. Ella se adormiló en su asiento, con el rostro pegado a la ventanilla.

Cuando todas las piezas que componían su traje estuvieron dispuestas en orden sobre el edredón, entró en el cuarto de baño. Ella se levantó y se dirigió a la parte posterior del aparato.

Él buscó su maquinilla de afeitar, extendió un poco de espuma sobre su barbilla, dibujando con el índice el contorno de la boca, y sacó la lengua a su reflejo en el espejo. En los lavabos, ella se pasó el dedo por los párpados, abrió la bolsa de aseo y se maquilló. El auxiliar de vuelo anunció por el altavoz que el descenso a Newark había comenzado y ella miró su reloj: llegaba tarde. Escoltado por los testigos, él subió a la limusina negra que le esperaba delante del hotel.

La cinta de los equipajes le devolvió su gran bolsa, cuya correa colgó del hombro. Ella caminaba en dirección a la salida. Él acababa de llegar a la entrada de la iglesia, y saludaba y daba la mano al mismo tiempo que subía los escalones.

Ella pasó por delante de la cafetería, se dio la vuelta y, con los ojos húmedos, miró fijamente la pequeña mesa situada junto al ventanal. Él franqueó el umbral de las grandes puertas y, bajo la bóveda de piedra, contempló la nave.

Él comenzó a caminar a paso lento y miró a los lados

por entre los invitados que se iban levantando, pero no la vio. Ella lanzó la bolsa sobre el asiento trasero de un taxi que acababa de estacionar junto a la acera; en un cuarto de hora estaría en Montclair.

Todos los invitados se dieron la vuelta al escuchar las primeras notas del órgano. Mary apareció cogida del brazo de su padre bajo la luz diáfana de la entrada. Avanzaba hacia el coro, sin que los rasgos de su rostro traicionasen la emoción. Ambos se contemplaron con fijeza, como si entre ambas miradas hubiese un hilo tendido. Las pesadas puertas se cerraron. Cuando Mary llegó a su lado, él echó una ojeada a los asistentes en busca de un rostro que seguía sin encontrar.

El taxi se detuvo delante de la entrada desierta. ¿Existe una suerte de magia que hace que las aceras queden vacías en torno a los lugares de culto durante los entierros y las bodas? El cansancio del viaje la había vuelto torpe y tenía la sensación de que los escalones se hundían bajo sus pies. Ella empujó suavemente una puerta lateral, entró en la iglesia y dejó resbalar su bolsa al pie de una imagen.

Sorprendida ante la visión de los dos seres que estaban de pie frente al altar, avanzó lentamente por la nave de la derecha, deteniéndose en cada pilar. Cuando llegó a la mitad de la nave los cánticos se interrumpieron para dar paso a un silencio recogido. Estupefacta, ella observaba. El sacerdote reanudó la liturgia y ella su camino. Avanzó hasta la última columna, desde donde veía a Philip de perfil. De Mary sólo podía ver la curva de la espalda y la sedosa cola del vestido de novia. Cuando el oficiante los unió, los ojos de Susan se inundaron de lágrimas. Retrocedió con paso silencioso, guiándose en su retirada con la mano izquierda, que rozaba torpemente los respaldos de los bancos. Recogió la bolsa que había dejado a los pies del arcángel san Gabriel y salió de la iglesia, bajó los escalones y se metió apresuradamente en el taxi. Abrió la ventanilla y contempló las puertas de la iglesia. Entre sollozos contenidos, murmuró en voz baja al mismo tiempo que el sacerdote: «Si alguno de los presentes tiene una razón para oponerse a esta unión, que hable ahora o calle para siempre...».

El taxi arrancó.

Inclinada sobre la bandeja del avión que la conducía de vuelta a Honduras, escribió una carta.

2 julio de 1979

Querido Philip:

Sé lo mucho que debes de sentir el que no pudiera estar a tu lado el día de tu boda. Esta vez no había ni excusa ni pretexto, te lo juro. Hice todo lo posible para asistir, pero en el último momento una lamentable tormenta me impidió viajar. Con el pensamiento he estado contigo durante toda la ceremonia. Debías de estar guapísimo con tu esmoquin, y estoy segura de que tu mujer también estaba preciosa. ¿Quién no lo habría estado en semejantes circunstancias? He seguido mentalmente cada momento de esos instantes mágicos. Sé que ahora eres feliz y parte de esa felicidad hace que yo también lo sea.

He decidido aceptar el puesto que me proponían. Salgo el viernes para instalarme en las montañas y organizar un nuevo centro. Me gustaría escribirte en el curso de los próximos meses, pero estaré a dos días de pista de lo que apenas se parece a nuestra civilización, y enviar y recibir cartas será algo imposible. Sabes, estoy contenta con este nuevo desafío. Me llevaré conmigo la nostalgia de las gentes de este pueblo, de esta casa que Juan me construyó y de los recuerdos que ya contenía. Habrá que comenzar prácticamente de cero, pero la confianza que me han demostrado es prueba del reconocimiento de mis colegas.

Buena suerte, Philip. Más allá de todas mis ausencias y de todas mis faltas. Te amo fielmente desde siempre y para siempre.

Susan

P. D.: De todos modos, no olvides lo que te dije en el aeropuerto...

6

La lluvia resbalaba sobre la cubierta de madera. Instalado bajo la armadura del techo, iluminándose con la luz de una única lámpara, corregía sus últimos esbozos. Al igual que cada fin de semana, Philip recuperaba el retraso acumulado durante cinco días. Había decorado su despacho inspirándose en el estilo Adirondacks. En la pared de la derecha se hallaba la biblioteca. En el lado izquierdo, dos grandes sillones de cuero usado, separados por un pequeño velador y una lámpara de hierro forjado, daban al conjunto un aire hogareño. Colocada en el centro justo de la pieza, su blanca mesa de trabajo tenía la forma de un gran cubo de madera; seis personas podían sentarse cómodamente a su alrededor. De vez en cuando levantaba la cabeza y posaba su mirada en los cristales de la ventana, que temblaban bajo la fuerza del viento.

Antes de volver a sus dibujos lanzó una mirada a la foto de Susan, que en un marco de vidrio descansaba sobre una de las estanterías. Había pasado mucho tiempo desde el día de su boda. En medio de la mesa destacaba la antigua caja que contenía todas sus cartas. Estaba cerrada con un candado, pero la llave siempre se encontraba sobre la tapa.

¿Cuántos años hacía que no se escribían? ¿Siete, ocho, nueve quizá? En un rincón de la habitación se hallaba la escalera que conducía al piso inferior, donde los dormitorios ya se borraban en la penumbra de aquel día sin luz que estaba a punto de terminar. La escalera de madera blanca que estaba delante de la puerta de entrada dividía la planta baja en dos ambientes. Mary había permanecido toda la tarde sentada a la gran mesa de la cocina americana y pasaba lentamente las páginas de una revista, dejando volar sus pensamientos. Desde allí veía a Thomas, su hijo de cinco años, que estaba al otro lado de la puerta de corredera absorto en un juego. Luego dirigió la vista al reloj de pared que estaba colocado encima de la cocina de gas: eran las seis de la tarde. Cerró la revista, se levantó y comenzó a preparar la cena. Philip bajó de su despacho una media hora después, como cada tarde, y le ayudó a terminar de poner la mesa. Después de besarla, sus dos «hombres» se instalaron en el lugar acostumbrado. Thomas fue el más hablador, y comentó su última partida contra los extraterrestres que intentaban invadir la pantalla del televisor.

Al final de la cena, una vez más Philip quiso enseñar a su hijo a jugar al ajedrez. Sin embargo el pequeño encontraba tonto que el alfil sólo pudiese moverse en diagonal y, además, ¿no sería mejor hacer avanzar todos los peones al mismo tiempo para atacar las torres del castillo? La tentativa concluyó en una partida de siete y medio. Luego, esa misma noche, cuando el niño estuviera arropado y le hubiese contado un cuento, Philip bajaría a decirle buenas noches a su mujer y volvería a su despacho. «Prefiero trabajar ahora un rato y mañana tener tiempo para estar con vosotros», argumentaría con una sonrisa a Mary. Estaría a su lado «más tarde», en el sueño y la ternura de sus brazos.

Dejó de llover tan sólo al amanecer. Las aceras mojadas brillaban bajo la pálida luz de la mañana. Thomas ya se había levantado y se dirigía al salón. Mary había oído el ruido de los escalones de la entrada y se puso la bata, que había dejado al pie de la cama. El niño ya estaba al pie de la escalera cuando sonó el timbre y puso la mano sobre el pomo de la puerta para abrirla.

–Tom, ¡te he dicho mil veces que no toques la puerta!

El niño se volvió y miró con fijeza a su madre. Ella bajó y llegó a su lado, apartó a su hijo, que se colocó detrás, y abrió la puerta. Una mujer vestida con un traje chaqueta azul marino, cuya seriedad contrastaba con la atmósfera de aquel domingo de otoño, estaba en el descansillo, tan derecha como un palo.

Mary levantó la ceja izquierda. Cultivaba cuidadosamente esta expresión que desencadenaba las risas de su hijo y la sonrisa de su marido; esta mímica se había vuelto un gesto habitual con el que expresar su asombro.

–¿Vive aquí el señor Nolton? –preguntó la desconocida.

–¡Y también la señora Nolton!

–Tendría que ver a su marido, me llamo...

–¡En domingo y antes de que pase el lechero! ¡Qué oportuno!

La mujer no intentó terminar la frase ni tampoco disculparse por la temprana intrusión. Ella insistió, tenía que ver a Philip lo antes posible. Mary quiso saber qué era lo que justificaba que tuviese que despertar a su marido en el único día de la semana que éste podía descansar. Puesto que el «tengo que verle» no le pareció un motivo suficiente, la invitó a que volviese a una hora más propia.

La mujer lanzó una mirada furtiva al coche que se hallaba estacionado delante de la casa y reiteró su petición.

–Sé que es muy temprano, pero hemos viajado toda la noche y nuestro avión sale dentro de pocas horas. No podemos esperar.

Entonces Mary prestó atención al vehículo que estaba allí aparcado. Un hombre corpulento iba al volante. Había otra mujer en la parte de delante, con la cabeza pegada a la ventanilla. Estaba muy lejos para que Mary lograra distinguir sus rasgos, incluso frunciendo los ojos. Sin embargo, le pareció que sus miradas se cruzaban. Habían bastado unos segundos de distracción para que la intrusa intentase entrar en su casa; había levantado la voz y llamaba a Philip a gritos. Mary le dio con la puerta en las narices.

–¿Qué sucede?

Philip apareció en lo alto de la escalera. Mary se dio la vuelta, sobresaltada.

–No lo sé. Una loca que quiere hablar contigo –respondió irritada–, y que no quiere confesarme que es una de tus ex. ¡A menos que no sea su compañera, la que espera en el coche que está enfrente de nuestra casa!

–No entiendo nada de lo que dices. ¿Dónde está Thomas? –preguntó medio dormido al bajar por las escaleras.

–En el Senado. ¡Da una conferencia esta mañana!

Pasó por delante de Mary bostezando, la besó en la frente y abrió la puerta. La mujer no se había movido ni un milímetro.

–Perdón por haberle despertado así, pero tengo absoluta necesidad de hablar con usted.

–La escucho –contestó él con un ademán seco.

–¡En privado! –añadió.

–Puede hablar con libertad delante de mi esposa.

–Tengo instrucciones muy precisas.

–¿Sobre qué tema?

–Lo de «en privado» forma parte de ellas.

Philip lanzó una mirada interrogadora a Mary. Ella le contestó con uno de sus singulares movimientos de ceja, llamó a su hijo para que fuese de inmediato a desayunar y se dirigió a la cocina. Él hizo entrar en el salón a la dama vestida de azul, que cerró tras de sí las puertas de corredera, desabotonó su traje chaqueta y se sentó en el sofá.

Philip y la mujer todavía no habían terminado. Mary retiraba la mesa del desayuno mientras vigilaba con un ojo el reloj que desgranaba largos minutos; colocó el bol en el fregadero y se dirigió hacia la sala de estar, dispuesta a interrumpir la entrevista que ya se alargaba demasiado. Cuando pasó por delante de la escalera, las puertas del salón se abrieron. Philip fue el primero en salir. Mary quiso adelantarse, pero el gesto que él hizo con la mano hizo que se detuviese. La mujer le saludó con una inclinación de cabeza y se fue a esperar al porche. Él subió los escalones para volverlos a bajar unos momentos después, vestido con un pantalón y un jersey grueso. Pasó por delante de su asombrada mujer sin ni siquiera dirigirle una mirada. Apenas hubo salido, se volvió y le dijo que le esperase dentro. Jamás lo había visto comportarse de forma tan autoritaria.

Desde la ventana que estaba junto a la puerta de entrada, Mary vio cómo él seguía a la mujer que iba a desestabilizar mucho más que un día de domingo.

La mujer que había estado esperando a la derecha del conductor salió del coche. Philip se detuvo y la miró fijamente durante un rato. Ella rehuyó su mirada, abrió la puerta trasera y se sentó. Él dio la vuelta al vehículo y se acomodó a su lado.

Comenzó a caer una lluvia fina. Mary no podía distinguir lo que sucedía en el interior del coche, ni desembarazarse de la ansiedad que la consumía.

–Pero ¿qué están haciendo, por Dios?

–¿Quién? –preguntó Thomas sin apartar los ojos de la pantalla del televisor.

–Tu padre –murmuró ella.

El niño, absorto en su juego, apenas prestaba atención a su madre. A juzgar por los movimientos de sus brazos, Philip estaba muy agitado. La misteriosa conversación no acababa, y Mary ya pensaba en vestirse y salir, cuando lo vio reaparecer. Semioculto por el coche, le hizo una señal con la mano que parecía decir adiós. Incrédula, Mary pataleó de impaciencia al ver que su marido volvía a subir al Chrysler.

–¡Tom, tráeme los prismáticos, enseguida!

Al observar la vehemencia de su madre, Thomas comprendió que no era el momento de discutir. Apoyó el botón *pause* del juego y subió corriendo la escalera. Removió y buscó en una caja de juguetes para coger el objeto, así como también otros accesorios indispensables en los que su madre ni siquiera había pensado. Unos minutos más tarde, pertrechado con el casco, la ropa de combate y el camuflaje verde, y llevando además las cartucheras en bandolera, su cinturón de supervivencia con un cuchillo de goma, el revólver, la cantimplora y el *walkie-talkie,* se presentó ante Mary, haciendo un saludo militar con el brazo izquierdo.

–Estoy listo –dijo al tiempo que se ponía firme.

Ella no prestó atención alguna al uniforme de su hijo y le arrancó de las manos los prismáticos.

La limitada potencia del artilugio y los múltiples arañazos de los cristales no mejoraron mucho su visión; apenas distinguía a su marido, tapado por la otra pasajera. Él estaba inclinado hacia delante, como si fuese a poner la cabeza sobre sus rodillas. Su ansiedad pudo más que su paciencia y salió al descansillo, con los brazos en jarras. El motor acababa de ponerse en marcha y Mary sintió cómo los latidos de su corazón se aceleraban. La puerta del coche se abrió y Philip reapareció bajo la lluvia. Ella sólo distinguía su cabeza, su cuerpo todavía estaba oculto por el vehículo. De nuevo él hizo un gesto tímido con la mano derecha, retrocediendo un paso, y el coche se alejó lentamente. Mary observaba a Philip, que permanecía inmóvil en medio de la calle desierta, abandonado al único ruido de las gotas al chocar contra el asfalto.

Ella no comprendía lo que estaba viendo.

El brazo tendido de Philip se prolongaba en una mano ligera que se aferraba a la suya. La bolsa de viaje que ella sostenía firmemente con la otra no debía de pesar mucho.

Es así como Mary la vio por primera vez, agarrada a su globo rojo bajo esa luz pálida en la que el tiempo se paraliza. Sus cabellos negros desordenados caían sobre sus hombros, la lluvia resbalaba por su piel mestiza. Parecía sentirse incómoda en sus ropas, que le venían estrechas.

Bajo la tormenta, que empezó a rugir, se dirigieron a la casa a paso lento. Cuando ambos llegaron al porche, Mary quiso saber de inmediato qué era lo que pasaba. Pero él ya había bajado la cabeza, para mejor ocultar su tristeza.

–Te presento a Lisa, la hija de Susan.

Ante la puerta de su casa, una niñita de nueve años miraba de hito en hito a Mary.

–Mamá ha muerto.

II

7

Mary se apartó para dejarles entrar en la casa. Cuando se encontraron en el interior, Thomas se puso firme. Mary clavó la mirada en Philip.

–¡Me he debido de perder algún capítulo, pero supongo que me harás un resumen de la historia!

Él tenía un nudo en la garganta que le impedía hablar. Simplemente le entregó el sobre que llevaba en la mano y, sin esperar, subió a cambiar a la niña. Mary los vio desaparecer en el pasillo y buscó un indicio de respuesta en el papel que acababa de abrir.

Querido Philip:

Si llegas a leer estas líneas, significará que era yo quien tenía razón. A causa de mi carácter, no supe decírtelo en el momento adecuado. Pero acabé haciéndote caso y acepté tener esta criatura, de la que no sé quién es el padre. No me juzgues. La vida aquí es muy diferente a todo lo que te puedas imaginar. Los días son tan duros que con frecuencia tengo necesidad de consolarme con hombres de paso. Para salvarme de la desolación, del abandono de mí misma, de este miedo a morir que me acosa, de esta desesperación idiota de estar sola, para recordarme a mí misma que todavía estaba viva, era necesario que de vez en cuando sintiese el calor de su existencia. Frecuentar la muerte de forma cotidiana significa vivir una profunda e invasora soledad, un contagio. Me había repetido a mí misma cien veces que no había que traer una nueva vida a este universo, pero cuando mi vientre comenzó a redondearse, te hice caso. Llevar a Lisa conmigo era como encontrar aire en el fondo del agua, una necesidad que se hizo vital. Como podrás comprobar, la naturaleza triunfó sobre mis razones. ¿Te acuerdas de la promesa que me hiciste en Newark, que «si sucedía algo» tú estarías siempre ahí? ¡Mi querido Philip, si lees estas líneas es que me ha sucedido algo irreversible! Te hice caso y acepté a Lisa con la certidumbre de que si yo no podía continuar, tú tomarías el relevo de mi propia vida. Perdóname por jugarte esta mala pasada. No conozco a Mary, pero por tus palabras sé que ella tendrá la generosidad de amarla. Lisa es una pequeña salvaje. Los primeros años de su vida no han sido muy agradables. Ofrécele el amor que yo ya no le puedo dar. Te la confío. Dile un día que su madre en otro tiempo fue, y seguirá siendo en tu memoria, así lo espero, tu cómplice. Pienso en vosotros. Te doy un beso, Philip. Me llevo conmigo los mejores recuerdos de mi vida, la mirada de Lisa y los días de nuestra adolescencia.

Susan

Mary arrugó el papel en un esfuerzo por encerrar en aquella bola el sentimiento de rechazo que se instalaba en su corazón. Contempló a su hijo que había conservado la posición de firme e intentó sonreírle: «¡Descansen!». Thomas dio media vuelta y rompió filas.

Estaba sentada a la mesa de la cocina. Sus ojos iban de la ventana a la carta que apretaba entre sus dedos. Philip bajó solo.

–He hecho que se bañara y luego ha querido acostarse. Han viajado toda la noche y no tiene apetito. Creo que no servirá de nada insistir. La he instalado en la habitación de invitados.

Ella permaneció en silencio. Él se levantó, abrió el frigorífico y se sirvió un zumo de naranja, buscando a través de estos gestos anodinos recuperar cierta compostura. Mary no decía nada y seguía a su marido con la mirada.

–No tenemos elección, no puedo entregarla a los servicios sociales. Creo que ya ha tenido su cupo de injusticia y de abandono.

–¿Ha sido abandonada? –preguntó ella en tono sarcástico.

–Su madre murió y no tiene padre, ¿hay alguna diferencia?

–¡Y supongo que te propones encargarte de hacer que exista una diferencia!

–¡Contigo, Mary!

–¿Por qué no? Paso las horas, los días, los fines de semana y las noches esperándote. He puesto un punto final a mi carrera de periodista para ocuparme de tu casa y tu hijo. En tu vida me he convertido en la perfecta mujer a la sombra. ¿Por qué no iba a continuar dedicándome a ello?

–¿Crees que tu vida sólo está hecha de sacrificios?

–Ése no es el tema. Hasta el momento era yo quien había elegido esta vida. Pero lo que ahora haces es quitarme ese último privilegio.

–Únicamente me gustaría que compartiésemos esta aventura.

–¿Ésa es tu definición de aventura? Desde hace dos años te suplico que vivas conmigo otra aventura: la de tener otro hijo. Y desde hace dos años me respondes que no es el momento adecuado, que no disponemos de medios. Dos largos años durante los cuales has ignorado totalmente mis sentimientos. Esta relación, que se supone que era la nuestra, con el tiempo se ha convertido exclusivamente en la tuya. Soy yo quien tiene que compartir tus horarios, tus necesidades, tus preocupaciones, tus obligaciones, tus humores. Y ahora también la hija de otra. ¡Y vaya otra!

Philip no respondió. Se retorcía las manos al tiempo que movía la cabeza sin apartar la mirada de su mujer. Los rasgos de Mary estaban crispados y las pequeñas arrugas que se le habían formado en los ojos –para gran desesperación de ella a juzgar por las largas horas que se pasaba ante el espejo intentando disimularlas– anunciaban la inminente aparición de lágrimas de ira. Incluso antes de que apareciesen, pasó el reverso de su mano por los párpados, como si quisiera evitar así que se le hinchasen los ojos y le saliesen ojeras, inútiles y perjudiciales.

–¿Cómo sucedió?

–Murió en la montaña, durante un huracán...

–Me da lo mismo. No es eso lo que te pregunto, sino ¿cómo pudiste hacer esa promesa absurda? ¿A qué se debe que nunca me hablaras de ello? No será que no te he oído hablar veces de Susan por aquí, Susan por allá. Había días en que tenía la impresión de que al abrir el armario del cuarto de baño me iba a encontrar con ella.

Philip intentó mantener un tono tranquilo y reposado. La promesa se remontaba a una conversación de hacía diez años. Era una frase «dicha al azar», para tener razón en un debate estéril. Jamás había hablado de ello, porque lo había olvidado y nunca hubiese podido imaginar que una situación semejante se hiciese realidad. De igual modo que tampoco había imaginado que Susan acabaría teniendo un hijo. Además, en los últimos años sus cartas se habían espaciado, y Susan jamás había hecho la menor alusión a su hija. Pero lo que él menos había imaginado es que ella muriese.

–¿Y qué se supone que tengo que decir ahora? –preguntó Mary.

–¿A quién?

–A los demás, en la ciudad, a mis amigas.

–¿Crees que ése es el fondo de la cuestión?

–Para mí es uno de los problemas que se me plantean. Puedes pasar por completo de nuestra vida social, pero yo he tardado cinco años en construirla, y no ha sido gracias a ti precisamente.

–Les dirás que si uno no tiene el corazón lo bastante grande para enfrentarse con este tipo de situaciones, es inútil ir a misa todos los domingos.

–¡Pero no eres tú quien se va a ocupar de la niña! ¡Tú

seguirás trabajando por las noches ahí arriba! ¡Es mi vida la que cambiará por completo!

–No más que si tuviéramos otro hijo.

–No otro hijo. ¡Maldita sea! ¡Nuestro hijo! –Se levantó de un salto–. ¡Yo también me voy a la cama! –gritó mientras subía por la escalera.

–¡Pero si son las nueve de la mañana!

–¿Y qué? Hoy es un día bastante anormal, ¿o no?

Al llegar al piso de arriba, caminó con paso firme, se detuvo en la mitad del pasillo, dio media vuelta, dubitativa, y se dirigió hacia la habitación donde Lisa dormía. Entreabrió la puerta sin hacer ruido.

La niña, que estaba tendida en la cama, se dio la vuelta y la miró sin decir palabra. Mary esbozó una sonrisa forzada y cerró la puerta. Luego entró en su habitación y se echó sobre la cama, la vista clavada en el techo mientras apretaba los puños con el fin de dominar su ira. Philip entró, se sentó a su lado y le cogió la mano.

–Lo siento mucho. No te puedes imaginar cuánto lo siento.

–No, no lo sientes. Jamás pudiste tener a la madre, y ahora tienes a la hija. Yo soy la que lo siente. Jamás quise ni a la una ni a la otra.

–No tienes derecho a decir esas cosas en un día como hoy.

–En un día como hoy no sé cómo no decir según qué cosas, Philip. Hace dos años que pones mala cara, que eludes el tema, que te estás distanciando de mí con mil y una excusas, siempre buenas porque son tuyas. Tu Susan te envía a su hija y todos los problemas se van a solucionar como por arte de magia. Sin embargo, olvidas un detalle: es una historia que procede de tu vida, no de la mía.

–Susan ha muerto, Mary, y yo no tengo nada que ver en eso. Tú puedes pasar totalmente de mi dolor, pero no de una niña. ¡Maldita sea! ¡No de una niña!

Mary se incorporó. Su voz, dominada por la rabia, temblaba cuando gritó: «¡A la mierda con tu Susan!».

Philip miró fijamente el alféizar de la ventana para evitar cruzarse con su mirada: «¡Pero mírame, maldita sea! Al menos ten el valor de mirarme a la cara!».

En la habitación, a la que llegaban sonidos confusos, Lisa se movió bajo el edredón y hundió la cabeza en la almohada. Apretaba su rostro con tanta fuerza que sus cabellos se confundían con la funda.

Los gritos eran menos perceptibles que los ruidos de algunas tormentas, pero el miedo que le inspiraban era el mismo. Le hubiese gustado dejar de respirar, pero sabía que eso era imposible. Todos los intentos de las dos semanas anteriores habían fracasado. Con un nudo en el estómago, se mordía la lengua cada vez con más fuerza, como su madre le había enseñado hacer: «Si sientes el gusto de la sangre en la boca, es que aún estás viva. Y cuando estés en peligro, sólo debes pensar en una cosa: en no abandonar, en no renunciar, en seguir con vida». El líquido tibio se deslizó por su garganta. Ella se concentró en esta sensación e intentó no pensar en nada más. Desde el fondo del pasillo continuaban llegando las exhortaciones de Philip, a veces entrecortadas por momentos de silencio. A cada erupción de cólera, ella hundía su rostro un poco más en la almohada, como si los ríos de palabras la fuesen a arrastrar. A cada efervescencia, cerraba un poco más los ojos, hasta el punto de que a veces veía estrellas en sus párpados.

Oyó un portazo en la habitación contigua y los pasos de un hombre que bajaba por la escalera.

Philip entró en el salón y se dejó caer en el sofá. Puso los codos sobre las rodillas y hundió la cabeza entre sus manos. Thomas esperó unos minutos antes de romper el silencio.

–¿Jugamos una partida?

–Ahora no, pequeño.

–¿Dónde están las chicas?

–Cada una en su habitación.

–¿Estás triste?

No hubo ninguna respuesta. Sentado sobre la moqueta, el niño se encogió de hombros y volvió a su juego.

A veces el mundo de los adultos es muy extraño. Philip se sentó detrás de él y lo rodeó con sus brazos.

–Todo va a salir bien –dijo Philip con voz apagada y cogió uno de los mandos del juego–. ¿A qué quieres perder?

En la primera curva, el Lamborghini de Thomas sacó de la pista al Toyota de su padre.

Mary bajó al mediodía. Sin decir una palabra se dirigió a la cocina, abrió el frigorífico y comenzó a preparar el almuerzo. Comieron los tres solos. Lisa al fin se había dormido. Thomas se decidió a hablar:

–¿Se va a quedar en casa? No es normal que ella sea la mayor. ¡Yo estaba aquí antes!

Mary dejó caer la ensaladera que llevaba a la mesa y fulminó con la mirada a Philip, que no respondió a la pregunta de su hijo. Thomas, divertido, contempló la ensalada desparramada por el suelo al tiempo que mordía con fuerza su mazorca de maíz. Se dirigió a su madre:

–¡Puede ser divertido! –añadió.

Philip se levantó para recoger los trozos de vidrio esparcidos por el suelo.

–¿Qué puede ser divertido? –preguntó al niño.

–Yo quería tener un hermano o una hermana. Pero no quería que sus lloros me despertasen por la noche. ¡Y los pañales huelen mal! Además, ella es demasiado mayor para quitarme los juguetes. El color de su piel es bonito. En la escuela me tendrán envidia por...

–¡Creo que hemos comprendido tu punto de vista! –añadió Mary sin dejarle terminar la frase.

La lluvia era ahora mucho más intensa y no dejaba entrever la posibilidad de salir a pasear. Sin decir nada, Mary preparó un sándwich.

Sobre una rebanada de pan, que untó con mahonesa, puso lechuga y luego una loncha de jamón; a continuación sustituyó el jamón por un trozo de pollo. Tras dudar otra vez, sustituyó el pollo por el jamón y colocó la otra rebanada de pan. Finalmente puso el sándwich en un plato y lo protegió con un papel de celofán antes de meterlo en el frigorífico.

–Si cuando la niña se despierta tiene hambre, hay un plato con algo de comer en el frigorífico –dijo.

–¿Te vas? –preguntó Thomas.

–Voy a pasar la tarde en casa de mi amiga Joanne. Volveré a la hora de tu baño –contestó ella.

Subió a cambiarse. Al salir de casa dio un beso a su hijo mientras clavaba la mirada en Philip, que estaba en la escalera. El resto del día transcurrió como cualquier otro domingo de otoño: los largos minutos no se distinguían unos de otros, salvo por la cada vez más débil luz. Ella regresó hacia las cinco de la tarde y se ocupó de Thomas. Lisa aún dormía cuando se sentaron a la mesa para cenar.

Se tomó su tiempo en el cuarto de baño, esperando deliberadamente a que Philip estuviese acostado para entrar en el cuarto. Apagó la luz al entrar y se echó en el borde de la cama. Philip dejó pasar algunos minutos y rompió el silencio.

–¿Le has contado todo a Joanne?

–Sí, he vaciado mi saco, si es eso lo que te interesa saber.

–¿Y qué te ha dicho?

–¿Qué quieres que me haya dicho? ¡Que es espantoso!

–Ésa es la palabra: espantoso.

–Se refería a lo que me pasa a mí, Philip. Ahora déjame dormir.

Philip había dejado encendida la luz del pasillo para que Lisa encontrara el camino al cuarto de baño si se despertaba. A las tres de la madrugada los ojos de la niña se abrieron como los de una lechuza. Escrutó la habitación sumida en la penumbra, intentando recordar dónde estaba. El árbol que se inclinaba contra la ventana sacudía frenéticamente sus ramas, pareciendo agitar unos brazos demasiado largos. Las copas de los árboles chocaban contra los cristales, como si quisieran desprenderse de las gruesas gotas de lluvia. La niña se levantó, salió al pasillo y bajó la escalera con pasos silenciosos. En la cocina abrió el frigorífico, sacó el plato, levantó por una esquina la hoja de celofán, olió el sándwich y lo volvió a colocar en la parrilla del frigorífico.

Cogió un paquete de pan, sacó una rebanada, tomó del frutero un plátano, que aplastó con el tenedor y mezcló con azúcar moreno, y a continuación untó cuidadosamente la mezcla sobre la rebanada de pan para devorarla con apetito voraz. Después colocó cada cosa en su sitio y, haciendo caso omiso del lavavajillas, fregó el plato y todo lo que había en el fregadero. Al salir, lanzó una última mirada a la cocina y, siempre a oscuras, volvió a su cama.

Pasaron ocho días en los que Mary sintió que en su vida se establecían las fronteras de un universo que no era el suyo. Puesto que cuando Lisa nació la habían inscrito en el consulado, su nacionalidad estadounidense no fue cuestionada. La carta de Susan, que contenía la entrega definitiva a Philip de la pequeña Lisa, nacida el 29 de enero de 1979, a las 8 horas y 10 minutos en el valle de Sula, Honduras, de la señorita Susan Jensen y de padre desconocido, había sido inscrita al término de una larga serie de molestas gestiones. A pesar de que los compañeros de Susan tuvieron la buena idea de autentificar el documento ante un notario de la embajada de Estados Unidos antes de acompañar a la niña a Nueva Jersey, Philip y Lisa pasaron el lunes visitando los dédalos de la administración. Tuvieron que recorrer pasillos y subir por la gran escalera de piedra blanca que conducía a una inmensa sala de paredes recubiertas de madera un poco parecida a las del palacio presidencial, del que Susan había hablado a su hija en alguna ocasión. Al principio Lisa había tenido un poco de miedo. ¿Acaso su madre no le decía que los palacios eran lugares peligrosos, llenos de militares y policías? Jamás la quiso llevar consigo cuando iba a estos sitios. Sin embargo, el presidente que vivía en este palacio no debía de ser un hombre muy importante, ya que sólo había dos soldados cerca de la entrada, donde te obligaban a dejar las bolsas, como en el aeropuerto. Para escapar del aburrimiento, la pequeña había contado las baldosas del suelo. Por lo menos había mil: quinientas marrones y quinientas blancas, aunque no había podido terminar de contarlas porque el hombre que estaba detrás del mostrador acababa de indicar a Philip la dirección que debía seguir, la de otra escalera con una alfombra roja y negra. Habían ido de una oficina a otra recogiendo papeles de colores diferentes para después hacer varias colas ante diversas ventanillas. «Era una gincana gigante, inventada exclusivamente para los mayores», salvo que, por la cara de aburrimiento que ponían los que estaban a cargo de la organización no parecía ser muy divertida. Cuando Philip entregaba el impreso correctamente rellenado, el hombre o la mujer que se hallaba sentado detrás del cristal ponía un sello sobre el papel y le entregaba un nuevo cuestionario, que también había que rellenar y luego entregar en otra ventanilla. De inmediato se adentraban en otro pasillo, a veces el mismo pero en sentido inverso, aquel que tenía treinta y una lámparas en el techo, dispuestas a razón de una cada diez baldosas blancas y negras del pavimento, el más largo y el más ancho, y subían por una escalera en busca de la persona que los enviaría a la nueva etapa. Philip la llevaba de la mano, pero Lisa se obstinaba en caminar a su lado o delante de él. Odiaba la idea de que la cogiesen de la mano; su madre nunca había hecho algo semejante. Cuando se hallaron de regreso en el coche, él tenía aspecto de estar satisfecho. Se marcharon llevando consigo una hoja de color rosado que provisionalmente lo convertía en su tutor legal. Deberían volver al cabo de seis meses para mantener una entrevista con un juez, que concedería la filiación adoptiva definitiva. Lisa se juró preguntar lo que significaban las palabras «tutor» y «filiación adoptiva», pero lo haría «más adelante, no ahora». En casa, Mary aún parecía sentirse contrariada. «Era porque no había ganado nada por lo que ponía esa cara. Pero eso no era justo, porque ella no les había acompañado y se había quedado en casa.»

El martes lo dedicaron a matricular a Lisa en la escuela. Ella no podía imaginar que hubiese escuelas tan grandes. Susan le había hablado de la universidad... La pequeña se preguntó si Philip no se equivocaba en relación a su edad. El gran patio estaba cubierto de un pavimento que se hundía un poco bajo los pies; en un ángulo había escaleras de todos los colores, columpios y dos toboganes, que miró con insistencia.

Una campana sonó mientras se dirigían al fondo del patio. El sonido no tenía nada que ver con el que ordenaba a la gente refugiarse cuando se aproximaba un huracán, se trataba de un débil tañido que intentaba impresionar haciendo más ruido del que en realidad podía hacer. Esfuerzo inútil: Lisa había oído campanas mucho más potentes. Cuando la campana del pueblo llamaba a misa o para que la gente se reuniese en la plaza, las vibraciones penetraban en su pecho y hacían tamborilear su corazón sin que ella supiese el porqué. A su madre, que la sermoneaba para que aprendiese a superar el miedo, le decía que lo que la hacía llorar era el polvo en suspensión que transportaba el aire. Cuando la campana enmudeció, una riada de niños se precipitó hacia fuera. Quizás ahora también hubiera algún peligro.

La planta baja del edificio estaba constituida por un patio interior donde los escolares se refugiaban los días de lluvia. En su país de origen, cuando llovía no siempre se podía ir a la escuela. Tomaron la escalera central. En la primera planta había un largo pasillo que conducía a las aulas, pobladas de pupitres idénticos. ¡Lisa se preguntó cómo habían hecho para conseguir tantos! Tuvo que esperar detrás de una puerta amarilla mientras Philip hablaba con la directora del centro en su despacho, la cual le sería presentada más tarde. Era una mujer grande, cuyos cabellos blancos estaban recogidos en forma de moño; su amplia sonrisa no lograba ocultar su autoridad. La mañana terminaba y abandonaron el lugar. Philip se detuvo delante de las rejas y se arrodilló a la altura de la niña.

–Lisa, tienes que contestar cuando la gente te hable. Prácticamente no he oído tu voz desde hace dos días.

La niña se encogió de hombros y hundió un poco más la cabeza en su cuello.

En el interior del MacDonald's al que Philip la llevó a comer, la pequeña se quedó fascinada con los anuncios publicitarios que estaban colgados encima de las cajas registradoras. Cuando se acercó al mostrador, él le preguntó qué quería. Pero ella se dio la vuelta, sin mostrar interés alguno por la comida; sólo el gran tobogán rojo que había en el exterior del edificio parecía atraer su atención. Philip insistió, pero Lisa guardó silencio, con la mirada perdida al otro lado de la ventana. Él se agachó y con el dedo movió la barbilla de la niña.

–Me gustaría que jugases, pero llueve.

–¿Y qué? –preguntó ella.

–Quedarás empapada.

–En mi país llueve todo el tiempo y la lluvia es mucho más fuerte. Y si no fuésemos a hacer lo que nos gusta porque nos mojamos, nos moriríamos. No es así como la lluvia te mata, no has entendido nada. ¡Tú no la conoces! ¡Yo sí!

La cajera les pidió que se apartasen si no iban a pedir nada, puesto que los demás clientes se impacientaban. Lisa de nuevo había vuelto la cabeza y contemplaba el tobogán de la misma manera que un prisionero observa la línea de un horizonte imaginario más allá de los barrotes de su celda.

–Si me tirase por el tobogán quizá llegaría a mi país. Es como en los sueños. Estoy segura de que si deseo algo con fuerza puede llegar a pasar.

Philip pidió disculpas a la camarera y cogió la mano de Lisa. Salieron del local. Ahora la lluvia era más intensa y en el aparcamiento se formaban grandes charcos. Él caminó de forma intencionada sobre cada uno de ellos, dejando que los zapatos se hundiesen en el agua.

Al pie de la escalera, cogió a Lisa en sus brazos y la puso en el tercer escalón del tobogán.

–Supongo que sería ridículo que te dijese que tengas cuidado. Allí nunca te caías.

–¡Sí!

Ella subió por los barrotes de uno en uno, sin prestar atención a las ráfagas de viento. Él la adivinó feliz, ignorante del instante futuro, como un animal que ha sido devuelto a su medio natural.

Al pie del gran tobogán rojo, de colores difuminados por la oscuridad del cielo, un hombre empapado mantenía los brazos abiertos para acoger a una niña que se lanzaba con los ojos fuertemente cerrados porque creía que así su sueño se haría realidad. Cada vez que se lanzaba, él la recogía, abrazándola, y la volvía a colocar en el tercer barrote de la escalera.

Ella hizo tres intentos. Luego se encogió de hombros y le dio la mano.

–¡No funciona! Nos podemos ir.

–¿Quieres comer algo?

Ella negó con la cabeza y lo llevó al coche. Al subir en el asiento trasero, le dijo al oído.

–¡De todas maneras me ha gustado!

La tormenta aún no había pasado. Cuando llegaron a casa, Mary se hallaba sentada en el salón. Se levantó de un salto y se puso en medio de la escalera.

–No vais a ir a ninguna parte así, empapados como estáis. Hace sólo una semana que se limpiaron las moquetas. Quitaos los zapatos y la ropa, ahora bajo con unas toallas.

Philip se quitó la camisa y ayudó a Lisa a hacer lo mismo. Ella encontraba estúpido que hubiese moquetas si no se podía caminar sobre ellas. En su país todo era más práctico: el suelo era de madera y en él se podía hacer todo lo que una quisiera, porque se pasaba la bayeta y todo quedaba limpio de nuevo. Mary frotaba los cabellos de Philip, quien, a su vez, secaba los de Lisa. Les preguntó si habían pasado por un túnel de lavado y habían dejado las ventanillas abiertas. Luego les ordenó que subiesen a cambiarse. El mal tiempo les impidió salir y la niña pasó la tarde descubriendo la casa.

Ella había subido al despacho de Philip. Tras empujar la puerta y entrar, se había deslizado detrás de la gran mesa, desde donde espiaba a Philip, que se dedicaba a repasar el contorno de un dibujo. Luego se puso a examinar la habitación y sus ojos se detuvieron en la fotografía de Susan, que contempló largo rato. Jamás había visto a su madre tan joven y jamás había constatado el parecido que iba surgiendo entre ambas con el transcurso del tiempo.

–¿Crees que un día seré más vieja que ella?

Philip levantó la cabeza de su dibujo.

–Ella tenía veinte años en esa foto. La tomé en el parque la víspera de su marcha. Yo era su mejor amigo, sabes. Cuando yo tenía tu edad le regalé la medalla que siempre llevaba colgada del cuello. La puedes ver si te acercas un poco más. Entre nosotros no había secretos.

Arrogante, Lisa clavó su mirada en él.

–¿Sabías que yo había nacido?

Luego salió sin decir nada. Philip permaneció unos instantes con los ojos fijos en el vano de la puerta antes de dirigir la mirada hacia la pequeña caja que contenía las cartas de Susan. Puso la mano sobre la tapa, dudó un momento y renunció a abrirla.

Sonrió tristemente al retrato que estaba colocado en la estantería y reanudó su trabajo.

Lisa bajó al cuarto de baño y abrió el armario que contenía los productos de belleza de Mary. Cogió un frasco de perfume, apretó el pulverizador y aspiró el aroma de vetiver que se esparció en el aire. Hizo un gesto, dejó el frasco y salió del cuarto. La siguiente visita fue a la habitación de Thomas, que carecía de interés. La gran caja sólo contenía juguetes de niño. El fusil que estaba en la pared le dio escalofríos. ¿También aquí había soldados que podían venir a quemar casas y matar a sus habitantes? ¿Qué peligro existía en una ciudad donde las vallas no habían sido arrancadas y cuyas paredes no mostraban impactos de bala?

Mary acababa de preparar la cena y estaban sentados a la mesa de la cocina. Thomas, a quien habían servido el primero, trazaba surcos sobre el puré con el tenedor. Había colocado los guisantes en formación de convoy, que se dirigía a un garaje imaginario situado bajo la loncha de jamón. Uno de sus camiones verdes rodeaba metódicamente el pepinillo que sostenía la bóveda, la dificultad del ejercicio consistía en evitar el bosque de espinacas, lugar de todos los peligros. Sobre su servilleta de papel, Philip dibujaba con un carboncillo el rostro de Mary. Sobre la suya, Lisa esbozaba a un Philip dibujando.

El miércoles él se la llevó consigo a comprar al supermercado. Lisa jamás había visto algo semejante: en aquel lugar había más comida que la que nunca había en todo su pueblo.

Todas las salidas de la semana fueron pretextos para descubrir las originalidades de ese universo que su madre le describía como el «país de antes». Lisa, entusiasta, a veces celosa y amedrentada, se preguntaba cómo podría llevar un trozo de este mundo a los que se encontraban en su país, en aquellas calles llenas de polvo que ella tanto echaba de menos. Al irse a dormir evocaba imágenes que la reconfortaban: la callejuela de tierra que separaba su casa del hospicio que su madre hiciera construir o las miradas calurosas de los habitantes del pueblo, que siempre la saludaban cuando pasaba. El electricista, que jamás quería aceptar dinero de su madre, se llamaba Manuel. Recordaba la voz de la maestra que iba una vez por semana a darle clase en el almacén donde se guardaban los alimentos, la señora Casales; siempre llevaba consigo fotografías de unos animales increíbles. Se hundió en los brazos de Enrique, el transportista, al que todos conocían como el Hombre de la Carreta.

En su sueño oyó los cascos de su asno al golpear contra la tierra seca. Ella lo siguió hasta la granja. Atravesó los campos de colza, cuyos altos tallos amarillos la protegían del sol ardiente, y llegó a la iglesia; las puertas estaban entreabiertas desde que una lluvia deformara los marcos. Avanzó hacia el altar por el pasillo central mientras los habitantes del pueblo la miraban sonriendo. Al llegar a la primera fila, su madre la cogió y la abrazó. El perfume de su piel, en la que el sudor se mezclaba con el olor a jabón, penetró en su nariz. La luz bajó de intensidad, como si el día se pusiese con demasiada rapidez, y el cielo se oscureció de pronto. Nimbado por una claridad opalina, el asno entró en la iglesia majestuosamente y contempló el conjunto con aire confundido. La tormenta estalló de forma brutal y las paredes de la iglesia parecieron encogerse.

Se oyó el ruido sordo del agua que bajaba de la montaña. Los campesinos se arrodillaron, con las cabezas gachas, uniendo sus manos para suplicar aún con mayor fervor. Le costó darse la vuelta; era como si el peso del aire impidiese sus movimientos. Los dos batientes de madera reventaron hechos pedazos y el torrente penetró en la nave. El asno fue levantado del suelo, intentó desesperadamente mantener los ollares por encima de las aguas y lanzó un último relincho antes de ser tragado por el torbellino. Cuando ella abrió los ojos, Philip estaba a su lado y le cogía la mano. Acariciaba sus cabellos y le murmuraba aquellas dulces palabras con las que se intenta imponer silencio a los niños cuando sólo los gritos podrían liberarlos del miedo. Pero ¿qué adulto se acuerda de esos espantos?

Ella se sentó bruscamente en la cama y se pasó la mano para quitarse las gotas de sudor que perlaban su frente.

–¿Por qué mamá no se ha venido conmigo? ¿Para qué sirven mis pesadillas si ella no se despierta también a mi lado?

Philip hizo ademán de abrazarla, pero la pequeña lo rechazó.

–Hace falta tiempo –dijo él–. Ya lo verás, sólo un poco de tiempo y todo irá mejor.

Él se quedó a su lado hasta que la niña se durmió. Al regresar a su habitación no encendió la luz para no despertar a Mary. Buscó la cama a tientas y se metió entre las sábanas.

–¿Qué hacías?

–Basta, Mary.

–Pero ¿qué he dicho?

–¡Nada, precisamente!

Aquel sábado se podía confundir con el anterior, la lluvia constante había vuelto a golpear los cristales de la casa. Philip se había encerrado en su despacho. En el salón, Thomas liquidaba extraterrestres en forma de media calabaza que descendían por la pantalla del televisor. Sentada en la cocina, Mary pasaba las páginas de una revista. Dirigió su mirada a la escalera, cuyos escalones desaparecían en la penumbra de la primera planta. A través de las puertas de corredera del salón adivinó la espalda de su hijo inclinado sobre el juego. Contempló a Lisa, que dibujaba delante de ella. Dirigiendo su cara hacia la ventana, Mary se sentía embargada por la tristeza del cielo en aquella tarde taciturna y silenciosa. Lisa levantó la cabeza y sorprendió el dolor que corría por las mejillas de la mujer. La escrutó así unos instantes y la cólera que le invadió deformó su rostro de niña. Saltó al instante de la silla en la que estaba sentada y se dirigió con paso firme hacia el frigorífico, que abrió con brusquedad para coger dos huevos, una botella de leche y cerrarlo al fin de un portazo. Tomó un bol en el que comenzó a batir la mezcla con una fuerza que sorprendió a Mary. La pequeña añadió, muy segura de sí misma, azúcar, harina y otros ingredientes, que fue cogiendo uno a uno de las estanterías.

–¿Qué haces?

La niña miró a Mary directamente a los ojos, el labio inferior le temblaba.

–En mi país llueve, pero no son lluvias como aquí, sino verdaderas lluvias que caen sin parar durante días y días. Y la lluvia entre nosotros es tan fuerte que siempre acaba por encontrar la manera de colarse en el interior de las casas. La lluvia es inteligente, mamá me lo dijo. Tú no lo sabes, pero siempre quiere más y más.

La ira de la niña se incrementaba con cada palabra. Encendió el gas y puso una sartén en el fuego. Continuó lo que estaba haciendo, interrumpiéndose únicamente para lanzar un nuevo comentario.

–La lluvia intenta ir más allá. Si no tienes cuidado, acaba por alcanzar su objetivo. Se te cuela en la cabeza para ahogarte y, cuando lo ha logrado, escapa por los ojos para ir a ahogar a otra persona. Yo no miento. He visto la lluvia en tus ojos, te ha costado retenerla. Ya es demasiado tarde. La has dejado entrar. ¡Has perdido!

Mientras proseguía con su monólogo exaltado, vertió el espeso líquido y vio cómo se doraba en el fuego.

–Esa lluvia es peligrosa porque te arranca trozos de cerebro y acabas por renunciar, y es así como mueres. Yo sé que eso es verdad. En mi país vi a gente que moría porque se había rendido. Luego Enrique los transportaba en su carreta. Mamá, para protegernos de la lluvia, para impedir que nos hiciese daño, tenía un secreto...

Haciendo acopio de todas sus fuerzas, con un gesto rápido hizo que la crep diese una vuelta en el aire. Dorada, la tortita giró sobre sí misma mientras se elevaba lentamente hasta quedar adherida al techo, justo encima de Lisa, que la señalaba con el dedo. Con el brazo tan tenso como la cuerda de un arco a punto de romperse, gritó a Mary:

–Es el secreto de mamá: hacía soles en el techo. Mira –dijo al tiempo que señalaba con todas sus fuerzas la crep adherida al techo–. ¡Pero mira! ¿Puedes ver ese sol?

Sin esperar la respuesta envió otra crep junto a la primera. Mary no sabía cómo reaccionar. Cada vez que volaba una tortita, la niña dirigía orgullosamente su índice al aire y gritaba:

–Ahora ves los soles. ¡Así que ya no tienes por qué llorar!

Atraído por el olor, Thomas asomó la punta de la nariz por la puerta. Se detuvo y contempló la escena. Vio a Lisa en primer lugar, que en su nerviosismo le hacía pensar en un personaje de cómic. Después observó a su madre. Decepcionado, no descubrió ninguna crep.

–¿No me habéis dejado ninguna?

Lisa mojó con malicia su dedo en la pasta azucarada y se lo metió en la boca, haciéndolo girar. A continuación lanzó una mirada furtiva al techo.

–¡Tendrás una en dos segundos! ¡No te muevas!

La tortita cayó sobre el hombro del niño, que se asustó. Miró el techo y soltó una carcajada, como si el mundo entero hubiese venido a hacerle cosquillas. Lisa sintió que la rabia que se había adueñado de ella remitía, dejó la sartén y sonrió. Le habría gustado dominar la risa que la iba embargado, pero no lo consiguió y las carcajadas de ambos niños resonaron en la habitación. Mary no tardó en sumarse a aquella risa loca. Philip entró en la cocina, y se encontró con un espectáculo de lo más inesperado. Sintió el aroma dulce que inundaba la habitación y también buscó a su alrededor.

–¿Habéis hecho creps y no habéis dejado ninguna para mí?

–Sí, sí –dijo Mary con los ojos húmedos–. ¡No te muevas!

Pegada al frigorífico, Lisa reía a carcajadas. Thomas, jadeando, se había tirado al suelo.

La risa de Philip despertó la atención de Mary, cuyos ojos se dirigieron de su hijo a él, de él a Lisa, para luego recorrer el camino inverso. Contemplaba a los tres, espectadora de una complicidad tan súbita como endiablada y en la que ya no participaba en absoluto. Adquirió plena conciencia de la alegre melodía que se había adueñado de su casa y advirtió la ternura de la sonrisa que se había dibujado en los labios de Philip, el cual miraba a Lisa. La expresión de la niña era muy semejante a la de la mujer de la foto que estaba colocada sobre la repisa del despacho de su marido; salvo por el color oscuro de la piel, Lisa era el vivo retrato de su madre. En la mirada que se cruzó con Philip, Mary comprendió en un instante...

A su casa había llegado una niña que «para echar a la lluvia del fondo de los ojos» inventaba soles bajo el techo. Y eso no le gustaba. Pero ella llevaba en sí todas las razones y las sinrazones del alma de otra mujer que desde siempre acosaba las emociones prohibidas del hombre al que ella amaba.

Philip también la miró, y su sonrisa se transformó en ternura. Salió de la cocina, se dirigió al garaje y cogió una escalera plegable, que trajo bajo el brazo. La abrió y se subió a ella. Desde el último peldaño despegó una crep.

–¿Me podrías pasar un plato? Todos no podemos comer aquí arriba. Sólo hay una escalera. No sé vosotros, pero yo comienzo a tener hambre.

La cena concluyó con intercambios cómplices entre un niño y su padre, e indiscretos entre Mary y Lisa.

Al terminar el episodio de *Murphy Brown* subieron a acostarse. En el pasillo que les conducía a sus respectivos cuartos de baño, Mary pidió a Lisa que se cepillara los dientes. Cuando estuviese en la cama, iría a arroparla. Siguió un momento de silencio y vio que Lisa no se había movido. A sus espaldas, escuchó cómo la niña preguntaba:

–¿Qué significa arropar?

Mary se dio la vuelta e intentó disimular su turbación, pero su voz tembló:

–¿Cómo que qué significa arropar?

Lisa se había puesto con los brazos en jarras.

–Sí. ¿Qué significa arropar?

–¡Lisa, ya lo sabes! Te vendré a ver y te daré un beso antes de que te duermas.

–¿Y por qué me ibas a dar un beso? Hoy no he hecho nada bueno.

Mary observó a la niña en su postura inmóvil. Su aplomo la hacía tan fuerte y frágil como aquellos animales pequeños que hinchan el cuerpo para intentar intimidar al predador. Se le acercó y la acompañó hasta el lavabo. Mientras la pequeña se cepillaba los dientes, Mary se sentó al borde de la bañera y examinó la cara de la niña en el espejo.

–No te cepilles demasiado fuerte. He notado que tus encías sangran durante la noche. Te llevaré al dentista.

–¿Y para qué voy a ir al médico si no estoy enferma?

Lisa se secó cuidadosamente el borde de la boca y colocó la toalla sobre el radiador.

Mary le tendió la mano, pero la niña hizo caso omiso y salió del cuarto de baño. Mary la siguió al dormitorio y esperó a que se metiese bajo las sábanas para sentarse a su lado. Entonces le pasó la mano por el pelo, se inclinó sobre su frente y le dio un beso.

–Duerme. Pasado mañana comienzas el cole y tienes que estar en forma.

Lisa no respondió nada. Sin embargo, un buen rato después de que la puerta se cerrara aún permanecía con los ojos abiertos, escrutando la penumbra.

El primer curso escolar de Lisa comenzó desde el silencio de una adulta prisionera aún por mucho tiempo en el cuerpo de una niña. Nadie oía su voz, apenas sus profesores cuando le hacían alguna pregunta, lo cual no sucedía a menudo puesto que pocos se interesaban por ella, convencidos como estaban de que repetiría curso. En la casa tampoco hablaba mucho, respondía con movimientos de cabeza o algunos borborigmos que salían del fondo de su garganta. Le hubiese gustado ser más pequeña que las hormigas a las que alimentaba en el alféizar de la ventana. Pasaba noches enteras atrincherada en su habitación, donde en realidad no hacía más que una sola y única cosa: coleccionar imágenes de su vida «de antes», hasta formar una larga sarta de recuerdos, un filamento de esperanzas sobre el que se paseaba. De este universo, que era el suyo, escuchaba el crujir de las piedras bajo las ruedas del Jeep anunciando que Susan había vuelto. Surgía entonces de lo más profundo de su memoria aquel olor denso a tierra húmeda mezclada con agujas de pino. Luego, a veces, como por arte de magia, oía la voz de su madre a lo lejos, entre el rumor de los árboles.

Con frecuencia, durante la noche era la voz de Mary la que la devolvía a la realidad, a un mundo extranjero donde la única escapatoria que tenía era el reloj de pared, que a fuerza de desgranar minutos acabaría por hacer que los años pasaran.

Llegó la Navidad y los tejados adornados con guirnaldas se recortaban contra la noche. En el coche, de retorno de Nueva York, adonde había acompañado a Mary para hacer las últimas compras, Lisa no se resistió a exponer su punto de vista.

–Deberíamos enviar la mitad de esas bombillas que no sirven para nada a mi país, así habría luz en todas las habitaciones.

–Tu país –replicó Mary– es éste donde vivimos, en una pequeña calle de Montclair en la que todas las familias ya tienen luz. No hay nada malo en vivir bien. Deja de pensar todo el tiempo en todo lo que no hay allí y deja también de decir que tu país es aquél. Tú no eres hondureña. Que yo sepa eres estadounidense. Tu país es éste.

–¡Cuando sea mayor, podré elegir mi nacionalidad!

–Hay gente que arriesga la vida para venir a vivir aquí. Deberías ser feliz.

–¡Es porque ellos no tienen la posibilidad de elegir!

En el curso de los siguientes meses, Philip logró recomponer una familia. Su trabajo le dejaba cada vez menos tiempo libre y hacía malabarismos con los minutos que tenía disponibles para intentar crear momentos relajantes y divertidos. El viaje de Pascua a Disneyworld fue parte de sus tentativas en este sentido y, a pesar de las discusiones casi diarias entre Lisa y Mary, las vacaciones dejaron la huella de un primer buen recuerdo. Sin embargo, a medida que transcurrían las semanas le pareció que dos parejas vivían bajo el mismo techo. Lisa y él por un lado, y su esposa y su hijo por el otro.

A principios de aquel verano de 1989, Philip llevó a Lisa al otro extremo del estado de Nueva York. Al término de un largo y silencioso viaje, el vigilante de la entrada del campamento de pesca los acompañó hasta el pequeño bungaló. El hombre había dirigido algunos guiños cómplices a Lisa, que hizo como si no se enterara de nada. La otra orilla del lago era ya territorio canadiense. Llegada la noche, las luces de Toronto difundían un resplandor color naranja que se reflejaba en las nubes. Después de la cena se instalaron en el porche que daba a las aguas tranquilas. Lisa rompió el silencio:

–¿Para qué sirve la niñez?

–¿Por qué me haces esa pregunta?

–¿Por qué los adultos responden siempre con otra pregunta cuando no saben qué contestar? ¡Me voy a la cama!

Ella se levantó; él la cogió por la mano y la obligó a sentarse de nuevo.

–¡Porque eso permite ganar un poco de tiempo! ¡No creas que ésa es una pregunta fácil!

–¡Y eso tampoco es una respuesta!

–Hay tantos tipos de infancia que resulta difícil dar una respuesta adecuada. Dame un poco de tiempo y aprovecha mientras tanto para darme tu definición.

–Soy yo quien ha hecho la pregunta –replicó ella.

–Yo pasé toda mi infancia con tu madre.

–Eso no es lo que te pregunto.

–Tú quieres que te hable de su infancia. Bien, ella no se

sentía a gusto. Como les sucede a todos los niños a los que la vida hace crecer demasiado rápido. Al igual que tú, ella era rehén de su apariencia y de ese maldito reloj de arena cuyos granos no acababan de caer con suficiente rapidez. Pasaba el día de hoy esperando el de mañana, soñando con ser mayor.

–¿Era desgraciada?

–Más bien impaciente. La impaciencia mata a la niñez.

–¿Entonces?

–Entonces la niñez, puesto que ésa es tu pregunta, se convierte en un camino insoportablemente largo. Es lo que te ocurre a ti en este momento. ¿No es cierto?

–Entonces, ¿por qué no puede uno convertirse en adulto de golpe?

–Porque la niñez tiene sus virtudes. Sirve para que construyamos las bases de nuestros sueños y nuestras vidas. Es a los recuerdos de la infancia a los que acudirás el día de mañana para sacar tus fuerzas, aplacar tus cóleras, alimentar tus pasiones y, muy a menudo, hacer retroceder las fronteras de tus miedos y tus límites.

–No me gusta mi infancia.

–Lo sé, Lisa. Te prometo que haré todo lo posible para alegrarla, pero también habrá algunas reglas muy concretas.

A primera hora de la mañana estaban sentados en el extremo del pontón. Resuelto a mostrarse paciente, él le suplicó, cuando por cuarta vez ella se hizo un lío con el carrete de su caña de pescar, que al menos aparentase que se estaba divirtiendo. Le recordó que había sido ella quien había querido que fueran juntos a pescar. Ella hizo un chasquido seco con la lengua y estuvo a punto de decir una grosería. Dejó flotar el hilo en el agua y contempló las pequeñas olas que parecían converger en los pilones.

–¡Háblame de allí! –dijo Philip.

–¿Qué quieres que te diga?

–Explícame cómo vivías.

Ella dejó pasar un rato antes de responderle suavemente: «Con mamá». Después se sumió en el silencio. Philip se mordió el interior de la mejilla. Dejó la caña, fue a sentarse a su lado y la cogió por los hombros.

–Mi pregunta no tenía mala intención. Lo siento, Lisa.

–¡Sí! ¡Lo que querías era que te hablase de ella! ¿Quieres saber si ella me hablada de ti? ¡Jamás! ¡Jamás me habló de ti!

–¿Por qué eres tan mala?

–¡Quiero volver a mi país! ¡No os quiero lo bastante!

–Danos un poco de tiempo, sólo un poco de tiempo...

–Mamá dice que el amor es instantáneo o no es.

–¡Tu mamá estaba muy sola, con sus ideas instantáneas!

Al día siguiente ella pescó un pez tan grande que poco faltó para que cayese al agua. Nervioso, Philip la rodeó con sus brazos para asegurar la captura. Al término de una lucha encarnizada, un inmenso montón de algas fue arrastrado a la orilla. Philip lo contempló con gran pesar. Después percibió cómo los pómulos de Lisa se elevaban. El pontón no tardó en iluminarse con una de las virtudes de la infancia: una risa cantarina.

Ella tenía pesadillas. Entonces él la cogía entre sus brazos y la mecía. Mientras calmaba sus noches, él pensaba en los recuerdos que poblarían su vida de adulta. Ciertas heridas de la infancia jamás cicatrizan: se olvidan el tiempo de dejarnos crecer, para después resurgir con más fuerza.

Al final de la semana regresaron a casa. Thomas estaba contento de volverlos a ver y no se apartó de ellos. Cuando Lisa se aislaba en su habitación, él se reunía con ella y se sentaba en el suelo, al pie de la ventana, adivinando que su discreción era la condición para que le dejase estar allí. De vez en cuando ella le dirigía una mirada emocionada y luego se hundía de inmediato en sus pensamientos. Cuando estaba de buen humor, dejaba que él se sentase en la cama y le contaba historias de aquella otra tierra donde las tormentas dan miedo y el viento levanta un polvo que se mezcla con las agujas de los pinos.

Pasó el verano. Lisa repitió curso y la vuelta a la escuela marcó el inicio de una adolescencia oscura. Apenas se mezclaba con sus compañeros, demasiado jóvenes para su gusto. Hundida casi siempre en los libros que ella misma elegía, jamás se sentía sola.

Un día de diciembre Thomas oyó cómo una niña trataba a su hermana de «sucia extranjera». Le dio una terrible patada en la tibia, a lo que siguió una persecución por los pasillos y una caída. En el suelo, el chico recibió un puñetazo en el labio superior y la sangre invadió su boca. Lisa acudió y, al verlo tirado por tierra, cogió violentamente por los cabellos a la que le había insultado, la empujó contra la pared y le asestó un golpe de una fuerza incontrolada. La adolescente giró sobre sí misma y cayó en redondo, con la nariz ensangrentada. Thomas se levantó, asustado, sin reconocer el rostro de Lisa. Ella profirió una serie de amenazas en español al tiempo que apretaba el cuello de la víctima. Thomas se arrojó sobre Lisa, suplicándole que soltase a la niña. Finalmente, con el rostro tembloroso de cólera, la liberó, y abandonó el lugar, no sin antes propinarle una última patada. La expulsaron por quince días de la escuela, que tuvo que pasar en su habitación. Su puerta permaneció cerrada y no dejó entrar a Thomas, a pesar de que le llevaba frutas. Por primera vez fue Mary la que trajo la paz a la casa. La periodista que había en ella logró sonsacar a su hijo toda la historia y concertó una cita para el día siguiente con el director, exigiendo la admisión inmediata de su hijastra y las disculpas de la niña que la había insultado. Lisa no dijo nada y volvió a clase. Nunca más la insultó nadie, y durante varios días Thomas paseó con orgullo su labio amoratado.

Ella cumplió once años a finales del mes de enero. Sólo dos compañeras de clase respondieron a la invitación a la fiesta de cumpleaños que había organizado Mary. Aquella noche la familia cenó los restos del bufé, del que casi todo había sobrado. Lisa no salió de su habitación.

Después de ordenar la cocina y descolgar las guirnaldas del salón, Mary subió al cuarto de Lisa con un plato. Sentada al pie de su cama, le explicó que si quería tener amigas debía mostrarse más comunicativa en la escuela.

Los primeros días de primavera trajeron consigo el sol, aunque por la mañana el aire todavía era glacial. Era el final de la tarde y desde hacía una hora Joanne y Mary compartían un té en el salón. En ese momento Lisa regresó de la escuela.

La pequeña dio un portazo al entrar, murmuró apenas un saludo y comenzó a subir por la escalera a su habitación. La voz firme de Mary la detuvo en el sexto escalón. Lisa se dio la vuelta, desvelando un pantalón cubierto de manchas que hacía juego con sus mejillas manchadas de barro; el estado de sus zapatos no desentonaba en absoluto con sus ropas.

–¿Cómo es que vuelves a casa en ese estado? ¿Acaso te bañas en los charcos de lodo? ¿Es que tendré que poner una lavandería para que vayas limpia? –preguntó Mary, fuera de sí.

–Subía a cambiarme –respondió Lisa con un tono impaciente.

–Es la última vez que te lo digo –chilló Mary cuando Lisa desapareció por la escalera–. Y bajarás a hacerte un sándwich. Estoy cansada de que te pases el día sin apenas comer, ¿me has oído?

Del fondo del pasillo llegó un «sí» indolente, seguido de otro portazo. Mary volvió a sentarse junto a su amiga al tiempo que lanzaba un profundo suspiro. Joanne, de punta en blanco, resplandeciente en su traje de chaqueta beis, pasó con delicadeza la mano por su pelo para asegurarse de que ningún mechón estaba desordenado y esbozó una sonrisa amable.

–No debe de ser muy fácil soportar esta carga todos los días –dijo.

–Sí. Y cuando haya terminado con ella, será el turno de Thomas, que no habrá dejado de imitarla.

–Pero con ella debe de ser particularmente complicado.

–¿Por qué?

–Sabes bien a qué me refiero. Todas lo sabemos. Y te admiramos mucho.

–¿De qué me hablas?

–Una adolescente siempre es difícil para una madre, pero Lisa viene de otro país. No es del todo como las demás. Hacer caso omiso de sus diferencias y domesticarla como tú lo haces demuestra una gran generosidad por tu parte, que eres su madrastra.

El comentario resonó en el cerebro de Mary como si le hubiesen dado con un martillo en la cabeza.

–¿Las relaciones entre Lisa y yo son objeto de comentarios?

–Hablamos, claro está. Tu historia no es común. ¡Por suerte para nosotros! Perdona este último comentario, no es generoso de mi parte. No, lo que quiero decir es que te compadecemos. Eso es todo.

La irritación de Mary ante las primeras palabras de Joanne ahora había evolucionado a una cólera sorda. Estaba que se subía por las paredes. Aproximó su rostro al de Joanne casi con aspecto amenazador, y, parodiando el tono que adoptara su invitada, dijo:

–¿Y dónde os compadecéis, querida? ¿En el peluquero? ¿En la sala de espera del ginecólogo, del dietista o en el sofá del psicoanalista? A menos que sea en la camilla de masaje mientras os manosean. Dime, quiero saberlo, ¿cuáles son los momentos estelares en que habláis de mí? Sabía que vuestras vidas eran un auténtico aburrimiento y que los años no harían más que empeorarlas. ¡Pero no hasta ese punto y tan deprisa!

Joanne retrocedió, hundiéndose un poco más en el sofá.

–No te pongas así, Mary. Es ridículo. No había nada de

malo en lo que te he dicho. Lo tomas todo por la tremenda. Al contrario, estaba expresando el cariño que todas te tenemos.

Mary se levantó y tomó a Joanne por el brazo, obligándola a incorporarse.

–¿Quieres saber algo más, Joanne? Tu cariño te lo puedes meter donde te quepa. ¡Y no voy a ocultarte que todas me dais asco y tú, la presidenta del club de las malqueridas, más que ninguna! Escúchame, voy a darte una pequeña lección de vocabulario. Si concentras bien la atención de tu diminuto cerebro en lo que te voy a decir, se lo podrás repetir a tus amigas sin equivocarte. ¡Se domestica a los animales, a una niña se la educa! Si bien es verdad que cuando veo a tus hijos en la calle soy consciente de que aún no has entendido la diferencia. Pero inténtalo de todas maneras. Te aburrirás menos. Ahora vete de esta casa, porque si tardas un poco te sacaré de una patada en el culo.

–Pero ¿es que te has vuelto completamente loca?

–Sí –gritó ella–. Por eso es por lo que estoy casada desde hace tiempo. Educo a mis dos hijos, y soy feliz haciéndolo. ¡Fuera! ¡Sal de aquí!

Mary cerró violentamente la puerta detrás de Joanne, que se alejó a toda prisa por el sendero. Para recobrar el aliento e intentar disipar la migraña que le había cogido, apoyó la frente contra la pared. Aún no se había recuperado del sofoco, cuando el crujido de los escalones a sus espaldas la asustó.

Lisa, vestida con un chándal impecable, entraba en la cocina. Salió al poco rato llevando un plato en la mano. Se había hecho un sándwich de jamón y pollo, con mahonesa y cuatro rebanadas de pan; era tan grande que para que se aguantase había tenido que clavarle un palillo del restaurante chino al que llamaban cuando Mary no tenía ganas de cocinar. En mitad de la escalera, allí donde poco antes la habían interpelado, Lisa se dio la vuelta y con una gran sonrisa dijo:

–¡Ahora tengo hambre!

Después se dirigió a su habitación.

En el mes de julio los cuatro se fueron de vacaciones a las Montañas Rocosas. La montaña, donde Lisa volvió a encontrar algo parecido a la libertad que le faltaba, hizo que se uniese más a Thomas. Ya fuera escalando, trepando a los árboles, observando animales o recogiendo los insectos más variados sin dejar que la picasen, ella iba siempre al límite de sus fuerzas y provocaba una gran admiración en quien cada día la consideraba un poco más su hermana mayor. Mary, sin atreverse a confesarlo, sufría por la complicidad que se estaba creando entre ambos hermanos, la cual iba en detrimento del tiempo que ella pasaba con su hijo. Por las mañanas, temprano, Lisa arrastraba a Thomas a una jornada de aventuras; ella representaba el papel de responsable de un campamento del Peace Corps y el niño el de las diferentes víctimas del huracán.

A partir de aquella noche de tormenta, durante la cual se pasó una buena parte protegiendo el secreto de los temblores que lo sacudían, Thomas había sido ascendido a ayudante del campamento. Al día siguiente, al amanecer, ella cogió un poco de tierra, que aún estaba cubierta de rocío, y la mezcló con agujas de pinos; aspiró profundamente el aroma que la mezcla desprendía. Durante el desayuno se la llevó a Philip, afirmando con orgullo, y para gran desesperación de Mary, que aquello olía un poco a su país, aunque mejor.

El mes pasó muy deprisa y de regreso al hogar, los niños experimentaron la sensación de estar confinados. El retorno los instaló en la monotonía de los días que se van acortando, cuandos los colores del otoño ya no compensan el tono gris del cielo, que sólo se ilumina con la promesa de un verano que volverá.

Por Navidad recibió un estuche de pintura que contenía varias cajas de lápices de colores, carboncillos, pinceles y tubos de *gouache.* De inmediato, sobre un mantel de papel que estaba enganchado con chinchetas a la pared, emprendió la composición de un inmenso fresco.

La pintura, que demostraba las cualidades artísticas de Lisa, representaba su pueblo. Había pintado la plaza principal dominada por la pequeña iglesia, la calle que conducía a la escuela, el gran almacén con las puertas abiertas, el todoterreno estacionado delante de la fachada. En el primer plano aparecían Manuel, la señora Casales, así como su asno, todos delante de su antigua casa al borde del precipicio. «Es nuestro pueblo en la montaña. Mamá está dentro de casa», había dicho.

Mary se esforzó en contemplar la «obra» y, bajo la mirada irritada de Philip, le devolvió la pelota a Lisa: «Está muy bien. Con un poco de suerte, dentro de veinte años yo también estaré en el cuadro. Entonces será más difícil, pues tendré arrugas. En cambio, tú habrás adquirido más experiencia con los pinceles. Estoy segura de que cuando tengas ganas, lo harás... Tenemos tiempo».

El 16 de enero de 1991, a las siete y catorce minutos de la tarde, el corazón de Estados Unidos se puso a latir al ritmo de las bombas que caían sobre Bagdad. Al término de un ultimátum que había expirado la víspera a medianoche, Estados Unidos, junto con las principales fuerzas occidentales, entraba en guerra con Iraq a fin de liberar Kuwait. Dos días más tarde la Eastern Airlines cerraba sus puertas, ya no transportaría pasajeros a Miami ni a ningún otro aeropuerto. Cien horas después del comienzo de las hostilidades terrestres, los ejércitos aliados detenían los combates. Ciento cuarenta y un soldados estadounidenses, dieciocho británicos, diez egipcios, ocho procedentes de los emiratos y dos franceses habían caído a consecuencia del fuego enemigo. La guerra tecnológica había acabado con la vida de cien mil militares y civiles iraquíes. A finales de abril Lisa recortó un artículo del *New York Times*, que se aprendió casi de memoria y pegó en un gran álbum. En él se leía que un ciclón había asolado las costas de Bangladesh, matando a veinticinco mil personas. A finales de la primavera Lisa volvió a casa en un coche de la policía municipal, después de ser interpelada cuando estaba a punto de pintar una bandera sobre el tronco de un árbol, detrás de la estación. Philip evitó que se remitiera un informe al juez al demostrar a los policías, con la ayuda de una enciclopedia, que se trataba de la bandera de Honduras y no de la iraquí.

Lisa fue castigada a permanecer el fin de semana encerrada en su habitación y Mary le confiscó el estuche de dibujo durante un mes.

El año 1991 se enorgullecía de las esperanzas democráticas que veía nacer: el 17 de junio, en África del Sur las leyes del *apartheid* eran abolidas; el 15, la elección de Boris Yeltsin a la presidencia de la Federación Rusa anunciaba el fin de la URSS. En el mes de noviembre, los primeros combates, iniciados por los setecientos carros blindados yugoslavos que rodeaban Vukovar, Osijek y Vinkovci, anunciaron el inicio de otra guerra que pronto asolaría el corazón de la vieja Europa.

El año 1992 nació en medio de un invierno glacial. Dentro de unas cuantas semanas Lisa cumpliría trece años. Desde lo alto de las colinas de Montclair se veía la ciudad de Nueva York cubierta con un manto gris y blanco. Philip había apagado la luz de su despacho y se dirigía a su dormitorio, junto a su mujer, que dormía. Se acostó cerca de ella y pasó tímidamente la mano por su espalda antes de darse la vuelta.

–Echo de menos tu mirada –dijo ella en la oscuridad–. Me doy cuenta de cómo tus ojos se iluminan cuando miras a Lisa. ¡Si yo recibiera de ti aunque sólo fuese la cuarta parte de esa mirada! Desde el fallecimiento de Susan tus ojos ya no me miran. En tu interior hay algo que ha muerto y que soy incapaz de resucitar.

–No. Te equivocas. Hago lo que puedo, no siempre es fácil y no soy perfecto.

–No puedo ayudarte, Philip, porque la puerta está cerrada. ¿El pasado cuenta para ti mucho más que el presente y el futuro? Es tan fácil renunciar por nostalgia... ¡Qué formidable dolor pasivo, qué admirable muerte lenta! Pero al fin y al cabo también es una muerte. Al comienzo de nuestra relación me contabas tus sueños, tus anhelos. Creí que me reclamabas, acudí a tu lado y, sin embargo, permaneciste prisionero de tu mundo imaginario. Y yo tuve la impresión de ser expulsada de mi propia vida. Yo no te he quitado a nadie, Philip. Estabas solo cuando te encontré. ¿Te acuerdas?

–¿Por qué dices eso?

–Porque me abandonas y yo no soy la culpable.

–¿Por qué te niegas a acercarte a Lisa?

–Ella tampoco desea que me acerque. El acercamiento tiene que ser cosa de dos. Para ti es fácil, porque el lugar del padre estaba libre.

–Pero en su corazón hay todo el espacio del mundo.

–¿Eres tú quien lo dice? Tú, que a pesar del amor que te profeso, no eres capaz de hacerme un lugar en el tuyo.

–¿Te doy pena hasta ese punto?

–Mucho más, Philip. No hay peor soledad que la que se siente en compañía de otro. Te amo, pero he pensado en dejarte. ¡Qué increíble incoherencia, qué ultraje a la vida! Pero todavía estoy aquí porque te amo. Y tú no me ves. Sólo te ves a ti mismo, tu dolor, tus dudas, tus incertidumbres. Sin embargo, a pesar de todo te sigo amando.

–¿Has pensado en dejarme?

–Lo pienso cada mañana al levantarme, en las primeras horas de nuestro día, al verte tomar el café en silencio, al observar cómo te vistes en soledad; cuando te lavas el perfume de mi piel y permaneces bajo el agua demasiado rato; cuando sé que en la ducha estás muy lejos de aquí. Cuando te precipitas hacia el teléfono en cuanto suena, como si se acabara de abrir una ventana que te permitirá escapar un poco más aún. Y yo me quedo ahí, con un océano de felicidad ante mis manos, en el que soñaba que nos bañaríamos juntos.

–Simplemente estoy un poco aturdido –se disculpó él.

–No has aprendido nada, Philip. Observo cómo te vas haciendo mayor cuando te pasas los dedos por las arrugas que aparecen en tu cara. Desde el primer día te amé ya viejo. Es así como supe que deseaba compartir mi vida contigo. La idea de una edad sin límites a tu lado me hacía feliz porque por primera vez en mi vida no tenía miedo a la eternidad, como tampoco a las afrentas del tiempo. Porque cuando me penetrabas sentía tus fuerzas y tus debilidades y me gustaba esa dulce combinación. Pero sola no puedo inventar nuestra vida, nadie puede. No es posible inventar la vida, sólo hay que tener valor para vivirla. Me voy por unos días. Si continúo a tu lado, acabaré por hundirme.

Philip cogió las manos de Mary entre las suyas y las apretó.

–Mi infancia murió con ella y no logro superar el duelo.

–Susan es un pretexto, tu adolescencia también. Puedes prolongar eternamente esa parte de tu vida. Todo el mundo puede hacerlo. Se sueña con un ideal que uno persigue y acecha, y luego, cuando aparece, se descubre el miedo a vivirlo. El miedo a no estar a la altura de los propios sueños; el miedo de unirlos a una realidad de la que uno es responsable. Es tan fácil renunciar a ser adulto, tan fácil olvidar las propias faltas y atribuir el error a una fatalidad que oculta nuestra pereza...

»Si supieses lo cansada que estoy de repente. Tuve el valor, Philip, de amarte tal como eras, de amar tu vida, que era tan complicada como decías al principio. ¿Complicada a causa de qué? ¿De tus tormentos, de tus imperfecciones? ¿Creías acaso que detentabas el monopolio?

–¿Estás cansada de mí?

–He pasado todo este tiempo escuchándote, mientras que tú sólo te oías a ti mismo. Pero la idea de hacerte feliz me llenaba de alegría, y me reía de los problemas de la vida cotidiana. No tengo miedo de que tu cepillo de dientes esté en mi vaso, ni de los ruidos que haces por la noches, ni de tu cara ceñuda por la mañana. Mi sueño era vivir sin prestar atención a todo eso. Yo también he tenido que aprender a luchar contra mis momentos de soledad, contra mis instantes de vértigo. ¿Acaso los veías? Te di todas las razones del mundo para intentar que admitieses que tu Tierra a veces giraba al revés. Pero lo quieras o no gira en un solo sentido. Y, lo quieras o no, ella te lleva encima y tú has de girar con ella.

–Pero ¿qué ha pasado para que me digas todo esto?

–Nada, precisamente. Me ha bastado ver tu cuerpo que se alejaba un poco más de mí cada noche; abrir mis ojos y ver tu espalda antes que descubrir tu rostro dormido; sentir cómo tus manos se deslizaban sin ganas sobre mi cuerpo. Dios mío, cómo he odiado tus «gracias» cuando te besaba en el cuello. ¿Por qué no has trabajado un rato más esta noche? Me hubiese gustado resistir un poco más y no decirte nada.

–¿Intentas decirme que ya no me quieres?

Mary se levantó de la cama y lo miró antes de salir de la habitación.

Él vio cómo las curvas de su cuerpo se desvanecían en la penumbra del pasillo, esperó unos minutos y fue a su lado. Ella estaba sentada en lo alto de la escalera y miraba con fijeza la puerta de entrada. Él se arrodilló detrás y la rodeó torpemente con sus brazos.

–Estaba diciéndote lo contrario –dijo Mary.

Ella bajó la escalera, entró en el salón y cerró la puerta.

Difícil mañana la que sigue a una noche en la que se han pronunciado palabras que se adivinaban sin necesidad de oírlas. Embutida en su abrigo de cuero, Mary lucha en el umbral de la puerta contra el terrible frío de la mañana. Las voces de los niños en la escalera se aproximan. Ella grita que los espera en el coche, que deben darse prisa, pues si no llegarán tarde. Philip se acerca, pone la mano sobre su nuca y la acaricia.

–Quizá no he actuado como tú esperabas, pero te amo de verdad, Mary.

–Ahora no. No cerca de los niños, por favor. Es muy pronto. Voy a hacer unas tortitas...

La besó en los labios. Desde lo alto de la escalera, Thomas se puso a cantar a voz en grito: «¡Están enamorados, están enamorados, están enamorados!». Lisa le dio un golpe con el hombro y, en un tono que quiso ser tan autoritario como arrogante, añadió: «¡Thomas, dime que en enero cumplirás siete años, que no te quedarás así para siempre!». Sin esperar la respuesta, bajó la escalera. Al salir, cogió las llaves de la mano de Mary y gritó: «Soy yo la que os espera en el coche», para luego añadir en voz baja: «¡Están enamorados!».

Mary descendió por el sendero, colocó su pequeña maleta en el maletero del 4 × 4 y se instaló detrás del volante:

–¿Te vas de viaje? –preguntó Thomas.

–Voy a pasar unos días con mi hermana en Los Ángeles. Papá se ocupará de vosotros.

Mary dejó el coche en el aparcamiento y tomó el pasillo que conducía a la terminal. Acababan de finalizar unas obras y la pintura aún relucía. Su avión tardaría tres horas en despegar. El embarque aún no había comenzado. Entró en la cafetería y se sentó en un taburete cerca del mostrador. Desde allí podía contemplar las pistas. Un camarero con acento español le sirvió un café con leche. En el silencio de la sala vacía dejaba pasar por delante de sus ojos las imágenes del pasado: el momento fortuito del primer encuentro en la oscuridad de un cine, lo inesperado de las primeras palabras pronunciadas en la calle, la delicadeza de la turbación que se anuncia, la confusión de los sentimientos cuando cada uno reanuda el curso de la vida con los números respectivos. La espera que ha irritado la esperanza, los detalles que recuerdan a quien aún no se conoce, la emoción de la primera llamada que hace que el día siguiente sea tan diferente. Después, el silencio que se instala de nuevo y el tiempo que ya no deja aflorar pensamientos que no se quieren adivinar. En medio de la multitud, una mirada única a Times Square en una Nochevieja, la puerta de un edifico que se abre al amanecer glacial de una calle desierta del Soho, y de nuevo la espera. La intimidad naciente de las veladas que concluyen detrás de un ventanal de Fanelli's. Una vieja escalera de madera en la que cada escalón parecía más empinado que el anterior cuando él desaparecía al dar la vuelta a la esquina. Las horas transcurridas pendiente del teléfono. En medio del cortejo, los recuerdos de todas las primeras veces: un ramo de rosas rojas abandonado sobre el rellano, el pudor de los abrazos que parece dar tanto valor a los gestos torpes. Una noche frágil dominada por el temor a incomodar al otro, el cuerpo que no encuentra la postura del sueño, o ese brazo que ya no se sabe dónde colocar.

Y cuando se ha adivinado que ese cariño ocupará en la vida un lugar que no se sospechaba, los primeros miedos: a que el otro se vaya por la mañana, a confesarse simplemente que empezar a amar es depender, incluso para los más rebeldes. Los instantes que se convierten en los momentos originales de una pareja: almuerzos cómplices que se suceden, primeros fines de semana, domingos por la tarde en los que el otro se queda, aceptando así romper las costumbres de los ritmos solitarios, provocaciones indecentes en las que se evocan proyectos mientras se acecha al otro en busca de una sonrisa o un silencio. Una vida que se crea para dos, como una liberación tanto tiempo esperada. Ella lo vuelve a ver al fondo de la iglesia, vestido con su traje de boda, que simboliza la unicidad del momento. ¿Por qué no se casaron con una ropa más informal? ¿Acaso no habían prometido unirse de esa manera? Lo habían hecho cuando él la llevó a Montclair a visitar la casa en la que ahora estaban instalados. Allí, en la intimidad de un cuarto de baño, mientras cambiaban el papel de las paredes, cambió su vida. Luz y olores de una tarde de pintura en una habitación próxima. Y un bebé que ya empujaba en su vientre. A veces su mirada escapaba hacia unos recuerdos que a él le eran inaccesibles; el amor que ella quería darle para recuperarlo. Se asustó cuando el camarero la despertó de su ensoñación.

–¿Quiere otro café, señora? Discúlpeme, no pretendía asustarla.

–No, gracias –respondió ella–. Voy a embarcar.

Pagó la cuenta y salió de la cafetería. Delante de las ventanillas de la TWA vio una hilera de cabinas telefónicas. Introdujo una moneda de veinticinco céntimos en la ranura de una de ellas y marcó el número de teléfono. Philip descolgó al primer tono.

–¿Dónde estás?

–En el aeropuerto.

–¿A qué hora sale tu avión?

La pregunta había sido hecha con una voz triste y suave. Esperó unos segundos antes de contestar.

–¿Estás libre esta noche? Llama a una canguro y reserva una mesa en Fanelli's. Voy a cambiar una semana de sol por un día de compras. Ponte unos vaqueros y un jersey de cuello redondo, azul. Es así como te encuentro más sexy. Te esperaré a los ocho de la tarde en la esquina de Mercer con Prince.

Colgó el auricular y, sonriente, tomó el pasillo que conducía al aparcamiento.

Se había dedicado el día a sí misma: peluquería, manicura, pedicura, cuidados de la cara, sin olvidar un detalle. Sacó de su bolso el billete de avión que se haría reembolsar, verificó el precio y, para no tener mala conciencia, estableció consigo misma el compromiso de no sobrepasar la cifra que figuraba en la esquina izquierda: se regaló un abrigo, una falda, una blusa y compró un jersey para Thomas.

En Fanelli's insistió en cenar en la primera sala. Philip estuvo atento durante toda la cena.

Haciendo frente al viento glacial, caminaron por las calles adoquinadas de su antiguo barrio y sin darse cuenta se encontraron al pie del edificio donde habían vivido. Bajo el porche él la abrazó y la besó.

–Tenemos que volver –dijo ella–. Ya es muy tarde para la canguro.

–Se quedará toda la noche. Acompañará a los niños a la escuela mañana por la mañana. Te llevaré al hotel donde he reservado una habitación.

En la complicidad de las sábanas arrugadas y antes de que cayesen dormidos, ella se apretó contra Philip y lo rodeó con sus brazos.

–Me alegro de no haber ido a Los Ángeles.

–También yo me alegro –respondió él–. Mary, escuché lo que me dijiste ayer y quisiera pedirte algo. Me gustaría que hicieses un esfuerzo con Lisa.

Pasaron cinco estaciones y Mary seguía intentando esforzarse. Por las mañanas Philip acompañaba a los niños a la escuela y ella iba a buscarlos por la tarde. Thomas no se apartaba de su hermana, a la que adoraba. Philip dedicaba las tardes de los miércoles a recopilar información sobre todo lo referente a Honduras que era posible encontrar en la biblioteca de Montclair. Fotocopiaba artículos de prensa que luego ella pegaba en un gran cuaderno; en sus páginas había también dibujos, unas veces hechos al carboncillo y otras realizados con un lápiz negro. Lisa le acompañaba a sus partidos de béisbol. Se sentaba en las gradas y cuando a Thomas le tocaba batear, todo el mundo se sorprendía al oír los gritos de aliento que lanzaba la muchacha. En el mes de agosto se fueron de vacaciones. Philip y Mary alquilaron un pequeño bungaló a orillas del agua, en los Hamptons. Durante un largo fin de semana de invierno enviaron a los niños a un curso de esquí y ellos se refugiaron como dos amantes a orillas de un lago helado en los Adirondacks. Los binomios se deshacían poco a poco, para reconstituirse al cabo de un tiempo: el de los padres de una parte y el de los niños de la otra. Lisa también cambiaba; estaba dejando atrás su cuerpo de niña y semana tras semana iba adquiriendo la apariencia de una mujercita.

Celebró sus catorce años a finales del mes de enero de 1993 y ocho cómplices de clase se sumaron a su fiesta de cumpleaños. Su piel era cada vez más oscura, y sus pupilas cada vez brillaban con mayor independencia y carácter. A veces Mary se sentía molesta por la emergencia de la belleza de Lisa, en particular cuando las dos iban por la calle. Las miradas de deseo de los adolescentes, y también de los menos adolescentes, le recordaban el paso del tiempo. Entonces experimentaba una forma de celos que se negaba a admitir. La insolencia y las contestaciones eran a menudo pretextos para entablar discusiones; Lisa se encerraba entonces en su habitación, donde sólo su hermano tenía derecho a entrar, y se hundía en su cuaderno secreto, que ocultaba bajo el colchón. La jovencita prestaba poca atención a sus estudios, trabajando lo mínimo para sacar el curso. Para desconcierto de Philip, no compraba discos ni cómics ni maquillaje, ni jamás iba al cine. Ahorraba toda su semanada y la confiaba a un conejo de peluche de color azul, que hacía las veces de hucha gracias a la discreta cremallera que tenía en la parte de atrás. Lisa parecía no aburrirse nunca, ni siquiera cuando pasaba horas enteras contemplando el vacío. Vivía en su mundo propio y sólo por momentos se unía a quienes estaban a su alrededor. A medida que pasaban los días, más distante era su planeta.

La llegada del verano anunciaba el final del curso escolar. Un hermoso mes de junio se acababa y el día siguiente sería festivo: el picnic de la escuela. Desde hacía tres días Philip, Mary y Thomas se preparaban para la ocasión.

8

Thomas fue el último en llegar a la mesa para tomar el desayuno. Lisa no quiso comer nada y Mary tuvo que recoger la cocina con prisas. Las tartas envueltas en papel de celofán se encontraban colocadas en el maletero y Philip daba pequeños toques de claxon para que subieran al coche. El motor ya ronroneaba cuando el último cinturón estuvo abrochado. Sólo se tardaban diez minutos en llegar a la escuela y Mary no veía la razón de tantas prisas. Durante el recorrido, él lanzaba frecuentes miradas por el retrovisor; su malestar era tan perceptible que Mary tuvo que preguntarle qué le pasaba. Él contuvo a duras penas su irritación y se dirigió a Lisa:

–Hace dos días que todos estamos en pie de guerra para preparar tu ceremonia de fin de curso, y tú eres la única a la que no parece importarle nada.

Perdida en su contemplación de las nubes a través de la ventanilla, Lisa no se dignó responder.

–Tienes razones para estar callada –añadió Philip–. Con las notas que has sacado, no hay para echar las campanas al vuelo. Espero que el próximo curso trabajes un poco más, pues de lo contrario se te cerrarán muchas puertas.

–¡Para el trabajo que pienso hacer mis notas están bien de sobra!

–Vaya, por fin una buena noticia: expresas un deseo. Así que no hay que desesperarse. ¿La oís? ¡Finalmente tiene un objetivo!

–¿Qué os pasa a los dos? –intervino Mary–. ¿Os podéis calmar?

–Gracias por tu apoyo. Así pues, ¿cuál es ese trabajo fabuloso que te espera con los brazos abiertos y para el que bastan unas notas mediocres? Me gustaría saberlo.

Con un murmullo respondió que cuando fuese mayor ingresaría en el Peace Corps y marcharía a Honduras, donde pensaba realizar el mismo trabajo que su madre. Mary, en cuyo estómago se hizo al instante un nudo, volvió la cara hacia la ventanilla para que no se le notase la emoción. El coche se detuvo en el arcén con un rechinar de ruedas. Thomas quedó hundido en su asiento, con la mano crispada sobre su cinturón. Philip se volvió, ebrio de cólera:

–¿Has tenido esa idea tú solita? Lo que acabas de manifestar es una extraordinaria prueba de amor hacia nosotros. ¿Crees que ésa es la verdadera generosidad? ¿Crees que huir de la propia vida es una forma de valor? ¿Te das cuenta de lo que dices? ¿Es ése el modelo de vida que quieres seguir? ¿Dónde están las pruebas de felicidad que tu madre dejó tras de sí? ¡Jamás volverás a aquel país! ¿Quieres que te explique lo que sucede cuando uno renuncia a su propia vida...?

Mary apretó la mano de su marido.

–¡Cállate! ¡No tienes derecho alguno a decirle esas cosas! ¡No estás hablando con Susan! ¿No te das cuentas?

Philip salió del coche dando un portazo.

Mary se volvió hacia Lisa y le acarició la cara. Intentó consolarla con una voz suave y franca. La muchacha tenía los ojos enrojecidos a causa de las lágrimas de miedo.

–Estoy orgullosa de ti. Eso que quieres hacer te exigirá mucho valor. Ya te pareces a tu madre y tienes todas las razones del mundo para quererla, porque era una mujer extraordinaria. –Después de un breve silencio añadió–: Tienes mucha suerte. Cuando yo tenía tu edad me hubiera gustado admirar a mis padres hasta el punto de querer parecerme a ellos.

Mary tocó el claxon con insistencia hasta que Philip se puso detrás del volante. Le pidió que arrancasen. El tono que adoptó no dejaba opción a que se le llevase la contraria. De nuevo miró por la ventanilla; sus ojos expresaban tristeza.

Luego, cuando estuvieron en la escuela, Philip no participó en ninguna actividad. Se negó a sentarse en el momento de la entrega de premios y no abrió la boca durante toda la comida. Tampoco dijo nada durante el resto de la tarde. No miró a Lisa e incluso se negó a cogerle la mano cuando ella se la tendió como signo de paz al concluir el almuerzo. Mary trató de hacer reír a Philip levantando las cejas, sin éxito. Encontraba que su actitud era pueril, y se lo dijo a Thomas; pasó el resto de su tiempo ocupándose de Lisa, cuyo día sabía que se había estropeado. El ambiente, en el camino de regreso, contrastaba fuertemente con el de la fiesta que acababa de terminar.

Al entrar en la casa, Philip subió enseguida a encerrarse en su despacho. Mary cenó en compañía de los niños en una atmósfera sofocante. Después de arroparlos, se fue a la cama sola; exhaló un profundo suspiro y se tapó los hombros con la sábana.

Por la mañana, cuando abrió los ojos, la cama estaba vacía. Sobre la mesa de la cocina encontró una nota: él se había ido a la oficina y regresaría tarde, por lo que no hacía falta que le esperase.

Ella preparó el desayuno y se dispuso a hacer frente a un extraño fin de semana. A media tarde salió para hacer algunas compras y dejó a los niños viendo la televisión.

En el supermercado sintió cómo la embargaba una sensación de soledad. Se negó a dejarse dominar por la emoción e hizo un rápido inventario de su vida: aquellos a los que amaba disfrutaban de buena salud, tenía un techo encima de su cabeza y un marido que casi nunca perdía los estribos. No había motivo alguno para caer en una de esas malditas depresiones de domingo.

Se dio cuenta de que estaba hablando sola cuando una señora mayor al pasar a su lado le preguntó si estaba buscando algo. Mary le sonrió: «Algo para hacer creps». Luego empujó el carrito y se dirigió al estante del azúcar y la harina. Regresó a casa sobre las seis de la tarde, llena de paquetes, porque a veces se adueñaba de ella una compulsión compradora, que le servía para aliviar los arañazos del corazón. Depositó los paquetes sobre la mesa de la cocina y se volvió hacia Thomas, que jugaba en el salón.

–¿Habéis sido buenos?

El niño asintió con un movimiento de cabeza. Mary comenzó a sacar la compra de las bolsas.

–¿Lisa está en su habitación? –preguntó.

Absorto en el juego, Thomas no respondió.

–Te he hecho una pregunta, ¿no me has oído?

–No. Está contigo, ¿no?

–¿Qué quieres decir con que está conmigo?

–Salió hace dos horas y me dijo: «¡Me voy con mamá!».

Al instante Mary dejó caer la fruta de las manos y cogió a su hijo por los hombros.

–¿Qué es lo que dijo?

–¡Me estás haciendo daño, mamá! Salió y me dijo que se iba contigo.

La voz de Mary traicionaba su inquietud. Soltó lentamente a su hijo.

–¿Llevaba una mochila?

–La verdad es que no me fijé. ¿Qué pasa mamá?

–Sigue jugando. Ahora vuelvo.

Subió corriendo por la escalera, entró en la habitación de Lisa y buscó la hucha-conejo que habitualmente se hallaba sobre la estantería blanca de madera. Estaba sobre la mesa de trabajo, vacía. Mordiéndose el labio inferior, Mary se precipitó a su habitación, se tiró sobre la cama, cogió el teléfono y marcó el número de Philip, pero éste no respondió. Recordó entonces que era domingo y marcó nerviosamente el número de su línea directa. Él descolgó cuando el aparato sonó por cuarta vez.

–Tienes que volver de inmediato a casa. Lisa se ha ido. Voy a telefonear a la comisaría.

Philip aparcó detrás de un coche de la policía de Montclair. Subió el sendero corriendo y encontró a Mary sentada en el sofá de la sala, cerca del oficial Miller, el cual tomaba notas.

El policía le preguntó si era el padre de la niña. Philip lanzó una mirada a Mary y asintió con la cabeza. El detective le invitó a unirse a la conversación.

Durante diez largos minutos los interrogó sobre lo que en su opinión podía estar en el origen de la huida. ¿Tenía la muchacha un amiguito? ¿Había roto recientemente con él? ¿En su comportamiento habían observado indicios de esta acción?

Exasperado, Philip se levantó. No encontrarían a su hija si seguían jugando a las preguntas y las respuestas. Ella no se había escondido en la sala de estar, y ya habían perdido demasiado tiempo. Exigió que al menos alguien fuese en su búsqueda y salió dando un portazo. El policía quedó desconcertado. Mary entonces le relató la especial situación de Lisa y le confesó que la víspera habían tenido una discusión, la primera desde que la niña apareciera en la vida de ambos. No mencionó las palabras que le había dicho a Lisa en el coche; ahora temía que hubiesen provocado la súbita marcha de la adolescente.

El inspector guardó su libreta y se despidió, invitando a Mary a que pasara por su despacho. Intentó tranquilizarla: en el peor de los casos la muchacha dormiría al aire libre y regresaría a primera hora de la mañana. Por lo general las fugas acababan así.

La noche se anunciaba larga. Philip regresó con las manos vacías y la voz trémula. Encontró a su mujer sentada a la mesa de la cocina. Cogió las manos de Mary entre las suyas al tiempo que murmuraba su desconcierto, apoyó la cabeza sobre su hombro, la abrazó y subió a refugiarse en el despacho. Mary le siguió con la mirada. Luego ella también subió y entró sin llamar.

–Me doy cuenta de que no llegas a dominar esta situación, y te comprendo. Pero será necesario que uno de los dos lo haga. Te vas a quedar aquí. Prepararás la cena de Thomas y contestarás al teléfono, y si hay alguna novedad, me llamas de inmediato al coche. Voy a ver cómo lo llevan.

Ella no le dio tiempo para que replicase. Él vio a través

del tragaluz de su despacho cómo bajaba por el sendero y desaparecía con el coche al doblar la esquina.

La cara de Miller no anunciaba nada bueno. Sentada delante de él, la mujer sintió unas fuertes ganas de fumar cuando el oficial encendió un cigarrillo. Varias patrullas habían inspeccionado los diferentes lugares de la ciudad donde la gente joven acostumbraba reunirse. Se había interrogado a varios amigos de Lisa, y ahora la policía creía que la muchacha había cogido el tren o el autobús y se había marchado a Manhattan. El inspector Miller ya había enviado un fax a la unidad responsable de los accesos a la ciudad de Nueva York, que comunicaría el aviso de fuga a todas las comisarías de la ciudad.

–¿Y luego? –preguntó ella.

–Señora, cada uno de los inspectores debe de tener una media de cuarenta expedientes similares en su despacho. La mayor parte de los adolescentes regresa a casa al cabo de tres o cuatro días. Deberá usted tener paciencia. Vamos a continuar nuestras rondas por Montclair, pero Nueva York está fuera de nuestra jurisdicción y no podemos actuar allí.

–¡Me tienen sin cuidado las fronteras administrativas! ¿Quién estará personalmente al frente de la búsqueda de mi hija?

Miller comprendía la desolación de la mujer, pero no podía hacer nada más. La conversación había terminado, pero Mary era incapaz de levantarse de la silla. Miller dudó unos segundos, abrió el cajón de la mesa y sacó una tarjeta de visita, que entregó a la mujer.

–Mañana vaya a visitar a este colega de mi parte. Es detective en el Midtown South Squad, lo llamaré por teléfono para avisarle.

–¿Por qué no lo llama ahora mismo?

Miller la miró directamente a los ojos y descolgó el aparato. Respondió un contestador automático. Se disponía a colgar, pero ante la insistencia de Mary dejó un mensaje que resumía los motivos de su llamada. Ella le dio las gracias sinceramente y salió de la comisaría.

Subió con el coche hasta las colinas de Montclair, desde donde se veía extenderse hacia el infinito la ciudad de Nueva York. En alguna parte, en medio de aquellos millones de luces que parpadeaban, una muchacha de catorce años se hundía en una noche incierta. Mary giró la llave de contacto y tomó la autopista que conducía a la Gran Manzana.

Enseñó a todo el personal de la terminal central de autobuses la foto de Lisa que llevaba en la cartera. Nadie recordaba haber visto a la adolescente. Se acordó de la tienda de fotocopias donde había encuadernado su tesis cuando aún residía en la metrópoli; permanecía abierta toda la noche. Una estudiante de veinte años, de cabellera rizada, trabajaba en el local desierto. Mary le explicó el objeto de su visita. Competente, la chica le ofreció un café y se colocó ante el teclado del ordenador. Para componer la palabra «Desaparecida» debajo de los datos que Mary le proporcionó. Cuando la hoja estuvo impresa, le ayudó a pegar la foto. Se hicieron cien copias. Mary salió a la calle y la estudiante colocó una de las copias en la tienda.

Luego fue de barrio en barrio, recorriendo la ciudad a poca velocidad. Cada vez que se cruzaba con una patrulla, la detenía y entregaba una hoja con la foto y los datos de su hija a los policías, pidiéndoles que estuviesen atentos. A las siete de la mañana se presentó en la comisaría número siete y entregó al policía uniformado que se ocupaba de la recepción la tarjeta de visita que le había dado el oficial Miller. El hombre cogió la tarjeta y le dijo que tendría que esperar o volver un poco más tarde, puesto que el teniente no entraba de servicio hasta las ocho. Mary se sentó en un banco y aceptó de buena gana un vaso de cartón con café, que el hombre le ofreció media hora después.

El oficial de la policía criminal estacionó su vehículo en el aparcamiento y se dirigió hacia la entrada que se hallaba en la parte trasera del edificio. Rondaba la cincuentena y su espesa cabellera comenzaba a blanquear. Subió a su despacho, colgó la chaqueta en el respaldo de su silla y colocó su arma dentro de un cajón. La lucecita del contestador automático parpadeaba. El primer mensaje procedía de su casero, que le reclamaba el pago del alquiler y amenazaba con informar a su jefe. El segundo era de su madre, que se quejaba como cada día de su compañera de habitación en el hospital. El tercero y el único que iluminó su mirada huraña era el de una colega que se había ido a vivir a San Francisco poco tiempo después de romper su relación con él. ¿O habían roto porque él no había querido seguirla? El cuarto y último mensaje pertenecía a uno de sus conocidos, el oficial Miller de la policía de Montclair. Cuando la cinta se rebobinó, bajó a buscar un café en la máquina de la planta baja; desde hacía varios meses no podía llevarle uno también a Nathalia. Mary estaba adormilada y él le tocó el hombro.

–Soy el detective George Pilguez. Me han anunciado su visita. No ha perdido usted el tiempo. Sígame. –Mary cogió el bolso y el vaso de café–. Puede dejarlo, le traeré uno caliente.

Pilguez observó detenidamente a la mujer que acababa de sentarse delante de él y reparó en sus rasgos cansados. Ella no intentó ser amable, detalle que a él le gustó de inmediato. Dejó que contase su historia e hizo girar su silla. De encima de un armario cogió una treintena de carpetas de cartón y las dejó caer descuidadamente sobre la mesa.

–Son menores que han huido de sus casas. Únicamente durante la semana pasada. Explíqueme, ¿por qué razón debería interesarme más por esa chica que por las demás?

–¡Porque esa chica es mi hija! –exclamó ella con voz decidida.

Él echó su silla hacia atrás y acabó por dibujar en su rostro lo que podía parecer el esbozo de una sonrisa.

–Estoy de buen humor. Voy a pasar el aviso de búsqueda a todas las patrullas y haré algunas llamadas a las otras comisarías de la ciudad. Vuelva a casa. La mantendré al corriente si hay alguna novedad.

–Me quedaré en la ciudad. Yo también la buscaré.

–Con el aspecto de cansada que tiene, debería retirarle el permiso de conducir. Voy a llevarle a tomar un buen café y no discuta. Me sentiría culpable de no prestar asistencia a una persona que se encuentra en peligro. ¡Sígame!

Salieron de la comisaría y se dirigieron al café de la esquina. Ella le contó la historia de una muchacha que había salido de Honduras para entrar en su vida un domingo lluvioso. Cuando acabó su relato habían compartido unos huevos fritos.

–Y su marido, ¿qué dice?

–Creo que los acontecimientos lo han desbordado. Se siente culpable a causa de la discusión que tuvieron en el coche.

–Sí. Si uno ya no puede gritar a sus propios críos, ¿para qué tenerlos?

Ella le miró desconcertada.

–Lo siento, intentaba que se relajase.

–Y a usted, ¿qué es lo que le ha puesto de buen humor?

–Es verdad. Antes, en mi despacho, le dije que estaba de buen humor. Se fija usted en los detalles.

–¡Periodista de profesión!

–¿Trabaja en la actualidad?

–No. Tengo dos críos. Como dice usted, en la vida hay que elegir. No ha respondido usted a mi pregunta.

–Estoy a punto de comprender que ya no aguanto más en esta ciudad.

–¿Y eso le pone de buen humor?

–No, pero me consuela. Me decía a mí mismo que hay una persona a la que echo en falta más de lo que me imaginaba.

–¡No veo cómo eso le puede alegrar!

–Yo sí. Quizá tome una decisión antes de que sea demasiado tarde.

–¿Qué decisión?

–¡Pedir el traslado!

–¿A la ciudad donde se encuentra su amiga?

–¡Creí que ya no ejercía usted su profesión!

–Encuentre a Lisa. No imaginaba que la echaría de menos hasta este punto.

–Vuelva a verme esta tarde, si todavía se aguanta en pie. Y conduzca con prudencia.

Mary se levantó e hizo ademán de pagar la cuenta, pero él tomó la nota con un gesto conciso al tiempo que con la otra hacía un signo de negación. Ella le dio las gracias y salió de la cafetería. Durante el resto del día recorrió las avenidas de la ciudad. Al pasar por debajo del edificio del *New York Times* se le encogió el corazón. De forma instintiva se dirigió al Soho, y se detuvo al pie de las ventanas de su antiguo apartamento. El barrio cambiaba sin cesar. En el escaparate de una tienda contempló su propio reflejo e hizo una mueca de disgusto: «Ahora ya sé por qué todo me parece tan lejano», masculló. Una llamada a Philip le confirmó que no había novedades en Montclair. Haciendo acopio de valor a través de una larga inspiración se tomó otro café en Fanelli's y se dirigió hacia el barrio hispano de la ciudad.

La tarde tocaba a su fin. Hacía veinticuatro horas que Lisa había desaparecido y Mary sentía cómo la angustia crecía en su pecho. A la tensión se añadía el cansancio. Se quedó inmóvil en medio de un paso de peatones al cruzarse con una madre y su hija, que debía de tener más o menos la misma edad de Lisa; la mujer la miró con un gesto adusto y siguió su camino. Le recorrió una ola de tristeza. Al anochecer se dirigió a la comisaría y en el camino telefoneó al teniente Pilguez.

Quedaron citados en la misma cafetería. Ella fue la primera en llegar. Sus ojos tuvieron que acomodarse a la penumbra del lugar. Tomó todas las monedas que le quedaban en el bolso y compró un paquete de Winston en un distribuidor que había junto a los lavabos.

Se sentó al mostrador, aceptó el fuego que le ofreció el camarero e inspiró profundamente el humo. La cabeza le dio vueltas y tosió, y estuvo a punto de caer del taburete. El camarero, inquieto, le preguntó si se sentía bien. Las risas entrecortadas y nerviosas que salieron de su garganta irritada dejaron perplejo al hombre.

El teniente Pilguez empujó la puerta. Se dirigieron a una mesa apartada. Él pidió una cerveza; ella dudó y al fin decidió tomar lo mismo.

–He pasado toda la mañana estudiando el expediente de su hija. No debe de haber patrulla de Nueva York que no esté al corriente del asunto. He ido al barrio puertorriqueño y he hablado con todos mis confidentes. No hay el menor rastro de su hija. Por un lado eso es más bien una buena noticia, porque significa que no ha caído en manos de delincuentes; en caso contrario, me habrían informado al instante. Lisa disfruta de mi protección, lo cual en ciertos ambientes es casi mejor que si fuese acompañada de un guardaespaldas.

–No sé cómo darle las gracias –murmuró Mary.

–¡Entonces no lo haga! Escuche lo que voy a decirle. Ahora tiene que volver a su casa. Acabará destrozada y eso no será de mucha utilidad cuando encontremos a su hija. Mientras espera nos puede ayudar.

Pilguez le recordó que los pasos de una adolescente toman caminos diferentes de los que seguiría un adulto. Lisa quizás había desaparecido obedeciendo un impulso, pero no por azar. Debía de seguir una ruta que guardaba una cierta lógica: la suya propia. La tela de su huida estaba tejida con el hilo de la memoria. Había que buscar en sus recuerdos para descubrir los que tenían un significado especial. ¿Acaso en el curso de un paseo por el parque habría visto un árbol que le recordara a su tierra natal? De ser así, probablemente estaría allí, esperando bajo sus ramas.

–Tal vez ese viaje a las Rocosas –apuntó Mary.

¿La madre de Lisa había hecho suyo un determinado lugar durante su infancia? Mary pensó en la colinas dc Montclair, desde donde se veía la ciudad, pero ya había estado allí.

–¡En ese caso, vuelva de nuevo! –dijo Pilguez.

¿Se acordaba de haber visto una bandera hondureña, por pequeña que fuese? Estaría allí, contemplándola. Estaba la que había pintado en el tronco de un árbol. ¿Había algún lugar que para ella fuese una especie de puente entre esta parte del mundo y la otra? Mary se acordó del tobogán rojo desconchado del que Philip le hablara. ¡Aunque hacía tanto tiempo de eso! Había sido en los primeros días de su llegada.

–Yo que usted me iría corriendo a visitar todos esos lugares. Probablemente se encuentre en uno de ellos. –Pilguez se desdijo–: En su estado, no vaya muy deprisa. Llámeme por teléfono y luego quédese en casa a descansar un poco.

Mary se levantó y le dio las gracias. Antes de abandonar la mesa colocó su mano sobre el hombro del poli huraño.

–¿Cree usted en la pista del tobogán?

–¡Nunca hay que descartar un golpe de suerte! ¡Váyase ya!

Mary descartó la hipótesis angustiosa del tren: ese medio de transporte era demasiado caro para el conejo de Lisa. Volvió a la terminal de autobuses y pidió ser recibida por algún responsable. Una empleada la reconoció y la hizo esperar en un banco. La espera le pareció interminable. Al fin un hombre muy corpulento la hizo entrar en su oficina; la estancia era de color verde claro y el personaje de respiración jadeante parecía amable y dispuesto a ayudarla.

Le mostró la foto de Lisa y quiso saber si era posible viajar hasta Centroamérica en autobús. «Nuestras líneas llegan sólo a México», respondió el hombre, secándose el sudor de la frente con el revés de la mano. Tres autobuses habían salido desde la desaparición de la chica. Incorporándose con dificultad, miró su reloj y señaló con el dedo las posiciones de los autocares sobre el gran mapa que colgaba de la pared. Luego cogió un enorme anuario de la compañía que estaba en una estantería. Llamaría por teléfono a las paradas en las que los pasajeros descendían para descansar. Ella le pidió que avisase a los conductores para que se pusiesen en contacto urgentemente con la terminal de Nueva York. Aunque era evidente que para él representaba un esfuerzo, el hombre la acompañó hasta la salida del edificio. Cuando ella le dio las gracias, visiblemente emocionada, antes de desaparecer por la acera de la terminal él le dijo que debido a su edad no creía que la muchacha hubiese subido al autobús sin llamar la atención de los conductores. Añadió que, en cualquier caso, jamás lograría pasar la frontera.

Para luchar contra el sueño Mary circulaba con la ventanilla abierta. No era cuestión de caer dormida ahora. Eran las ocho y media de la noche y el aparcamiento del MacDonald's todavía estaba lleno, pero el viejo tobogán rojo descansaba solitario. Había recorrido todos los pasillos gritando el nombre de Lisa, sin obtener respuesta alguna. Ninguno de los empleados del *fast food* a los que mostró la foto había visto a la muchacha. Tomó la ruta que conducía hacia la parte alta de la ciudad, se desvió por un camino de tierra y detuvo el todoterreno blanco junto a la barrera que le impedía proseguir. Continuó a pie por el sendero y subió hasta la cima de la colina. Bajo la luz pálida del final del día siguió gritando el nombre de Lisa, pero el eco no le respondía. De buena gana se habría echado a dormir sobre el mismísimo suelo. Entrada ya la noche se sintió al límite de sus fuerzas y, resignada, decidió regresar a casa.

Thomas estaba sentado en el suelo del salón. Ella le dijo unas palabras cariñosas y subió rápidamente a su habitación. Ya en la escalera, Mary se dio cuenta de que la planta baja estaba silenciosa. Echó una mirada y constató que la pantalla del televisor estaba negra; Thomas contemplaba un televisor apagado. Bajó los escalones, se arrodilló juntó a él y le abrazó.

–No nos ocupamos mucho de ti en estos momentos. ¡Cariño mío!

–¿Crees que volverá? –preguntó el niño.

–No es que lo crea. ¡Estoy segura de que lo hará!

–¿Se ha ido por la discusión que tuvo con papá?

–No. Es más bien por mí. Creo que no le he puesto las cosas demasiado fáciles.

–¿La quieres?

–Claro que sí. Pero ¿cómo puedes hacerme esta pregunta?

–Porque nunca lo dices.

Mary acusó el golpe.

–No te quedes así, ve a preparar dos sándwiches. Subo a cambiarme y bajo a cenar contigo. ¿Sabes dónde está tu padre?

–Se ha ido a la comisaría. Volverá dentro de una hora.

–¡Entonces haz tres... no, cuatro!

Subió de nuevo por la escalera, apoyándose en la barandilla, y continuó hasta el despacho de Philip.

La habitación estaba sumida en la penumbra. Rozó la lámpara que se encontraba sobre la mesa de trabajo; bastaba tocarla con la punta del dedo para que se encendiera.

Se dirigió a una de las estanterías y tomó el pequeño marco, que miró atentamente. En la foto aparecía Susan con una sonrisa que pertenecía al pasado. Mary empezó a hablar en tono apagado:

–Te necesito. Estoy aquí como una tonta en medio de esta habitación. Jamás en mi vida me había sentido tan sola. He venido a pedirte ayuda. Desde allí, donde tú estás, seguramente puedes verla. Yo sola no puedo hacerlo todo. Comprendo lo que debes de pensar, pero no deberías habérmela enviado si no querías que le tomara cariño. Te pido sólo que me concedas el derecho a seguir amándola. Ayúdame sin miedo, puesto que tú siempre serás su madre, te lo prometo. Envíame una señal, aunque sólo sea una señal mínima, un pequeño empujoncito. Eso puedes hacerlo, ¿no?

Las lágrimas que había estado reteniendo comenzaron a correr por sus mejillas. Sentada en el sillón de su marido, con la foto de Susan pegada contra su pecho, apoyó la frente sobre la mesa. Cuando levantó la cabeza vio la pequeña caja de madera que se hallaba en medio de la mesa; la llave estaba al lado. Se incorporó de un salto y bajó la escalera.

Al llegar junto a la puerta de entrada le dijo a Thomas:

–No salgas de casa. Cómete el sándwich mientras ves la tele y cuando regrese papá, dile que telefonearé un poco más tarde. Y, sobre todo, no abras a nadie. ¿Has comprendido?

–¿Puedo saber qué está pasando?

–Luego, cariño. Ahora no tengo tiempo. Simplemente, haz lo que te digo. Te prometo que luego te lo explicaré todo.

Se precipitó en el coche y metió febrilmente la llave de contacto. El motor se puso en marcha. Iba muy deprisa, rebasaba a todo el que encontraba delante, unas veces por la derecha y otras por la izquierda, provocando a su paso un concierto de bocinazos al que hacía caso omiso. Sentía en el pecho cómo el corazón se le iba acelerando. Casi se despista, pero logró coger la salida 47. Diez minutos más tarde abandonaba el coche junto a la acera. No respondió al policía que la interpeló, y se precipitó en el interior del edificio en una loca carrera. Subió apresuradamente por unas escaleras de caracol y al llegar al final del pasillo, se detuvo delante de una puerta. A través del ojo de buey contempló la sala. Esperó justo el tiempo para recuperar el aliento y después, lentamente, empujó el batiente de la puerta.

Al fondo de la cafetería de la terminal número 1 del aeropuerto de Newark, sola, sentada a una mesa, una muchacha de catorce años miraba por el ventanal que daba a las pistas.

Mary caminó lentamente por el pasillo y se sentó delante de ella. Lisa sintió su presencia, pero mantuvo los ojos fijos en los aviones. Sin decir una sola palabra, Mary colocó su mano sobre la de la muchacha, respetando su silencio. Luego, sin darse la vuelta, Lisa dijo:

–¿Entonces mamá cogió el avión aquí?

–Sí –susurró Mary–, aquí. Mírame, aunque sea sólo un instante, tengo algo importante que decirte.

Lisa volvió lentamente la cabeza y hundió sus ojos en los de Mary.

–Cuando te vi por primera vez, vestida con aquellas ropas mojadas y demasiado estrechas para ti, con tu bolsa de viaje y tu globo, no podía imaginar que una niña tan pequeña llegaría a ocupar un espacio tan grande en mi corazón. Jamás en mi vida pensé que podría tener tanto miedo, hasta el día de hoy. Quisiera que nos hiciésemos una promesa mutua, que tuviésemos un secreto sólo para nosotras dos. No te vuelvas a escapar, y el día de tu graduación, cuando tengas diecinueve años, si ese «allí» sigue siendo tu hogar, si todavía quieres irte, seré yo la que te traiga al aeropuerto. Te lo juro. ¿Has estado aquí todo el tiempo y nadie se ha fijado en ti?

Los rasgos de Lisa se distendieron y una sonrisa tímida se dibujó en la comisura de sus labios.

–No. ¿Volvemos ya? –dijo con una voz apagada.

Se levantaron, Mary dejó algunos dólares sobre la mesa y abandonaron la cafetería. Al llegar a la acera, Mary lanzó por encima del hombro la multa que acababa de encontrar sobre el parabrisas. Lisa le hizo una pregunta:

–¿Quién eres para mí?

–Soy tu paradoja –respondió Mary tras unos instantes de duda.

–¿Qué es una paradoja?

–Esta noche, cuando estés acostada, te lo explicaré. Bien, tengo miedo de mis ojos y además en el coche tú no puedes hacer tortitas.

Una vez en el coche, llamó por teléfono a su casa. Philip descolgó al instante.

–Está conmigo. Volvemos a casa. Te quiero.

A continuación llamó al inspector de policía, que en pocos días rellenaría una solicitud de traslado a la policía criminal de San Francisco; le habían dicho que aquella ciudad era en verdad hermosa y, además, conocía a una cierta Nathalia que trabajaba allí.

Cuando llegaron a casa, Thomas se precipitó hacia Lisa. Ella le abrazó. Los dos adultos le trajeron una bandeja con fruta. No tenía hambre, estaba cansada y quería dormir.

En la habitación, Mary se sentó al borde de la cama y le acarició largo rato los cabellos. Le dio un beso en la frente y, cuando se disponía a salir del cuarto, oyó que ella le preguntaba por segunda vez en aquel día:

–¿Qué es una paradoja?

Con la mano sobre el pomo de la puerta, Mary esbozó una sonrisa cargada de emoción.

–La paradoja es que yo jamás seré tu madre, pero que tú siempre serás mi hija. Ahora duérmete, todo va bien.

9

Aquel verano no hubo campamento de vacaciones. Philip, Mary, Lisa y Thomas alquilaron la misma casa en Hampton. El verano sirvió para unirlos y en su vida en común florecieron los viajes en barco, las barbacoas, las risas y la alegría de vivir.

De vuelta a la escuela, Lisa abordó sus estudios con una nueva actitud, que halló una traducción explícita en el boletín de notas del primer semestre. Thomas se distanciaba un poco de su hermana; la adolescencia los separaba de forma provisional.

Por Navidad Mary explicó a Lisa que lo que le acababa de suceder era normal. Esa sangre no era en absoluto la señal de una lucha de su cuerpo contra un miedo cualquiera; simplemente significaba que estaba a punto de convertirse en mujer. Y serlo no iba a ser nada sencillo.

En enero Mary organizó una gran fiesta para celebrar los dieciséis años de Lisa. Esta vez toda la clase respondió a su invitación. Durante la siguiente primavera Mary sospechó que en la vida de Lisa había un amorío y le impartió una extensa lección sobre las particularidades dc la feminidad. Lisa dio poca importancia a los detalles físicos, pero prestó una especial atención a todo lo relacionado con los distintos sentimientos. El arte de la seducción la fascinaba hasta el punto de que dio lugar a múltiples conversaciones entre ellas. Por vez primera era Lisa quien las iniciaba. Ávida de explicaciones, buscaba la compañía de Mary que, encantada con este pretexto, destilaba sus respuestas con parsimonia.

Por la languidez que se adueñó de Lisa al aproximarse las vacaciones de verano Mary adivinó que el amor había hecho mella en el corazón de la chica. Los meses estivales son detestables a esa edad cuando se está enamorada, y las cartas que los jóvenes se prometen intercambiar no logran colmar ese vacío que se descubre por primera vez en la vida.

Había ido a buscarla a la escuela para pasar con ella la tarde del miércoles en Manhattan. Sentadas a una mesa del pequeño jardín de la parte trasera del restaurante Picasso, situado en el Village, compartían una ensalada *Caesar* y unas pechugas de pollo a la plancha.

–Así que ya lo echas de menos y aún no os habéis separado. ¿No es cierto?

–¿También tú has pasado por esto?

–Durante demasiado tiempo.

–¿Por qué duele tanto?

–Porque amar es ante todo arriesgarse. Es peligroso abandonarse al otro. Abrir esa pequeña puerta de nuestro corazón. Puede provocar el dolor indescriptible que ahora sientes. Puede incluso tomar la forma de una obsesión.

–¡Sólo pienso en él!

–No hay ninguna medicina para esa enfermedad del corazón. Es así como comprendí que una se equivoca sobre la relatividad del tiempo. Un día puede ser más largo que todo un año cuando se añora a la otra persona, pero al mismo tiempo ése es uno de los placeres del tema. Hay que aprender a dominar ese sentimiento.

–¡Tengo tanto miedo de perderlo! ¡De que encuentre a otra chica! Se va a un campamento de vacaciones en Canadá.

–Puede suceder. Comprendo tu mieditis. Es detestable, pero a esa edad los chicos son muy volubles.

–¿Y más tarde?

–En algunos casos, los menos, el tema se arregla.

–Si me traicionase, no lo resistiría.

–Sí, lo harías. Yo tengo experiencia. Sé que en tu estado es muy difícil creer que una lo pueda resistir.

–¿Qué hay que hacer para que se enamoren de una?

–Con los chicos, todo consiste en guardar la distancia y mostrarse reservada y misteriosa. ¡Eso les vuelve locos!

–Ya me había dado cuenta.

–¿Qué es eso de que ya te habías dado cuenta?

–Ser reservada en mí es algo natural.

–Y luego vigila tu reputación. Es importante para el día de mañana, se trata de una cuestión de equilibrio.

–¡No te entiendo!

–Creo que tu padre me mataría si me oyera decir estas cosas, pero aparentas más edad de la que tienes.

–¡No te burles de mí! –dijo Lisa pataleando.

–Si rehúyes la compañía de los chicos, pasarás por ser una mojigata y no te tomarán en consideración. Pero si estás con ellos demasiado tiempo, creerán que eres una chica fácil y apreciarán tu compañía por otros motivos, lo cual tampoco conviene.

–¡También me había dado cuenta de eso! ¡Mi amiga Jenny debió de perder el equilibrio!

–Y tú, ¿dónde estás?

–En la frontera. He logrado mantenerme.

–Lisa, el día en que estas cosas adquieran mayor importancia en tu vida, quiero que te sientas libre para que me hagas todas las preguntas que se te pasen por la cabeza. Estoy aquí para eso.

–¿Y a ti quién te lo explicó todo cuando tenías mi edad?

–Nadie, y es mucho más difícil entonces no tener vértigo.

–¿A qué edad tuviste tu primer novio?

–No a la tuya, desde luego. Pero era otra época.

–De todas maneras, tengo un poco de miedo a todo eso.

–¡Espera un poco y verás cómo cambias de opinión!

Después del almuerzo, prosiguieron su conciliábulo por las calles del Village, donde desordenaron las estanterías de las tiendas de modas en las que entraron a la búsqueda de la ropa fatal que remataría al jovencito de marras.

–Debes entenderlo –dijo Mary–. Se suele decir que en el amor la apariencia no cuenta. ¡Pero en materia de seducción es fundamental! Todo consiste en encontrar el *look* adecuado.

Cuando la vendedora del Banana Republic le dijo a Lisa, dubitativa en su *fuseau* negro, que su figura le permitía llevar lo que quisiera, y cuando poco después, mientras estaba en el probador, la misma vendedora le dijo a la madre que su hija era sublime, el sentimiento que tuvo Mary no guardaba relación alguna con los celos, sino con el orgullo.

Ya en la acera, cargadas de paquetes, Lisa besó a Mary y le dijo al oído que el chico en cuestión se llamaba Stephen.

–¡Está bien, Stephen! –contestó Mary en voz alta–. Aquí empiezan tus problemas; vas a pasar el verano deseando que acaben las vacaciones. Nosotras nos ocuparemos de ello.

Durante el verano, que de nuevo pasaron todos juntos en Hampton, Lisa escribía en secreto dos veces por semana al citado Stephen. Eran cartas cuyas palabras le aseguraban que pensaba mucho en él, pero también que conocía a muchos chicos SIMPÁTICOS y que estaba pasando una vacaciones GENIALES HACIENDO MUCHO DEPORTE. Ella esperaba que él se divirtiese en su campamento de vacaciones y añadía que estas dos palabras le parecían contradictorias. «Un poco de vocabulario no le hará daño», había respondido Mary a Lisa, que se había decidido a preguntarle si el término «contradictoria» no resultaba un poco pomposo.

De regreso en la escuela, Lisa volvió a encontrar a Stephen, en su clase y en su vida.

Al llegar el mes de noviembre la languidez volvió a emerger a la superficie, y Mary supo que Stephen se marchaba, esta vez con su familia, a esquiar a Colorado. Sin consultar con nadie, en el curso de la siguiente comida Mary decidió que sería formidable que Lisa aprendiese a esquiar bien.

La invitación de Cindy, la hermana de Stephen, para que pasase las vacaciones con ellos venía al pelo. A Philip no le gustaba la idea de que la familia estuviese separada el día de Navidad, pero Mary sostuvo firmemente su punto de vista, puesto que el viaje estaba previsto para el día 27. En la Nochevieja se telefonearían. Había que aprender a ser mayor, ¿no?

El movimiento de su ceja izquierda probablemente logró la adhesión final.

Sólo recibieron una tarjeta postal la víspera de su regreso, y Mary tuvo que explicar a diario a Philip que había que celebrarlo. Por el contrario, si Lisa hubiese escrito cada día, sí que habría sido un motivo para inquietarse.

Pasaron el Fin de Año los tres solos, y bien decidida a asumir esta separación ante los demás, Mary preparó una suntuosa cena. Sin embargo, una vez a la mesa la silla vacía la atormentó durante toda la velada. La ausencia llamaba a esa pequeña puerta abierta de la que le hablara a Lisa a mediados de verano.

La jovencita volvió bronceada, feliz y con dos medallas ganadas en las pistas. Mary conoció por fin al famoso Stephen en unas fotografías de grupo. Un poco más tarde, en la habitación de Lisa, antes de que ésta se acostase, lo vio de nuevo en una foto de fotomatón en la que ambos jóvenes sonreían.

Durante los siguientes dos meses a Mary le venía a la cabeza cada vez con mayor frecuencia la idea de reanudar su carrera profesional. Había comenzado a redactar crónicas «sólo por el gusto de hacerlo». Por curiosidad desayunó con el nuevo redactor jefe del *Montclair Times,* al que había conocido en la facultad, y para su gran sorpresa él la invitó a que le hiciera llegar un texto. Seguramente necesitaría algo de tiempo para ponerse al día con la pluma, pero le dejaba elegir el tema. Antes de despedirse, le prometió ayuda, en la medida de sus posibilidades, si realmente deseaba reincorporarse al oficio. «¿Y por qué no?», se dijo Mary mientras regresaba a casa.

Philip estaba sentado a su mesa de trabajo y contemplaba por la ventana el sol que se iba poniendo ese día de mayo. A su regreso de la biblioteca municipal, Mary subió e interrumpió su trabajo.

Cuando ella entró, él levantó los ojos y le sonrió, a la espera de que ella hablase.

–¿Crees que se puede tomar posesión de la felicidad a los cuarenta años?

–En cualquier caso, se puede tomar conciencia.

–¿Es posible cambiar las cosas a estas alturas de la vida?

–Se puede aceptar madurar y vivir las cosas en vez de luchar contras ellas.

–Es la primera vez desde hace mucho tiempo que tengo la impresión de sentirte cerca de mí, y eso me hace feliz.

En aquella primavera del año 1995 Mary sabía que la felicidad se había instalado en su casa, y allí se quedaría por mucho tiempo.

Arregló la habitación de Lisa y, como ya hacía calor, decidió dar la vuelta al colchón y ponerlo del lado de verano. Es así como encontró el gran cuaderno de tapas negras. Dudó un momento, pero a continuación se sentó ante el escritorio y empezó a hojearlo. En la primera página, pintada con acuarelas, estaba la bandera de Honduras. Página tras página, el nudo que se le había formado en la garganta se estrechaba cada vez más. Todos los artículos aparecidos en la prensa sobre los ciclones que padeciera el planeta en el curso de los últimos años habían sido recortados y pegados en aquel álbum secreto. Todo lo que trataba de forma directa o indirecta sobre Honduras aparecía ordenado por fechas. Era como el cuaderno de bitácora de un marinero que se hubiera alejado de tierra firme y soñase día y noche con volver al lado de los suyos para contar su increíble periplo.

Mary cerró el cuaderno y lo volvió a colocar en su sitio. Durante los siguientes días guardó silencio sobre el descubrimiento. Y, si bien la familia notó que su humor había cambiado, nadie pareció adivinar que un corazón se puede marchitar en pocos segundos.

En cuatro ocasiones ya desde el comienzo del verano y sin previo aviso, había preguntado a Philip qué deberían hacer para celebrar como era debido los diecinueve años de Lisa. Cuando él le respondía divertido que tenían dos buenos años para pensarlo, ella replicaba, molesta, que a veces el tiempo pasa tan deprisa que apenas se da uno cuenta de ello.

Aquella mañana, después del desayuno, mientras Lisa acompañaba a Thomas al estadio de béisbol, ella sacó el tema una vez más.

–¿Qué tienes, Mary? –preguntó Philip.

–Nada, estoy un poco cansada.

–Tú nunca estás cansada. ¿Hay algo que no me quieres decir?

–Es la edad. ¿Qué quieres que te diga? El cansancio tenía que llegar alguna vez.

–Dentro de treinta o cuarenta años, eso será verdad, pero de momento no me lo creo. Dime, ¿qué pasa?

–¡Sígueme, tengo que mostrarte una cosa!

Lo llevó a la habitación de Lisa y metió la mano debajo del colchón. También él hojeó meticulosamente las páginas del álbum.

–Está muy bien hecho. Tiene un verdadero sentido artístico. Estoy muy orgulloso. ¿Crees que mi trabajo le ha influido?

Mary apretó los dientes para retener las lágrimas de ira que le asomaban a los ojos.

–¿Es eso todo lo que te inspira? Páginas enteras sobre los huracanes y sobre Honduras, y ¡tú te interesas por su capacidad como maquetista!

–¡Tranquilízate! ¿Por qué te pones así?

–¿No ves que ella sólo piensa en eso, que está obnubilada por ese maldito país y por las odiosas tormentas? Creí que había logrado inspirarle otra cosa. Pensaba que había logrado despertar en ella el interés por otro tipo de vida. Tres años pasan pronto.

–¿Pero de qué me hablas?

Como ella no respondía, Philip le cogió la mano y la obligó a sentarse en sus rodillas. La tomó entre sus brazos y le habló con una voz suave y reposada. Sollozando, ella colocó la cabeza sobre el hombro de su marido.

–Amor mío –añadió Philip–, si tu madre hubiese sido asesinada, si quienes poblaron tu infancia hubiesen caído a manos del mismo asesino, ¿no estarías obsesionada por los asesinos en serie?

–No veo la relación.

–Los huracanes son los asesinos que la acechan de noche. ¿Quién mejor que tú conoce la necesidad de buscar, leer y catalogar para comprender mejor? Es así como te justificabas cuando eras estudiante y no aceptabas ir a cenar conmigo, para quedarte a redactar tus textos. Los huracanes mataron su infancia, así pues, ella los cataloga, los recorta y los pega en un álbum.

–¿Dices eso para tranquilizarme?

–No te rindas, Mary. No ahora. Ella te necesita. Lisa alteró tu vida. Lo supiste en el instante en que apareció en ese sendero, pero no querías admitirlo. Has luchado contra ese sentimiento y, aunque adivinabas la felicidad futura, ella perturbaba tu orden establecido y la rechazabas. Sin embargo, le abriste tu corazón y fuiste descubriendo día tras día hasta qué punto amabas a esa niña. Sé que al principio no fue fácil, que has necesitado mucho valor.

–¿De qué hablas?

–De tu paciencia y humildad. Porque la humildad es creer también en su propia vida.

Cerró el gran cuaderno y lo lanzó sobre la cama. Luego miró a Mary a los ojos y comenzó a desabrochar su chaleco. Ella sonrió cuando él le acarició los senos desnudos.

–¡En la habitación de Lisa, no!

–¡Yo pensaba que ya era casi mayor de edad! ¿Es a causa de ese álbum por lo que estabas obsesionada con el tema de sus diecinueve años?

–No, tonto –dijo ella gimoteando–. ¡Es porque tenía miedo de que el día de su cumpleaños la pastelería estuviese cerrada!

Más tarde, ese mismo día, compartió con él un pensamiento que jamás había imaginado que llegaría a tener.

–Creo que he comprendido lo que sentiste cuando Susan se marchó. Es terrible la impotencia que se siente cuando uno se enfrenta con la fuerza de los sentimientos.

Al día siguiente por la mañana, desde la biblioteca a la que ahora solía acudir a trabajar, Mary escribió una carta. Después de cerrar el sobre, escribió sobre el mismo a pluma: «Centro Nacional de Huracanes, Administración Pública, 11691 S.W., calle 117, Miami, 33199, Florida». Dos días más tarde, el destinatario leía las siguientes palabras:

Montclair, NJ, 10 de julio de 1995

Señor Director de Relaciones Públicas del Centro Nacional de Investigación sobre los Huracanes:

Aunque soy periodista y tengo la intención de publicar en el curso del próximo trimestre en el *Montclair Times* un artículo sobre los huracanes y sobre la entidad que usted dirige, es a título personal que le solicito una entrevista. Para que pueda comprender el sentido de esta petición, a continuación paso a exponer la especial situación en la que me hallo [...]

La carta, de cinco páginas, iba firmada por Mary Nolton.

La respuesta llegó diez días más tarde.

Muy señora mía:

He leído atentamente su misiva. Desde el mes de

mayo ocupamos las nuevas instalaciones situadas en el campus de la Universidad Internacional de Florida. Creo que estaremos en condiciones de recibirle a usted y a su hija Lisa a partir del mes de septiembre. Habida cuenta del carácter específico de su solicitud, quizá sería conveniente que intercambiásemos algunos puntos de vista sobre el desarrollo de la visita. Para ello puede usted ponerse en contacto con mi oficina.

Reciba, señora, mis saludos más respetuosos.

P. Hebert
MIC (Metereologist in Charge)

Una semana más tarde Mary invitó al redactor jefe del *Montclair Times* a comer. Después de salir del edificio de la redacción se trasladó a la agencia de viajes y compró un billete de ida y vuelta a Miami. Su vuelo salía al día siguiente a las seis y treinta cinco minutos de la mañana.

Telefoneó a la secretaria del señor Hebert para confirmar que estaría en su oficina al día siguiente al mediodía. Con un poco de suerte y mucha eficacia podría regresar esa misma tarde.

A primera hora de la mañana bajó silenciosamente las escaleras, procurando no despertar a nadie. Se preparó un café en la cocina mientras contemplaba el día que comenzaba, luego salió y cerró con cuidado la puerta de la casa. En la autopista que conducía a Newark el aire que entraba por la ventanilla abierta ya era tibio. Apretó el botón de la radio y se sorprendió cantando en voz alta.

Las ruedas del avión tocaron el suelo del aeropuerto internacional de Miami a las once. No llevaba maleta y salió rápidamente de la terminal. Una vez en el coche alquilado, con el plano abierto sobre el asiento derecho, entró en el Virginia Garden, giró a la izquierda por la vía rápida 826, después a la derecha por Flagami West Miami y de nuevo a la izquierda en la avenida 117. Las indicaciones que le habían dado eran correctas, y el edificio del Centro Nacional de Huracanes apareció a su izquierda.

Después de darse a conocer en la entrada del campus, estacionó el coche en el aparcamiento y se dirigió al sendero que bordeaba el jardín. El edificio del NHC era de hormigón y estaba pintado de blanco; cualquiera habría dicho que era un búnker de arquitectura moderna estilizada.

–¡Es exactamente lo que pretendíamos, estimada señora! Aunque, claro está, cuando se trabaja en Miami uno quisiera tener más fachadas con grandes ventanales para disfrutar del magnífico paisaje. Pero con lo que observamos y con lo que sabemos, preferimos que este edificio sea capaz de resistir a los huracanes, prescindiendo de las razones estéticas. Es una elección que todos asumimos plenamente.

–¿Un huracán es algo tan aterrador?

–¡Tanto como pudieron serlo Hiroshima y Nagasaki!

El profesor había bajado a recibirla al vestíbulo principal y la condujo hasta su despacho, que estaba en el ala opuesta. Ella dejó allí sus cosas y él le pidió que le siguiese: deseaba enseñarle algo antes de comenzar la conversación. La ausencia de ventanas producía la impresión de estar recorriendo las crujías de un barco de guerra. Ella se preguntaba si no habrían exagerado. Él abrió la puerta de una sala de exposición; a la izquierda, las altas paredes estaban recubiertas de fotografías realizadas por los aviones de reconocimiento del Centro. Las imágenes de los huracanes mostraban unas masas nubosas tan aterradoras como majestuosas, que se enrollaban sobre sí mismas, desvelando en su centro ese vacío de cielo azul que algunos denominan el ojo del huracán.

–Cuando se ve un huracán desde arriba, incluso parece hermoso, ¿no es cierto?

La frase de Hebert había resonado en la gran sala vacía. La inflexión de su voz cambió y se hizo grave, casi pomposa.

–La pared de la derecha nos obliga a poner de nuevo los pies sobre tierra, si me permite la expresión. Las fotos muestran lo que sucede debajo. Nos recuerdan a cada uno de nosotros la importancia de nuestra misión. Contemple esas imágenes todo el tiempo que crea necesario, así comprenderá de qué estamos hablando. Cada una de ellas testimonia la potencia devastadora y asesina de esos monstruos. Centenares de muertos, en ocasiones miles, a veces más. Regiones asoladas. Vidas enteras aniquiladas, arruinadas.

Mary se aproximó a una foto.

–Ese huracán que está usted observando se llama *Fifí*; extraño nombre para un asesino de tal calibre. Penetró en Honduras en 1974, asolando casi todo el país y dejando tras de sí un rastro de destrucción inconcebible y centenares de miles de personas sin hogar. Intente por un momento imaginar la visión dantesca que representan diez mil cadáveres de hombres, mujeres y niños. Las fotografías pequeñas que hay alrededor de las grandes son algunos testimonios de lo que le digo; constituyen una pequeña selección, pero aun así son insufribles.

Sin voz, Mary se desplazó unos metros. Hebert señaló con el dedo el paño que cubría otra pared.

–Año 1989. *Allison, Barry, Chantal, Dean, Erin, Félix, Gabrielle, Karen, Jerry, Iris* fueron algunos de los asesinos de esa fecha, sin olvidar a *Hugo,* cuyos vientos de más de 130 nudos asolaron Charleston y una gran parte de Carolina del Sur. En su carta usted se estaba refiriendo probablemente a *Gilbert,* que causó estragos durante trece días en 1988; sus vientos superaron los 165 nudos y las lluvias que precedieron su nacimiento ocasionaron numerosas víctimas. Tenemos las cifras referentes a Honduras. Señora, sin querer inmiscuirme en lo que no me importa, ¿está usted segura de que quiere que su hija vea estas imágenes?

–Ese *Gilbert* o uno de sus primos mató a su verdadera madre. Lisa ha desarrollado en el mayor de los secretos una fascinación obsesiva por los huracanes.

–Ésa es razón de más para que este lugar le resulte insoportable.

–Es la ignorancia lo que engendra el miedo. Fue para luchar contra mis propios miedos por lo que me hice periodista. Ella experimenta la necesidad de comprender, pero no sabe dónde hay que buscar. Así que voy a ayudarla y estaré a su lado para compartir estos momentos, por muy dolorosos que puedan resultar.

–Me temo que soy incapaz de aprobar su punto de vista.

–Ella necesita su ayuda, profesor Hebert. Hay una niña que no consigue crecer. Escuchar el sonido de su voz es cada vez menos frecuente, hasta el punto de que cuando se decide a hablar todos le prestamos una inusitada atención. A medida que pasan los años la veo más encerrada en el silencio del miedo; tiembla cada vez que hay una tormenta, tiene miedo de la lluvia. Sin embargo, cuando usted la conozca comprobará que es valiente, demasiado orgullosa para manifestar ese terror que jamás la ha abandonado. No hay semana en que yo no tenga que entrar en su dormitorio para ayudarla a salir de una pesadilla.

»La encuentro empapada de sudor, sumida en un sueño intranquilo del que no logro arrancarla; a veces ha llegado a morderse la lengua hasta hacerse sangre. Lo hace para luchar contra sus temores. Nadie lo sabe. Incluso ella ignora que yo he descubierto el secreto que la tortura. Tiene que saber que ustedes existen, que hay quienes se ocupan de los monstruos que se llevaron a su madre, que ustedes los vigilan, les siguen la pista, que se ponen medios para que la ciencia ayude a proteger a la gente de la locura asesina de la naturaleza. Quiero que pueda contemplar el cielo y descubrir un día que las nubes pueden ser hermosas. Quiero que por las noches tenga sueños agradables.

Con una sonrisa en los labios, el profesor Hebert invitó a Mary a que le siguiese. Cuando abrió la puerta de la sala de exposición, se dio la vuelta y dijo:

–Yo no diría que nuestros medios son considerables, pero en cualquier caso existen. Venga, voy a mostrarle el resto del edificio y luego pensaremos juntos en una solución.

Mary telefoneó a Philip. Había acabado demasiado tarde para volver a casa esa misma noche. Desde la ventana de su hotel en Miami Beach oía la agitación nocturna de la calle.

–¿No estarás muy cansada? –preguntó él.

–No. Ha sido muy instructivo. ¿Los niños han cenado?

–Desde hace un rato estamos hablando los tres en la habitación de Lisa. He cogido la llamada en nuestro dormitorio. ¿Has cenado ya?

–No, voy a bajar ahora.

–Detesto que estés en esa ciudad sin mí. Está llena de tipos que tienen una musculatura de monumento.

–Los monumentos de aquí se mueven mucho. ¡Y todavía no he entrado en ningún bar! Te echo de menos.

–Yo también a ti, enormemente. Tienes la voz cansada.

–Ha sido un día muy extraño, sabes. Hasta mañana. Te quiero.

Los restaurantes y los bares que ocupaban los bajos de los edificios de Ocean Drive, la avenida que bordea el mar, difundían músicas endiabladas a cuyo ritmo los cuerpos se contoneaban hasta bien entrada la noche. En cada kilómetro había un letrero que anunciaba: «PUNTO DE ENCUENTRO PARA EL TRASLADO A LOS REFUGIOS EN CASO DE ALERTA DE HURACÁN». Al día siguiente, Mary regresó en el primer vuelo que salía.

El teléfono había sonado la noche del 11 de septiembre de 1995: Hebert le aconsejaba que estuviese lista a primera hora de la mañana. Volvería a llamar antes de que Lisa saliese para ir a la escuela a fin de confirmar la evolución de lo que todavía no era sino una anticipación. A las siete de la mañana Mary escuchó su voz en el teléfono, que le decía: «Cojan el primer avión, pensamos que el bautismo se producirá esta noche. A la entrada tendrán tarjetas de identificación. En cuanto llegue, me reuniré con ustedes». Entró en la habitación de Lisa, que se estaba vistiendo, abrió su armario y comenzó a preparar una pequeña maleta:

–¿Qué haces? –se sorprendió Lisa.

–Esta semana te perderás las clases, pero quizás escribirás la mejor redacción de toda la historia de la escuela.

–Pero ¿de qué hablas?

–Ahora no hay tiempo. Date prisa y prepárate algo de comer en la cocina. Nuestro avión sale dentro de una hora. En el camino te lo explicaré todo.

Ya circulaban a buena velocidad por la autopista, cuando Lisa le preguntó adónde iban y cuáles eran los motivos de aquel viaje imprevisto. Mary respondió que a esa velocidad no podía hacer dos cosas a la vez. Durante el vuelo hablarían del tema largo y tendido.

Atravesaron precipitadamente el vestíbulo del aeropuerto en dirección a la puerta de embarque. Mary arrastraba a Lisa de la mano, cada vez más deprisa. Cuando pasaron a la altura de la escalera que conducía a la cafetería, Lisa reiteró su pregunta:

–Pero ¿adónde vamos?

–¡Al otro lado del ventanal! –respondió Mary–. ¡Sígueme y confía en mí!

Lisa contemplaba por la ventanilla el océano de nubes que las alas acariciaban. El descenso al aeropuerto de Miami había comenzado. Mary simuló dormir durante todo el vuelo. Lisa no comprendía lo que estaba pasando y por qué había que correr al bajar del avión. Una vez recuperadas las maletas de la cinta transportadora, saltaron al interior de un taxi, que ahora rodaba por Flagami West.

–No me acuerdo del lugar donde se encuentra el CNH –dijo el conductor.

–Gire a la izquierda en la 117. La entrada está a dos kilómetros –respondió Mary.

–¿Qué es el CNH? ¿Ya has estado aquí? –preguntó Lisa.

–¡Quizá!

Muy impresionada por las tarjetas de identificación grabadas con sus nombres que les entregaron al presentarse en la garita, Lisa esperaba en el vestíbulo en compañía de Mary cuando el profesor Hebert apareció.

–Buenos días, tú debes de ser Lisa. Estoy encantado de recibirte en el Centro Nacional de Huracanes. Somos una de las tres ramas de una organización gubernamental que se llama Centro de Predicciones Tropicales. Nuestra misión es salvar vidas y proteger los bienes de la población por medio del estudio de todos los fenómenos meteorológicos peligrosos que se desarrollan en los trópicos. Los analizamos y emitimos avisos de vigilancia o alerta cuando es necesario. Las informaciones que recogemos están destinadas a nuestro país y también a la comunidad internacional. Haremos una visita completa al Centro más tarde. Las informaciones comunicadas a mediodía por nuestros aviones de reconocimiento confirman que no habéis viajado hasta aquí en vano. Dentro de un momento descubriréis lo que oficialmente es, desde las dos de la tarde, la decimoquinta depresión tropical del año en el Atlántico. Pensamos que antes del final del día podría convertirse en una tempestad y mañana quizás en un huracán.

Se habían adentrado en un largo pasillo mientras hablaban. El hombre empujó las dos puertas batientes, que daban a una sala parecida a la de una torre de control de un gran aeropuerto. En medio de la sala había una batería de impresoras que escupía sin cesar hojas de papel; un hombre las recogía y las entregaba a sus compañeros, todos ellos terriblemente ocupados. Hebert hizo que se aproximasen a una pantalla de radar. Sam, el operador que trabajaba en el aparato, no apartaba los ojos de la pantalla, recopilando en una hoja los datos que aparecían en el ángulo superior izquierdo; una larga estela se desplazaba de forma circular por la esfera. Cuando se situó en el sudeste, Sam señaló con el dedo la masa opaca y anaranjada que sobresalía claramente del fondo verde. Lisa se sentó en una silla que estaba reservada para ella. El meteorólogo le explicó la manera de interpretar los números que desfilaban delante de sus ojos. Los primeros correspondían a la fecha en que la depresión había nacido. El número que estaba junto a la letra «M» era la cantidad de días transcurridos desde entonces. Los números de la casilla «SNBR» correspondían a la inscripción del fenómeno.

–¿Qué quiere decir la palabra XING? –preguntó Lisa.

–Es la abreviatura de *crossing* y el cero que está al lado significa que la depresión no ha cruzado las fronteras de Estados Unidos. En cualquier caso, aún no. Si el número es otro, significa que ha habido una penetración en nuestro territorio.

–¿Y el número que hay después de las tres «S»?

–Es nuestra clasificación oficial. La intensidad de los temblores de tierra se mide por la escala de Richter; desde 1899, los huracanes se miden según la escala de Saffir Simpson. Si en las próximas horas ves que el número 1 aparece delante de la mención «SSS», es que la depresión tropical se ha convertido en un huracán mínimo.

–¿Y si el número es 5?

–¡A partir de 3 ya se llama catástrofe! –respondió Sam.

Durante toda la visita guiada Mary no apartó los ojos de su hija. En el largo pasillo por el que regresaban a la sala de operaciones, Lisa cogió su mano y murmuró: «Es increíble».

Habían cenado en la cafetería del edificio, y Lisa deseaba volver junto a las pantallas para ver cómo evolucionaba el «bebé». Todo el equipo estaba reunido junto a Hebert, que tomó la palabra cuando ellas entraron en la sala.

–Señores, son las 0 horas 10 minutos en tiempo universal, es decir, las diez y diez de la noche, hora local de Miami. Tras la lectura de las informaciones enviadas hace unos instantes por los aviones de la US Air Force, hemos clasificado oficialmente la depresión número 15 como tormenta tropical. Su posición actual es de 11° 8' norte y 52° 7' oeste, su presión es de 1.004 milibares y los vientos soplan allí a más de 35 nudos. Les ruego que emitan de inmediato un aviso de vigilancia general.

Hebert se dirigió a Lisa al tiempo que señalaba la mancha roja que se iba destacando poco a poco en la gran pantalla que ocupaba el centro de la pared principal.

–Lisa, acabas de asistir a un bautismo muy especial. Te presento a *Marilyn.* Podrás presenciar todas las operaciones que van a desarrollarse. Ahora la seguiremos hasta su muerte, que deseo que se produzca lo antes posible. Hemos reservado una habitación para que tu madre y tú podáis descansar cuando estéis cansadas.

Un poco más tarde ambas se retiraron a lo que sería su aposento durante los siguientes días. Lisa no dijo una sola palabra, aunque no dejaba de dirigir miradas de interrogación a Mary, que le sonreía.

El día siguiente, 13 de septiembre de 1995, al entrar en la gran sala después de desayunar, Lisa se sentó cerca de Sam. Le pareció que los hombres y las mujeres que trabajaban allí la trataban como si ya formase parte del equipo; varias veces le pidieron que fuese a recoger los informes que salían de las impresoras y los distribuyese, y un poco más tarde tuvo que leer un papel en voz alta mientras varios meteorólogos copiaban los números que ella leía. Después del almuerzo advirtió la inquietud en sus rostros.

–¿Qué sucede? –preguntó a Sam.

–Mira los números de la pantalla. Los vientos ahora soplan a 60 nudos, pero lo peor es la presión. No es una buena señal.

–No comprendo.

–La depresión aumenta y, cuanto más deprimida está la tormenta, tanto mayor es su fuerza. ¡Temo que dentro de pocas horas ya no hablaremos de ella, sino de él!

A las cinco y cuarenta y cinco minutos de la tarde Sam telefoneó a Hebert y le pidió que se reuniese con él de inmediato. Éste entró con paso rápido y se dirigió a la pantalla. Lisa apartó la silla a un lado para dejarle sitio.

–¿Qué dicen los aviones? –preguntó.

–Han detectado la formación del muro del ojo –respondió una voz desde el extremo de la sala.

–La posición actual es de 13° norte y 57° 7' oeste. Se dirige hacia el noroeste, hacia el paso del canal de los Santos. Chocará con las Antillas francesas. Su presión sigue bajando, ha descendido a 988 milibares y los vientos superan los 65 nudos –añadió el meteorólogo, que estaba sentado frente a la pantalla de un ordenador.

Cuando Hebert se dirigió hacia la impresora, Lisa vio que en la pantalla radar de Sam aparecía, parpadeando, el número 1. Eran las seis de la tarde y *Marilyn* acababa de convertirse en un huracán de la clase 1.

Sentada en su silla, Mary llenaba de notas unas hojas de papel mientras vigilaba a su hija con el rabillo del ojo. A veces dejaba la pluma y escrutaba inquieta el rostro de Lisa, que se crispaba por momentos. En la gran sala sólo las máquinas rompían el silencio, que se había hecho tan denso como un cielo tormentoso.

Una de las noches Lisa tuvo una pesadilla. Mary se acostó a su lado y la cogió entre sus brazos; secó su frente, la meció y acarició sus cabellos hasta que sus rasgos se distendieron. Mary imploró al cielo que no hubiese cometido un error al llevarla allí. Esperaba que su idea no tuviese el efecto contrario al deseado. Sin poder conciliar el sueño, permaneció en vela hasta que se hizo de día.

En cuanto despertó, Lisa se dirigió a la sala. No quiso acompañar a Mary a la cafetería. Al entrar se dirigió precipitadamente hacia Sam. Eran las siete y cuarenta y cinco minutos en Miami, las 11 horas 45 minutos en tiempo universal.

–¿Cómo está esta mañana? –dijo con una voz firme.

–Enfadado. Se aproxima a la isla de Martinica con fuerza. Se desplaza hacia el nordeste. La presión sigue bajando.

–Ya veo –dijo secamente–. Está aún en la clase 1.

–En mi opinión, no por mucho tiempo.

Hebert acababa de entrar. Saludó a Lisa e hizo girar su silla hacia la gran pantalla que ocupaba el centro de la pared.

–Vamos a recibir por satélite las imágenes filmadas por los aviones de la US Air Force. Puedes salir si no quieres verlas.

–¡Quiero quedarme!

La voz del piloto resonó en la sala.

–US Air Force 985 al centro de mando del CNH.

–Le recibimos, UAF 985 –respondió Hebert por el micrófono que tenía delante.

–Acabamos de sobrevolar el centro del ojo. Su diámetro es de 25 millas. Vamos a transmitir las imágenes.

La pantalla se iluminó y las primeras imágenes aparecieron. Lisa contuvo la respiración. La niña que en tierra tanto había temido al monstruo, tenía ocasión de verlo ahora desde el cielo por primera vez en su vida. Giraba majestuosamente: imperioso, irresistiblemente poderoso, enrollaba en torno al ojo su imponente cola blanca. Por los altavoces se escuchaba la respiración del comandante del avión. Lisa apretó sus manos contra los brazos de la silla. Mary también acudió, traía una taza de chocolate caliente. Levantó la cabeza y abrió los ojos, sorprendida por lo que veía.

–¡Dios mío! –dijo en voz baja.

–Es más bien el demonio al que tienes delante –respondió Hebert.

Lisa se precipitó hacia el hombre y le cogió fuertemente la mano. Al instante Mary se abalanzó hacia ella e intentó calmarla.

–¿Va a destruirlo? –gritaba Lisa.

–No tenemos poder para hacerlo.

–Pero ¿por qué los aviones no le lanzan una bomba en

el ojo? Hay que destruirlo. Ahora, que está sobre el mar.

Él se liberó y puso sus manos sobre los hombros de Lisa.

–No serviría de nada, Lisa. No disponemos de ninguna fuerza que sea capaz de detenerlo. Un día podremos, te lo prometo. Ése es el motivo por el que aquí trabajamos sin descanso. Dirijo este centro desde hace treinta y cinco años, he consagrado toda mi vida a perseguir a esos asesinos y hemos hecho muchos progresos en los últimos diez años. Ahora tienes que calmarte. Te necesito y, para que seas eficaz, debes mantener la sangre fría. Me vas a ayudar, vamos a prevenir a todas las localidades a las que podría acercarse con la antelación suficiente para que todo el mundo pueda refugiarse.

El piloto indicó que se disponía a situarse más cerca del centro del ojo. Hebert hizo que Lisa se sentase a su lado y volvió a coger el micrófono:

–Sed prudentes.

Las imágenes, a veces movidas, eran cada vez más impresionantes. Las cámaras de a bordo filmaban el increíble circo de nubes de casi 35 kilómetros de diámetro, cuyos muros se elevaban a varios centenares de metros. Unos minutos más tarde el silencio se interrumpió: el avión anunciaba que regresaba a la base. La pantalla también se apagó. Eran las once de la mañana. Sam acababa de traer una serie de informes que Hebert se apresuró a leer. Dejó la hoja y cogió la mano de Lisa mientras con la otra apretaba el botón del micrófono.

–Aquí el mando del CNH, éste es un aviso de alerta. El huracán *Marilyn,* cuya posición actual es 14° 2' norte y 57° 8' oeste, está a punto de dirigirse a la islas Vírgenes estadounidenses. Llegará a las islas de Martinica y Guadalupe esta noche. Todas las medidas para la evacuación de la población hacia los refugios deben comenzar en este instante. Los barcos, cualquiera que sea su tonelaje, que navegan por las Antillas francesas deben dirigirse al puerto más cercano. Los vientos son actualmente de 70 nudos.

Se volvió hacia Sam y le pidió que comparase sus datos

con los de los equipos del Centro de Martinica. Después instaló a Lisa delante de un emisor, redactó un mensaje de alerta con letras mayúsculas y le enseñó a cambiar las frecuencias de radio girando el botón de ajuste.

–Lisa, quiero que difundas este mensaje en todas las frecuencias de radio de esta lista. Cuando llegues al final, comenzarás de nuevo. Así evitaremos que cause daños y muertes. Cuando estés cansada, tu madre te sustituirá. ¿Me has comprendido?

–Sí –respondió Lisa con voz firme.

Pasó así el resto del día, repitiendo sin descanso el aviso de alerta que le habían confiado. Sentada a su lado, Mary giraba el botón de la radio. Cada vez que Lisa difundía su mensaje por las ondas, la muchacha se sentía que se liberaba de un mal. Mary sabía que se estaba vengando de los huracanes.

Marilyn atravesó Martinica y Guadalupe al comienzo de la noche. Cuando el número 3 apareció delante de las tres «S», Lisa se negó a hacer una pausa y aceleró la difusión de sus mensajes. Mary no la dejó sola ni un instante y aceptó sustituirla cuando tuvo que abandonar su puesto durante un momento.

Mary se dio la vuelta hacia Hebert con los ojos enrojecidos a causa del cansancio.

–Es agotador. ¿No existe un sistema que envíe de forma automática estos mensajes? –preguntó a Sam.

–¡Claro que sí! –respondió el profesor con una sonrisa.

Treinta y una horas después de la primera alerta el huracán pasó por encima de Santa Cruz y Santo Tomás. El 16 de septiembre se dirigió hacia Puerto Rico. Tras cada uno de sus movimientos Lisa cambiaba la frecuencia de radio, avisando del peligro, que cada vez se alejaba más y a mayor velocidad. El 17 de septiembre alcanzó su máxima depresión, llegando a los 949 milibares. Los vientos soplaban a más de 100 nudos. Se dirigió hacia el Atlántico. Al final del día, los vientos, que habían alcanzado los 121 nudos, bajaron cuando la presión subió 20 milibares. El muro primario del ojo se desintegró encima del océano diez horas más tarde. *Marilyn* murió en el transcurso de la noche del 21 al 22 de septiembre.

Una vez en Newark, Lisa supo que el huracán únicamente había ocasionado ocho víctimas: cinco en Santo Tomás, una en Santa Cruz, una en Saint John y sólo una en Puerto Rico. Al presentar su redacción en la escuela hizo una petición, que su profesor de geografía aceptó. Durante ocho días, cada mañana, todos sus compañeros de clase guardaron un minuto de silencio.

10

Lisa seguía recibiendo cada trimestre el boletín informativo del CNH, que siempre iba acompañado de unas palabras de Hebert, quien se jubilaría en el mes de julio. También mantenía una correspondencia regular con Sam, que incluso había ido a verla el invierno anterior. En el curso de su visita le hizo saber que los meteorólogos del centro a menudo preguntaban por ella. En la primavera de 1996 Mary publicó en el *Montclair Times* un notable artículo sobre los huracanes. A continuación, la prestigiosa revista *National Geographic* le ofreció la oportunidad de desarrollar un extenso estudio sobre el tema, que apareció en octubre.

Estuvo trabajando en el mismo todo el verano, ayudada por Lisa, que se ocupó de gestionar la documentación, redactando resúmenes.

Casi todos los días ambas se trasladaban a Manhattan y, tras un desayuno en el pequeño jardín del Picasso, se encerraban en la Biblioteca Nacional de la Quinta Avenida. Thomas se fue con su mejor amigo a un campamento de trabajo en Canadá y Philip se dedicó a las tareas de renovación del pequeño apartamento que habían adquirido en el East Village como inversión o, quizá sin querer reconocerlo demasiado, para Lisa, en el caso de que decidiese un día continuar sus estudios en la Universidad de Nueva York. Mary recibió felicitaciones por la calidad del texto, que se publicó en la revista *National Geographic*, y a principios de 1997 le confiaron dos columnas semanales, de tema libre, en la edición dominical del *Montclair Times*. Lisa siguió sus pasos y logró una tribuna en el periódico mensual de la escuela. De forma gradual se dio permiso a sí misma para apartarse de los temas meteorológicos.

Lisa celebró sus diecinueve años a principios de año y Thomas sus quince el día 21 de marzo. El mes de junio fue rico en acontecimientos. La preparación de la fiesta con que se cerraba la etapa de los estudios secundarios sirvió de excusa para las dos jornadas enteras que pasaron visitando las tiendas de ropa de las calles del Village. Stephen vino a buscar a Lisa a casa y, cuando Philip comenzó a hacer sus recomendaciones, Mary, con mirada incendiaria, invitó a su esposo a no envejecer prematuramente. Lisa regresó de madrugada por primera vez en su vida. Ese mes anunciaba el final de una etapa y su próximo ingreso en la universidad, ya con el título en la mano. Se había convertido en una mujer encantadora. Su boca se había agrandado, dibujando una sonrisa más natural y sus largos cabellos le caían sobre la piel morena. Pletórica de belleza, le costaba mantener el «equilibrio». De la niña pequeña que había llegado un día de lluvia sólo quedaba una mirada, una luz intensa e inquietante, en el fondo de sus ojos.

Al acercarse la fiesta de graduación de Lisa, Mary no pudo evitar sentirse frágil. El recuerdo de un juramento pronunciado aquel día, desde el que ya habían transcurrido cinco años, en la mesa de una cafetería de aeropuerto, a menudo venía a alterar sus noches, si bien nada en el comportamiento de su hija dejaba presagiar que exigiría el cumplimiento de aquella promesa.

Thomas fue el último en llegar a la mesa para tomar el desayuno. Lisa había terminado de comer sus tortitas y Mary tuvo que ordenar la cocina apresuradamente mientras Philip hacía sonar el claxon para que fueran al coche. El motor ya estaba en marcha cuando el último cinturón estuvo abrochado. Sólo se tardaban diez minutos en llegar a la escuela y Mary no veía la razón de tantas prisas. Durante el recorrido, él lanzaba frecuentes miradas por el retrovisor, que Lisa le devolvía. Mary intentaba concentrarse en el programa impreso de la jornada, pero lo dejó, pues leer en el coche la mareaba. En cuanto hubieron aparcado fueron a saludar a los profesores. Philip estaba hecho un flan. Antes de que Lisa se alejase para ir a reunirse con sus compañeros de promoción, Mary le dio ánimos y la tranquilizó, actuaba así siempre que había una ceremonia oficial. Philip apremió a Thomas y Mary para que tomaran asiento en las gradas que se hallaban dispuestas delante de la tribuna donde se desarrollaría la entrega de diplomas. Mary hizo un movimiento con las cejas al tiempo que daba unos golpecitos sobre la esfera del reloj. La ceremonia comenzaría dentro de una hora; no había razón alguna para alarmarse y ella quería aprovechar el tiempo dando un corto paseo por el parque.

Cuando regresó, Philip estaba ya sentado en la primera fila y había colocado cada uno de sus zapatos sobre las dos sillas que tenía al lado para reservarlas.

Al sentarse, Mary le devolvió un mocasín.

–¡Tienes una imaginación desbordante cuando se trata de reservar un sitio! ¿Estás seguro de que te encuentras bien?

–Las ceremonias me ponen nervioso.

–¡Ya ha conseguido su título, Philip! Era antes, durante los exámenes, cuando había que estar nervioso.

–No sé cómo te las arreglas para estar tan tranquila. ¡Mira, ya está en la tribuna! ¡Va a pronunciar su discurso!

–... que desde hace un mes nos sabemos de memoria. Te lo ruego, para de moverte todo el rato de esa manera.

–¡Pero si no me estoy moviendo!

–Sí. Y tu silla está rechinando. Si quieres escuchar a tu hija, tendrás que estarte quieto.

Thomas los interrumpió. Tras la muchacha que ahora saludaba le tocaba el turno a Lisa. Philip estaba tenso, pero sobre todo muy orgulloso, y se dio la vuelta para contar el número de personas que asistían a la ceremonia. Había doce filas de treinta asientos, lo que sumaba un total de trescientos sesenta espectadores.

¿Fue algo sin importancia lo que atrajo su atención o fue quizás ese eterno instinto lo que hizo que se volviese de nuevo? Desde el fondo de la multitud, sentada en la última fila, una mujer miraba fijamente a Lisa, que avanzaba hacia el micrófono.

Ni las gafas de sol que llevaba puestas ni la ligera capa con la que se cubría, ni tampoco las señales que el tiempo había dejado en su rostro le impidieron reconocer a Susan.

Mary pellizcó a Philip en la rodilla.

–Si quieres ver cómo tu hija recibe el diploma, date la vuelta. Parece como si hubieses visto a un fantasma.

Durante todo el tiempo en que Lisa estuvo saludando a sus profesores, la mano izquierda de Philip, húmeda, temblaba. Mary la cogió entre las suyas y la apretó con fuerza. Cuando Lisa dio solemnemente las gracias a sus padres por su amor y su paciencia, Mary sintió una urgente necesidad de comer unas creps con azúcar. Luego se tocó el párpado con la punta del dedo para ahuyentar la emoción pasajera que atravesaba sus ojos y soltó la mano de Philip.

–¿Qué te pasa?

–Estoy emocionado.

–¿Crees que hemos sido unos buenos padres para ella? –preguntó con una voz suave.

Él retomó el aliento y no pudo evitar darse la vuelta una vez más. La silla donde creyera ver a Susan estaba vacía. Barrió con la mirada los alrededores, pero no la vio en ninguna parte. Mary le hizo volver la atención a Lisa, que saludaba entre las aclamaciones. Philip juntó las manos y comenzó a aplaudir con todas sus fuerzas.

Se mantuvo al acecho el resto de la tarde. Diez veces Mary le preguntó qué buscaba y diez veces él le respondió que no se sentía muy bien, que sólo era la resaca de la emoción. Le pidió excusas con ternura y ella decidió que era mejor dejarlo tranquilo y ocuparse de Thomas y, sobre todo, de Lisa, que aún estaba con ellos. Philip deambulaba por el parque de la escuela, paseando entre los árboles, saludando brevemente a las personas con las que se cruzaba, pero... Susan no estaba en ninguna parte. Al final del día consideró la posibilidad de que tal vez había tenido una visión. Sin confesárselo, rogaba para que así fuese. Eran las cinco de la tarde y los cuatro se dirigían al aparcamiento. Fue al aproximarse al coche cuando lo vio, simplemente metido entre las dos puertas: un trocito de papel doblado en cuatro, unas pocas líneas que ya le cortaban la respiración al mismo tiempo que dudaba sobre si leerlas o no. Guardó el secreto en el puño de su mano durante todo el trayecto de regreso. Mary no pronunció ni una sola palabra. Cuando aparcó el coche delante de la casa, simuló que tenía que recoger algo del portaequipajes y dejó que la familia subiese por el sendero.

Una vez solo abrió el papel, que se resumía en una pocas letras: «7 de la mañana». Se lo metió en el bolsillo y se dirigió a la casa.

Durante la cena Lisa no lograba comprender la razón de aquel silencio, que sólo unas frases cortas y forzadas de Mary interrumpía de vez en cuando. El postre estaba todavía en la mesa cuando Thomas declaró que, habida cuenta la «atmósfera hilarante» que reinaba, prefería retirarse a su habitación. Lisa miró primero a Philip y luego a Mary.

–¿Qué os pasa? ¿Por qué tenéis esa cara de funeral? ¿Habéis discutido?

–En absoluto –respondió Mary–. Lo que ocurre es que tu padre está cansado. Eso es todo. Uno no está obligado a estar siempre en plena forma.

–Es fantástico este ambiente, sobre todo en vísperas de mi marcha –añadió Lisa–. Os dejo, me voy a arreglar la bolsa. Luego iré a la fiesta de Cindy.

–Tu avión sale a las seis de la tarde. Tienes tiempo de sobra para prepararla mañana. Tus cosas quedarán arrugadas si la haces ahora –replicó Philip.

–Los pliegues naturales están de moda. Las ropas bien

planchadas y todo lo demás, lo dejo para vosotros. Bueno, me voy.

Subió la escalera y entró en la habitación de su hermano.

–¿Qué les pasa?

–¿Qué crees tú? Es porque te vas mañana. Desde hace una semana mamá da vueltas por la casa. Anteayer entró por lo menos cinco veces en tu habitación; una vez arregló las cortinas, otra colocó bien un libro de la estantería, la tercera estiró las sábanas. Yo pasaba por el pasillo y vi cómo abrazaba tu almohada y se la ponía junto a la cara.

–Pero si sólo me voy un par de meses a Canadá. ¡Qué pasará el día en que me vaya a vivir sola!

–Soy yo quien se quedará solo cuando tú te vayas. Te voy a echar de menos este verano.

–Pero si te voy a escribir, pequeñín. Y, además, el próximo año podrás matricularte en mi campamento de vacaciones. Así estaremos juntos.

–¿Para tenerte a ti de monitora? ¡Jamás! ¡Anda, ve a hacerte la maleta, traidora!

Philip secaba el mismo plato desde hacía cinco minutos. Mary estaba acabando de retirar la mesa y lo observaba. Ella le dirigió su inimitable movimiento de cejas. Él no reaccionó.

–Philip, ¿quieres que hablemos?

–No debes preocuparte –respondió él, sobresaltado–. En Canadá todo le irá muy bien.

–No te hablaba de eso, Philip.

–¿De qué entonces?

–De lo que en la ceremonia te ha puesto de esa manera.

Dejó el plato en el fregadero y se acercó a ella, invitándola a tomar asiento.

Ella lo miró de hito en hito, inquieta.

–¡Ten cuidado con tus revelaciones fulminantes! ¿Qué vas a decirme?

Él la miró directamente a los ojos y le acarició la cara.

Ella adivinó la emoción en su mirada y, puesto que él se había callado, como si las palabras que intentaba pronunciar se ahogasen en el fondo de su garganta, repitió la pregunta.

–¿Qué vas a decirme?

–Mary, desde el día en que Lisa llegó a nuestra vida he comprendido cada mañana al levantarme, en cada uno de tus suspiros cuando te veía dormir, cada vez que tu mirada se cruzaba con la mía o que tu mano estaba entre las mías como ahora, por qué y hasta qué punto te amo. Y además de todas las fuerzas que me has dado, de tus combates, tus sonrisas, de todas las dudas que resolvías, de todas mis dudas que con tu confianza se borraban, de tu capacidad de compartir, de tu paciencia y de todos los días que hemos pasado juntos, uno tras otro, que me has entregado también el mejor regalo del mundo: ¿Cuántos hombres podrán conocer este increíble privilegio de amar y al mismo tiempo ser amado?

Ella descansó la cabeza sobre su pecho, como para oír mejor los latidos de su corazón; quizá también porque había estado esperando tanto tiempo esas palabras.

Luego le rodeó el cuello con los brazos:

–Philip, tienes que ir. Yo no podría, no debo. Tú le explicarás.

–¿Qué?

–Lo sabes bien. ¡Cómo se parece a Lisa! ¡Es sorprendente! Además, imagino que te habrá citado, en ese papel que escondías en la mano mientras volvíamos a casa.

–No iré.

–Sí que irás. No por ti, sino por Lisa.

Más tarde, cuando estuvieron en el dormitorio, hablaron largo rato. Acurrucados uno en brazos del otro, hablaron de ellos, de Thomas y de Lisa.

En realidad no habían dormido. Se habían levantado al amanecer, y Mary bajó a la cocina para preparar un desayuno rápido. Philip se vistió y entró en el cuarto de Lisa. Se acercó a la cama y pasó su mano por la mejilla de la muchacha para despertarla con suavidad. Ella abrió los ojos y sonrió.

–¿Qué hora es?

–Date prisa, pequeña. Vístete y baja a desayunar.

Ella miró el despertador y cerró los ojos de nuevo.

–¡Mi avión despega a las seis de la tarde! Papá, sólo me voy por dos meses. Es necesario que los dos os tranquilicéis. ¿Puedo dormir un poco más? ¡Volví tarde a casa!

–Tal vez cojas otro avión. Cariño, levántate y no pierdas el tiempo, que no tenemos mucho. Te lo explicaré todo en el camino.

La besó en la frente, cogió la bolsa que estaba sobre la mesa y salió de la habitación. Lisa se frotó los ojos, se levantó y se puso un pantalón; se pasó por los hombros una camisa y se la abrochó deprisa. Al cabo de unos instantes, bajaba con los ojos todavía medio cerrados. Philip esperaba delante de la puerta de entrada, anunció que iba al coche y cerró la puerta tras de sí.

Mary salió de la cocina y se mantuvo a unos metros de Lisa.

–Había preparado algo para desayunar, pero creo que ya no os da tiempo de tomarlo.

–Pero ¿qué pasa? –preguntó Lisa, inquieta–. ¿Por qué tengo que salir tan pronto?

–Papá te lo contará todo en el coche.

–Pero... si ni siquiera me he despedido de Thomas.

–Está durmiendo. No te preocupes. Me despediré por ti. Me escribirás, ¿verdad?

–¿Qué me estáis ocultando?

Mary se acercó y abrazó a Lisa con tanta fuerza que la dejó casi sin respiración. Aproximó los labios a su oído.

–No logré cumplir totalmente mi promesa, pero hice todo lo que pude.

–Pero ¿de qué me hablas?

–Lisa, hagas lo que hagas, y en todos los momentos de tu vida, jamás olvides hasta qué punto te quiero.

Ella la liberó de su abrazo, abrió la puerta de entrada y la empujó suavemente hacia Philip, que la esperaba bajo el porche. Dubitativa e inquieta, Lisa permaneció unos instantes inmóvil, mirando con fijeza a Mary e intentando comprender el dolor que adivinaba en sus ojos. Su padre la cogió por los hombros y se la llevó consigo.

Aquella mañana llovía. El brazo de Philip se prolongaba en una mano que había crecido y que estaba aferrada a la de ella. La bolsa que Lisa llevaba en la otra parecía ahora mucho más pesada.

Es así como Mary vio que se marchaba, bajo la luz pálida en la que el tiempo se detenía de nuevo. Sus cabellos negros desordenados caían sobre sus hombros y la lluvia resbalaba sobre su piel morena; ahora parecía que la ropa le sentaba bien. Bajaban por el sendero con pasos lentos. A Mary, que estaba en el porche, le habría gustado añadir alguna cosa, pero no hubiese servido de nada. Las puertas del coche se cerraron. Lisa le dirigió un último saludo con la mano y desaparecieron al doblar la esquina.

Durante el trayecto Lisa no cesó de interrogar a Philip, que no respondía a ninguna de las preguntas puesto que no encontraba las palabras adecuadas para hacerlo. Tomó el enlace que conectaba con las diferentes terminales del aeropuerto y redujo la velocidad. Lisa experimentó una mezcla turbadora de miedo y cólera, que cada vez era mayor. Estaba decidida a no bajar del coche hasta que Philip no le explicase las razones de tan precipitada marcha.

–Pero ¿qué os pasa? ¿Os inquieta tanto a ambos mi viaje? Papá, ¿quieres explicarme qué está pasando?

–Te voy a dejar en la terminal e iré a aparcar el coche.

–¿Por qué no ha venido Mary con nosotros?

Philip se situó junto a la acera y miró a su hija al fondo de los ojos, cogiendo sus manos entre las suyas.

–Lisa, escúchame. Al entrar en la terminal vas a tomar la escalera mecánica que hay a la derecha, luego seguirás por el pasillo y entrarás en la cafetería...

El rostro de la muchacha se crispó. Al ver la actitud de su padre, Lisa comprendió que el velo de su pasado se levantaba de manera inesperada.

–... Continuarás hasta el fondo de la sala. En la mesa que está junto al ventanal hay una persona que te espera.

Los labios de Lisa empezaron a temblar. Todo su cuerpo fue sacudido por un inmenso sollozo y sus ojos se llenaron de lágrimas. Los de Philip también.

–¿Te acuerdas del viejo tobogán rojo? –dijo él con voz trémula.

–¡No me habréis hecho eso! ¡Dime que no es verdad, papá!

Sin esperar respuesta, cogió su bolsa de viaje del asiento trasero y, dando un violento portazo, salió del coche.

Aeropuerto de Newark. El coche acaba de dejarla en la acera y a continuación el vehículo se precipita en el denso tráfico que gravita en torno a las terminales de las compañías. A través de un velo de lágrimas lo ve perderse en la lejanía. La enorme bolsa verde que descansa a sus pies pesa casi tanto como ella; hace una mueca y se la cuelga del hombro. Seca sus ojos, atraviesa las puertas de la terminal 1 y cruza el vestíbulo corriendo. A su derecha, la escalera mecánica conduce al primer piso. A pesar de la voluminosa bolsa que lleva colgada del hombro, sube deprisa los escalones y entra con aire decidido en el pasillo. Se queda quieta delante de una cafetería bañada de una luz naranja y mira a través del cristal. A esa hora de la mañana no hay nadie en el mostrador. Los resultados deportivos desfilan por la pantalla del televisor que hay por encima del camarero que seca los vasos. Empujando la puerta de madera, en la que hay un gran ojo de buey, entra y mira más allá de las mesas rojas y verdes.

Es así como ella la ve, sentada al fondo, contra el ventanal que domina la pista de aterrizaje. Hay un periódico doblado sobre la mesa. Susan ha colocado su barbilla sobre la mano derecha mientras los dedos de la izquierda juguetean con la medalla que lleva colgada al cuello. Sus ojos, que Lisa no puede ver aún, están perdidos en el asfalto pintado con bandas amarillas y sobre el que los aviones ruedan lentamente. Susan se da la vuelta, se pone la mano sobre la boca, como para contener la emoción que se le escapa cuando pronuncia en voz baja un: «¡Dios mío!». Se levanta. Lisa duda, toma el pasillo de la izquierda, se aproxima con pasos silenciosos. Ambas se contemplan cara a cara, con los ojos llorosos, sin saber qué decirse. Susan ve la gran bolsa que lleva Lisa. La suya, debajo de la mesa, es idéntica. Entonces Susan sonríe:

–¡Eres tan guapa...!

Inmóvil y silenciosa, Lisa la mira de hito en hito, sin quitarle los ojos de encima. Se sienta lentamente y su madre hace lo mismo. A Susan le hubiese gustado acariciar la mejilla de su hija, pero Lisa retrocede bruscamente.

–¡No me toques!

–¡Lisa, si supieras lo mucho que te he echado de menos!

–Y tú, ¿sabes que tu muerte ha cubierto mi vida de pesadillas?

–Deja que te explique.

–¿Qué puede explicar lo que me hiciste? Tal vez me puedas explicar qué te hice yo para que me olvidases.

–Jamás te he olvidado. No fue debido a ti, Lisa. Fue debido a mí, a mi amor por ti.

–¿Tu definición del amor incluye el haberme abandonado?

–No tienes derecho a juzgarme sin conocimiento de causa, Lisa.

–¿Tenías derecho a esa mentira?

–¡Al menos tienes que escucharme, Lisa!

–¿Acaso tú me escuchabas cuando te llamaba por las noches en mis pesadillas?

–Sí. Creo que sí.

–Entonces, ¿por qué no viniste a buscarme?

–Porque era demasiado tarde.

–Demasiado tarde ¿para qué? ¿Existe eso de «demasiado tarde» entre una madre y una hija?

–Sólo tú, Lisa, puedes decidir eso ahora.

–¡Mamá ha muerto!

–No digas eso, te lo ruego.

–Sin embargo, es una frase que me ha marcado. Es la primera que pronuncié al llegar a Estados Unidos.

–Si lo prefieres, te dejo. Pero lo quieras o no, siempre te amaré...

–Te prohíbo que me digas eso hoy. Es demasiado fácil. «Mamá», si estoy equivocada, dime en qué. Y te ruego que seas convincente.

–Habíamos recibido un aviso de tormenta tropical y la montaña era demasiado peligrosa para una niña de tu edad. ¿Te acuerdas? ¿Te había contado que estuve a punto de morir durante una tormenta? Entonces bajé al valle para dejarte con el equipo del campamento de Sula y ponerte a salvo del peligro. No podía dejar sola a la gente de la aldea.

–¡Pero a mí sí que podías dejarme sola!

–¡Pero tú no estabas sola!

Lisa se puso a chillar:

–¡Sí! Sin ti yo estaba mucho más que sola. Como en la peor de las pesadillas. Parecía que el pecho me fuera a reventar.

–Hija mía, te cogí en mis brazos, te besé y regresé a la montaña. En mitad de la noche Rolando vino a despertarme. Sobre nosotros caía un diluvio y las casas comenzaban a moverse. ¿Te acuerdas de Rolando Álvarez, el jefe del pueblo?

–Me he acordado del olor de la tierra, de cada tronco de árbol, del color de todas las puertas de las casas, porque la menor parcela de estos recuerdos era todo lo que me quedaba de ti. ¿Puedes comprender esto? ¿Puede ayudarte eso a entender la profundidad del vacío que me dejaste?

–Condujimos a los habitantes del pueblo hasta la cima, bajo un chaparrón de agua. En el curso del viaje, en la oscuridad, Rolando resbaló por la pared, salté detrás para cogerlo y me rompí el tobillo. Se agarró a mí, pero su peso era excesivo.

–¿También yo tenía un peso excesivo para ti? Si supieras lo resentida que estoy.

–Bajo la luz de un relámpago vi cómo me sonreía. Sus últimas palabras fueron: «Ocúpese de ellos, Doña, cuento con usted». Soltó mi mano para no arrastrarme a mí también al fondo del barranco.

–En toda esta sublime entrega, ¿tu amigo Álvarez no te pidió que te ocuparas un poquito de tu propia hija, para que yo también pudiese contar contigo?

El tono de Susan se elevó brutalmente:

–Era como mi padre, Lisa. ¡Como aquel que me quitó la vida!

–¿Eres tú la que se atreve a decirme algo semejante? Me has hecho pagar a mí la factura de tu infancia. Pero ¿qué te había hecho yo, mamá? Además de amarte, dime, ¿qué te había hecho?

–Cuando se hizo de día, la carretera había desaparecido junto con la falda de la montaña. Sobreviví dos semanas sin ninguna comunicación posible con el mundo exterior. Los escombros que el río de lodo había arrastrado hasta el valle hicieron creer a las autoridades que todos estábamos muertos, y no enviaron ningún tipo de ayuda. Entonces me ocupé de todos los que poblaron tu infancia. Me hice cargo de la situación, de los heridos, de las mujeres y los niños al borde del agotamiento; había que ayudarlos a sobrevivir.

–Pero no de tu hija, que te esperaba aterrorizada en el valle.

–En cuanto pude bajar, partí de inmediato en tu búsqueda. Tardé cinco días en llegar. Cuando al fin estuve en el campamento, tú ya te habías ido. Yo había dejado instrucciones precisas a la mujer de Thomas, que dirigía el dispensario de La Ceiba: si me pasaba algo, debían entregarte a Philip. Me dijeron que todavía estabas en Tegucigalpa, que no saldrías hacia Miami hasta la noche.

–Entonces, ¿por qué no fuiste a buscarme? –gritó Lisa con violencia redoblada.

–¡Pero si lo hice! Al instante salté a un autobús. Ya después, ya en camino, pensé en el viaje que ibas a emprender, en su destino, en el destino sin más, Lisa. Te marchabas a una casa de la que saldrías por las mañanas para ir a estudiar en una verdadera escuela, con la promesa de un verdadero futuro. El destino me pidió que tomase una decisión en tu nombre, porque sin que yo lo hubiese provocado, estabas en camino hacia otra infancia cuyos paisajes ya no serían los de la muerte, la soledad y la miseria.

–La miseria para mí era que mi madre no estuviera a mi lado para cogerme en los brazos cuando yo tenía necesidad de ella. La soledad: no tienes idea de la soledad en la que viví durante los primeros años que pasé sin ti. La muerte era el miedo a olvidar tu olor. En cuanto llovía salía a escondidas de casa para coger un poco de tierra húmeda y olerla, para acordarme de los olores de «allí». Tenía realmente miedo de que llegara a olvidar el olor de tu piel.

–Dejé que te marchases hacia una vida nueva, en el seno de una verdadera familia; a una ciudad en la que un ataque de apendicitis no significara la muerte porque el hospital se hallaba demasiado lejos. Un hogar donde podrías aprender en los libros y vestirte con otra cosa que no fuesen prendas remendadas y aprovechadas al máximo a medida que ibas creciendo, donde habría respuestas para todas las preguntas que planteases, donde jamás tendrías miedo de la lluvia que cae durante la noche, ni yo de que una tormenta te llevase para siempre.

–Pero te olvidaste del mayor de todos los miedos, el de

estar sin ti. ¡Tenía nueve años, mamá! ¡Tantas veces me mordí la lengua!

–Era una oportunidad para ti, amor mío. Y mi único remordimiento era dejar detrás de ti una madre que jamás pudo o jamás supo serlo.

–¿Tanto miedo tenías de quererme, mamá?

–¡Si supieses lo difícil que fue tomar esa decisión!

–¿Para ti o para mí?

Susan retrocedió para observar a Lisa, cuya cólera se iba transformando en tristeza. La lluvia que había entrado en su cabeza chorreaba por sus mejillas.

–Para las dos, supongo. Lo comprenderás más tarde, Lisa. Pero al contemplarte sobre aquella prestigiosa tribuna, tan guapa con tu vestido de ceremonia, al verte con los que ahora constituyen tu familia sentados en primera fila, comprendí que para mí la paz y la tristeza podían ser hermanas, al menos en el instante de una respuesta que al fin he encontrado.

–¿Papá y Mary sabían que estabas viva?

–No, hasta ayer no. No debería haber venido, probablemente no tenía derecho a hacerlo. Pero estaba ahí, como cada año, para verte desde detrás de la valla de tu escuela. Aunque sólo fuera unos minutos, sin que jamás lo supieses. El tiempo justo para verte.

–Yo no tuve ese privilegio; el de saber, por unos segundos al menos, que estabas viva. ¿Qué has hecho de tu vida, mamá?

–No me arrepiento, Lisa. No ha sido fácil, pero la he vivido y estoy orgullosa de ella. He cometido errores, pero los asumo.

El camarero mexicano colocó delante de Susan una copa que contenía dos bolas de helado de vainilla, recubiertas de chocolate y almendras laminadas, todo ello copiosamente regado con caramelo líquido.

–Lo había pedido antes de que entrases. Tienes que probarlo –dijo Susan–. ¡Es el mejor helado del mundo!

–No me apetece comer nada.

En el vestíbulo de la terminal, Philip paseaba arriba y abajo. Corroído por la inquietud, a veces salía a la acera, permaneciendo siempre junto a las puertas automáticas. Mojado bajo la lluvia, volvía a la gran escalera mecánica, donde se quedaba inmóvil, contemplando su movimiento infinito.

Susan y Lisa comenzaban a entenderse. Continuaron así, hurgando en el pasado con las uñas, en la intimidad de un largo momento fuera del tiempo en el que las tristezas de Lisa y Susan se fundían en una misma esperanza no confesada de que aún no era demasiado tarde. Susan ordenó un nuevo helado, que Lisa al fin probó.

–¿Querías que volviese contigo? ¿Es por eso por lo que me han traído aquí?

–¡Había citado a Philip!

–Y, en tu opinión, ¿qué debo hacer?

–Lo que yo hice a tu edad: ¡tomar mis propias decisiones!

–¿Me has echado de menos?

–Todos los días.

–¿A él también lo echabas de menos?

–Eso es asunto mío.

–¿Quieres saber si él te echaba de menos?

–Eso es asunto suyo.

Susan se quitó la medalla que llevaba colgada al cuello y se la mostró a Lisa.

–Es un regalo para ti.

Lisa contempló la medalla y cerró delicadamente la mano de su madre.

–Desde siempre es a ti a quien esta medalla protege. Yo tengo una familia que ya se encarga de cuidarme.

–De todas maneras, me gustaría que te la quedaras.

En un impulso de amor infinito, Susan se inclinó hacia Lisa y la tomó en sus brazos. En un abrazo delicioso, le murmuró al oído: «¡Estoy tan orgullosa de ti!». El rostro de Lisa se iluminó con una sonrisa frágil.

–Tengo un amigo. Quizás el año que viene nos instalemos en Manhattan, cerca de la universidad.

–Lisa, sea cual sea tu elección, siempre te querré. A mi manera, aunque no sea la de una madre.

Lisa colocó su mano sobre la de Susan y, con una sonrisa de una ternura incontrolable, acabó por decirle:

–¿Sabes cúal es mi paradoja? Quizá yo no he sido tu hija, pero tú siempre serás mi madre.

Se prometieron que al menos intentarían escribirse de vez en cuando. Incluso tal vez llegaría el día en que Lisa la iría a visitar. Luego la joven se levantó, rodeó la mesa, abrazó a su madre y colocó la cabeza sobre su hombro, aspirando el perfume de un jabón que despertaba muchos recuerdos en ella.

–Ahora tengo que marcharme. Me voy a Canadá –dijo Lisa–. ¿Quieres bajar conmigo?

–No. Él no ha querido subir y creo que es mejor así.

–¿Quieres que le diga algo?

–No –respondió Susan.

Lisa se levantó y se dirigió hacia la salida. Cuando estaba cerca de la puerta Susan la llamó:

–¡Te has dejado la medalla sobre la mesa!

Lisa se dio la vuelta y le sonrió:

–No, mamá. Te lo aseguro. No me he dejado nada.

La puerta con el gran ojo de buey se cerró a sus espaldas.

El tiempo pasaba y Philip perdía la calma. Un sentimiento de pánico vino a sustituir su paciencia. Subió por la escalera mecánica y se cruzó con su hija, que bajaba. Ella le sonrió.

–¿Me esperas abajo o te espero arriba? –preguntó Lisa en voz alta.

–Espérame, no te muevas. Bajo ahora mismo.

–¡No soy yo la que se mueve, sino tú!

–Espérame abajo, eso es todo. Enseguida estoy contigo.

El ritmo de su corazón se aceleró. Empujó a varios pasajeros para abrirse camino en tanto el movimiento de la escalera mecánica los iba separando. En el punto donde los escalones desaparecen, levantó la vista y en el rellano vio a Susan.

–¿Te he hecho esperar? –preguntó ella con una sonrisa de emoción en los labios.

–No.

–¿Estás aquí desde hace rato?

–Ya no tengo la menor idea.

–Has envejecido, Philip.

–Muy simpática, gracias.

–No, te encuentro muy guapo.

–Tú también.

–Lo sé. También yo he envejecido. Era inevitable.

–No. Lo que quería decir es que tú también estás muy guapa.

–Es sobre todo Lisa la que está extraordinariamente guapa.

–Sí, es verdad.

–Es extraño que nos encontremos aquí, Susan.

Philip lanzó una mirada inquieta en dirección a la cafetería.

–Quieres que...

–No creo que sea una buena idea. Y, además, es posible que la mesa ya esté ocupada –añadió ella al tiempo que esbozaba de nuevo una sonrisa.

–¿Cómo hemos llegado a esto, Susan?

–Lisa tal vez te lo explique. ¡O tal vez no! Lo siento mucho, Philip.

–¡No, no lo sientes!

–Es verdad, es probable que tengas razón. Pero, sinceramente, ayer no quería que me vieses.

–¿Cómo el día de mi boda?

–¿Supiste que estaba allí?

–En el mismo segundo en que entraste en la iglesia. Conté cada paso cuando te fuiste.

–Philip, jamás ha habido mentiras entre nosotros.

–Lo sé, sólo algunas excusas y algunos pretextos que se confundían entre sí.

–La última vez que nos vimos aquí, aquella cosa tan importante de la que te había hablado en mi carta –inspiró hondo–, lo que había venido a decirte aquel día es que estaba embarazada de Lisa y...

El altavoz que resonó en el vestíbulo ahogó el final de la frase.

–¿Y? –retomó él.

Una azafata anunció la última llamada para embarcar en el vuelo a Miami.

–Es mi avión –dijo Susan–. *Last Call*... ¿Te acuerdas?

Philip cerró los ojos. La mano de Susan rozó su mejilla.

–Has conservado la sonrisa de Charlie Brown. Baja deprisa. Ve junto a ella. Te mueres de ganas de hacerlo, y yo voy a perder mi avión si te quedas ahí plantado delante de mí.

Philip abrazó a Susan y le dio un beso en la mejilla.

–Cuídate mucho, Susan.

–No te preocupes, estoy acostumbrada. ¡Vete ya!

Puso el pie en el primer escalón y ella lo llamó una última vez.

–¿Philip?

Él se dio la vuelta.

–¿Susan?

–¡Gracias!

Sus rasgos se distendieron.

–No es a mí a quien tienes que dar las gracias, sino a Mary.

Y antes de que desapareciese de su campo de visión, ella hinchó exageradamente sus mejillas para soplarle un beso con la mano, dejándole como última imagen ese tierno gesto de payaso.

En el vestíbulo del aeropuerto, sorprendidos, algunos viajeros miraban a una joven que esperaba a un hombre completamente empapado, con los brazos abiertos de par en par y al pie de una escalera mecánica cuyos colores se confundían en la memoria con los de un tobogán rojo.

Él la abrazó con fuerza.

–¡Estás completamente mojado! ¿Llovía tanto ahí fuera? –dijo ella.

–¡Un diluvio! ¿Qué quieres hacer?

–¡Mi avión sale esta tarde! Llévame a casa.

Lisa cogió la mano de Philip y lo condujo hasta la puerta.

Desde lo alto de la escalerilla, el rostro de Susan se llenó de ternura al verlos salir juntos del recinto de la terminal.

Ya en el coche, Philip telefoneó a casa. Mary descolgó al instante.

–Está conmigo. Volvemos a casa. Te quiero.

El 22 de octubre Sam comunicó al nuevo director del CNH que una depresión sospechosa se estaba formando en el mar Caribe. Cuatro días más tarde el número 5 apareció sobre la pantalla delante de las tres famosas «S».

El más poderoso de los huracanes del siglo, con una amplitud de 280 kilómetros, empujaba sus vientos a más de 360 km/h en dirección a Centroamérica.

Susan había regresado hacía cuatro meses. Thomas había ingresado en la escuela secundaria. Lisa y Stephen vivían sus primeras semanas en la universidad y ella pronto se trasladaría al pequeño estudio de Manhattan. Philip y Mary a veces hablaban de irse de Montclair e instalarse otra vez en Nueva York.

Mitch llegó a las costas hondureñas el 30 de octubre, al final del día. Durante la noche las dos terceras partes del país quedaron destruidas, catorce mil cuatrocientas personas encontraron la muerte...

... Aquella misma noche, a unos miles de kilómetros de allí, «al otro lado del mundo», en la cafetería de un aeropuerto un camarero mexicano que acababa su servicio pasaba un último trapo por encima de una mesa que se hallaba junto a un ventanal.

Gracias,

por su presencia o sus consejos,

a Bernard Barrault, Kamel Berkane, Antoine Caro, Guillaume Gallienne, Pauline Guéna, Philippe Guez, Katrin Hodapp, Lisa y Emily, Danièle y Raymond Levy, Lorraine Levy, Roseline, Jenny Licos, Colette Perier, Aline Souliers, y a Susanna Lea y Antoine Audouard;

por su generosa ayuda documental,

a Dany Jucaud, al detective Lucas Miller del NYPD, al señor Huc y a todo el equipo del Centro de Huracanes.

Título de la edición original: *Où est-tu?*
Traducción del francés: Carlos Gómez,
cedida por Ediciones B, S. A.
Diseño: Serifa
Fotografía de la sobrecubierta: Photonica
Foto de solapa: © Fougere/Kipa

Círculo de Lectores, S. A. (Sociedad Unipersonal)
Travessera de Gràcia, 47-49, 08021 Barcelona
www.circulo.es
3 5 7 9 2 0 1 2 8 6 4 2

Licencia editorial para Círculo de Lectores
por cortesía de Ediciones B, S. A.

Depósito legal: B. 40460-2002
Fotocomposición: Fotoletra, S. A., Barcelona
Impresión y encuadernación: Printer industria gráfica, s. a.
N. II, Cuatro caminos s/n, 08620 Sant Vicenç dels Horts
Barcelona, 2002. Impreso en España
ISBN 84-226-9794-7
N.º 36350